novum **🔖** premium

Sarah Samuel

Schwarzer Halbmond

novum premium

www.novumverlag.com

Bibliografische Information
der Deutschen Nationalbibliothek:

Die Deutsche Nationalbibliothek
verzeichnet diese Publikation in
der Deutschen Nationalbibliografie.
Detaillierte bibliografische Daten
sind im Internet über
http://www.d-nb.de abrufbar.

Alle Rechte der Verbreitung,
auch durch Film, Funk und Fernsehen,
fotomechanische Wiedergabe,
Tonträger, elektronische Datenträger
und auszugsweisen Nachdruck,
sind vorbehalten.

© 2017 novum Verlag

ISBN 978-3-903155-64-0
Lektorat: Lucy Hase
Umschlagfotos:
Sergiyn | Dreamstime.com,
Sarah Samuel
Umschlaggestaltung, Layout & Satz:
novum Verlag

Gedruckt in der Europäischen Union
auf umweltfreundlichem, chlor- und
säurefrei gebleichtem Papier.

www.novumverlag.com

KAPITEL I

Ibrahims angsttriefende Augen starrten verwirrt auf eine groteske Gestalt. Der Mann vor ihm hatte seine rot-weiß karierte *Ghutra* über das Gesicht gezogen, sodass nur mehr ein Augenschlitz offen blieb, aus dem es schwarz und böse funkelte. Auf seiner Stirn prangte eine hochgezogene Schweißerbrille und seine rechte Hand umklammerte einen noch unangezündeten Schweißbrenner, mit dem er hektisch herumgestikulierte. Eine *Thobe*, der traditionelle arabische Überwurf, das pure Weiß etwas befleckt durch die handwerkliche Tätigkeit des Trägers, umhüllte seinen klobigen und massigen Körper. Der schmächtige Ibrahim saß nackt auf einem Lehnstuhl, aber eher unbequem, denn er war mit starken Kunststoffkabeln, die tief in sein Fleisch schnitten, an das Sitzmöbel gefesselt – der Oberkörper an die Rückenlehne, die Unterarme an die Armlehnen und die Unterschenkel an die Stuhlbeine. Damit bot er der seltsamen Erscheinung vor ihm viele Arbeitsflächen: Gesicht, Hals, Brustkorb, Unterleib, Geschlechtsteil, Oberarme, Unterarme, Hände, Oberschenkel, Waden, Füße.

Das rund 30 Quadratmeter messende Kellergeviert war für die vorgesehenen Verrichtungen vorbildlich ausgerüstet. Neben der Schweißgarnitur in der Version für Heimwerker gab es Metallstäbe mit Stromanschluss, Peitschen, diverse Holzknüppel und Eisenstangen, Handschellen, eine von der Decke hängende Stahlkette mit einem Fleischerhaken daran, eine Herdplatte und eine großzügig dimensionierte Wasserwanne. Weitere Instrumente wie brennende Zigarettenstummel und Rasiermesser konnten *ad hoc* jederzeit einsatzbereit gemacht werden. Grelles Neonlicht durchstrahlte den Werkraum, denn die hier zu leistende Präzisionsarbeit erfordert klare Sichtverhältnisse.

Das Schweißgerät bot mehrfache Anwendungen, je nach der Fantasie des Benutzers. Die einfachste und unmittelbarste Gebrauchsform bestand wohl darin, Teile von Ibrahims Haut mit der Gluthitze des Schweißbrenners zu versengen. Dabei riskierte man allerdings die Ohnmacht des Opfers, was sich letztlich im Sinne einer nachhaltigen Leidenserfahrung als kontraproduktiv herausstellen konnte. Daher war der Ideenreichtum des Anwenders gefordert.

Ibrahim verfolgte mit klammem Entsetzen die ihm willkürlich erscheinenden Bewegungen des Schweißbrenners in der Luft, die aber vielleicht exquisite orientalische Ornamente nachzeichneten, welche nur dem Ausführenden bekannt waren. Für die dekorative Kunst hatte Ibrahim jedoch im Augenblick wenig Empfinden.

Plötzlich rief der Schweißer in der *Thobe* im gutturalen Tonfall des saudischen Arabisch, bei dem jede Silbe aus der Kehle krampfhaft hervorgewürgt wird, unverhohlen und grimmig drohend:

„Du räudiger Straßenköter! Du dreckiges Mistschwein! Du syrischer Versager! Du kommst mir heute gerade recht. Meine Paradieshure gibt schon wieder vor, dass sie in der roten Periode ist. Da kann ich mich an dir auslassen."

Ibrahim merkte am Akzent, dass die vermummte Gestalt vor ihm eine der lebenden Subventionen der Beduinenkönige an die Organisation war, also einer der Kerle, von denen man munkelte, dass sie für das saudi-arabische Innenministerium oder, schlimmer noch, für die Religionspolizei *Hai'a* gearbeitet hatten. Seine Visage verhüllte der Saudi klarerweise deswegen, damit man sich nicht an ihm rächen konnte, wenn man ihn später einmal irgendwo alleine erwischte.

Der arabische Schweißer sprach unter dem Tuch, das seinen Mund verhüllte, laut weiter:

„Ich habe mich schon lange gefragt, Ibrahim, wozu du eigentlich Zehennägel brauchst. Die sind doch total überflüssig, oder? Auf ein paar mehr oder weniger kommt es daher nicht an. Was sagst du dazu? Ach ja, du kannst leider nicht antworten. Ich habe dir sinnigerweise das blöde Maul vollgestopft. Darum ist unser Gespräch so einseitig. Aber du wirst schon noch die Gelegenheit bekommen, zu reden, keine Sorge. Ich glaube, du wirst sogar in den höchsten Tönen singen und uns beide damit blendend unterhalten."

Sodann schob er die dunkle Schweißerbrille vor seinen Sehschlitz und entzündete den Schweißbrenner. Der eigentümliche Handwerker brachte ihn wie von ungefähr in die Nähe von Ibrahims Schienbeinen und versengte die Haare darauf und gleich auch mit bösartiger Absicht etwas Haut mit dazu. Mit tiefer Genugtuung in der Stimme setzte der Vermummte fort: „Das riecht wie beim Grillen, ja! Aber jetzt schau einmal gut zu, damit du siehst, wie man seine Arbeit richtig macht, *inschallah*. Ich hole mir eine Beißzange aus der Werkzeugkiste. Eine kleine genügt, denn ich fange ja bei den niedlichen kleinen Zehennägeln an. Und nun bringe ich sie auf Betriebstemperatur, damit du auch etwas spürst, wenn ich deine stinkenden, ungewaschenen Füße einer Pediküre nach meiner Façon unterziehe."

Er fuhr einige Male mit dem Schweißbrenner über die Beißzange, bis deren Greifer tiefrot glimmten. Dann packte er die Zange mit Arbeitshandschuhen aus Wildleder und hielt das nun korrekt präparierte Werkzeug demonstrativ vor Ibrahims Augen. Langsam senkte er es zu Ibrahims linkem Fuß nieder und brummte eher zu sich selbst als zu seinem Opfer:

„Vielleicht überlege ich es mir auch noch und reiße deine *Beißerchen* einzeln mit der glühenden *Beißzange* heraus."

Er lachte schallend über seinen eigenen bescheidenen Wortwitz und fuhr in einer Art von teuflischer Erheiterung fort: „Dabei könnte ich gleichzeitig deine abscheuliche syrische Hundeschnauze versengen. Das nennt man dann Kollateralschaden, haha! Es würde mich ja auch brennend – brennend, haha! – interessieren, wie du mit verbranntem Maul und zahnlosem Kiefer Arabisch sprichst."

Es wäre nun zu erwarten gewesen, dass der Syrer vor Panik in großen Mengen aussondern würde. Aber er hatte seinen gesamten Blasen- und Darminhalt schon bei der vorangegangenen Prügelstrafe entleert, die aus 20 Hieben auf den nackten Rücken mit der strengen Leila bestanden hatte. Mit diesem Kosenamen schmückt sich ein prächtiges Schlaginstrument: An sich nur ein starker runder Holzgriff, an dem zehn etwa ein Meter lange Stränge aus fest gegerbtem Rindsleder befestigt sind; aber die werden alle in kleinen Abständen mit harten Stahlkügelchen verziert, wodurch das Adjektiv *streng* gerechtfertigt wird. Ibrahims übel riechender Körper musste nach dieser Sanktion erst im Hamam auf dem Gelände gereinigt werden, bevor man mit der Arbeit an ihm fortsetzen konnte.

Der Saudi ließ sich jede Menge Zeit. Geduld ist ja eine Tugend der Araber – man soll doch Allah in seinen weisen Plänen nicht vorgreifen. Er glühte die Zange noch einmal nach, langsam und bedächtig. Je mehr er die Prozedur hinauszögerte, desto mehr Angst und Schrecken würde er dem Opfer einjagen. Dann ging er in die Knie und setzte die Beißzange an der kleinsten Zehe auf Ibrahims linkem Fuß an. Die Zehennägel waren schon länger nicht geschnitten worden, daher konnte er den Nagel gut fassen. Mit einem schnellen, kräftigen Ruck, so wie ein routinierter Zahnarzt einen Zahn zieht, entfernte er den Zehennagel. In Ibrahim wütete ein Schmerz wie das Rotieren eines Drillbohrers mitten in seinem Hirn. Seine manischen Schreie hätten über das ganze aufgelassene Fabrikgelände gegellt, wenn er nicht geknebelt gewesen wäre. Aber jedenfalls spuckte er seinen gesamten Rachenschleim in den Stoffknäuel, der damit einen feuchtekligen Geschmack bekam, welcher in Ibrahim krampfartige Brechreize auslöste.

Ibrahim war nur mehr wirr und kopflos, als der saudische Peiniger die Hitze der Zange an der kleinen Zehe löschte, sodass von dieser bloß eine Masse aus verkohltem Fleisch und gestocktem Blut übrig blieb. Von dieser Praktik hatte der Syrer noch nie gehört, wiewohl er das Zehennagelziehen als klassische Foltermethode selbstverständlich kannte. Aber anscheinend predigt der Wahhabismus der Beduinen die Sühneformel „Auge um Auge, Zehe um Zehe", die so im Koran nicht vorkommt und daher zum apokryphen Teil der islamischen Glaubenslehre gezählt werden muss.

Der dem Irrsinn nahe Syrer hielt eine Steigerung des Martyriums nicht für möglich. Als jedoch der Folterknecht den nächstgrößeren Zehennagel am linken Fuß ausriss, brannte der Schmerz doppelt so lodernd wie vorher. Mit seinem hysterischen, aber durch die Knebelung für die Außenwelt lautlosen Brüllen sperrte Ibrahim den Rachen so weit auf, dass der Stoffballen darin zurücksank und ihn beinahe erstickte. Nur ein panischer Hustenanfall gab seine Atemwege wieder frei und bewahrte ihn vor einem ungeplanten Exitus. Das Versengen der Zehe ging dabei im Chaos der Sinnesempfindungen unter.

„Aller guten Dinge sind drei."

Mit diesem platten Spruch stieg der Saudi die Stufenleiter des Sadismus weiter hoch. Bevor der unbarmherzige Wüstensohn die glühende Zange am mittleren Zehennagel desselben Fußes ansetzte, formte Ibrahim in seinem Gehirn eine derart rasende Abfolge von Rufen *„Allahu akbar!"*, dass er in ein autogen erzeugtes Delirium geriet und sein Sensorium praktisch lähmte. Nur so entrann er einem durch die Schmerzeskalation und den Knebel herbeigeführten Erstickungstod.

Der Verursacher all dieses Übels versorgte die drei verkohlten Zehenstummel notdürftig, wobei er sich vorsätzlich eines besonders scharfen Desinfektionsmittels bediente. Dann umschlang er Ibrahims linken Fuß mit ein paar alten Fetzen und stimmte den Gefolterten auf das Kommende ein:

„Du weißt, du gesengtes Schwein, dass das wahrscheinlich nur ein Vorgeschmack war. Wenn du bei Hakim nicht plauderst, geht es auf dieselbe Tour weiter. Ich habe noch sieben deiner verdammten Zehen zur Verfügung. Sobald ich an den großen Zehen arbeite, wirst du deine Mutter verfluchen, dass sie dich geboren hat."

Der Folterer legte den Schweißbrenner und die Schweißerbrille ab, zog die Wildlederhandschuhe aus und entnahm einer Schublade eine Art von Hundeleine. Er hatte es sich als besondere Demütigung ausgedacht, Ibrahim daran zum Verhör bei Hakim zu führen. Der vermummte Saudi präsentierte seinem Opfer mit vor Stolz geschwellter Brust die selbst präparierte Gängelungsvorrichtung. Das Halsband, das an der Leine befestigt war, stellte ein eigenartiges Schmuckstück dar, denn er hatte es in regelmäßigen Abständen mit Nägeln durchschlagen, deren Spitzen nach innen zeigten. Boshaft und zynisch warnte der Folterknecht:

„Schau, du rachitischer Schakal, da sind hübsche rostige Nägel drinnen. *Eine* falsche Bewegung und du ritzt dir nicht nur den Hals auf, sondern du holst dir dazu noch eine Blutvergiftung, an der du wahrscheinlich krepieren wirst."

Mit hämischem Grinsen legte er das Halsband an und behielt die Leine fest im Griff, während er Ibrahim von den Fesseln löste und entknebelte. Hierauf warf der Saudi dem Syrer verächtlich dessen Jeans und Jacke zu, sodass dieser Hakim gesittet ausstaffiert gegenübertreten konnte. Gerne hätte Ibrahim nun seinen Folterer mit Beschimpfungen voll orientalischer Blumigkeit überhäuft:

„Du triefäugiger, impotenter Hurensohn! Du feige arabische Hyäne! Du hässlicher, missratener Auswurf eines Müllhaldenköters! Du debile menschliche Ausschussware!"

Aber der Syrer wusste nur allzu gut, dass jedes Wort von ihm den Saudi dazu verleiten könnte, auf dem Marterstuhl mit neuen quälenden Torturen zu beginnen. Ibrahim war außerdem psychisch und körperlich ohnedies viel zu geschwächt, um sich gegen den Bullen von Mann in irgendeiner Weise wehren zu können.

Nun begann eine absurde Prozession über das weitläufige Gelände, das vormals als Landmaschinenfabrik gedient hatte. Naturgemäß konnte Ibrahim wegen der immer noch tobenden Schmerzen mit dem linken Fuß nicht auftreten. Auch die

Rückenschmerzen durch die Behandlung mit der strengen Leila behinderten seine Beweglichkeit, und so musste er sich auf allen vieren vorwärtsschleppen. Der Saudi mit der Leine in der Hand ging also wie das Herrchen mit seinem Hybrid aus Mensch und Hund spazieren, wobei er sein seltsames Haustier fortwährend verhöhnte. Der Auftrag des Folterknechts lautete ja, Ibrahim für das kommende Interview mit Hakim psychisch weich wie Brei und vollkommen gefügig zu machen.

Es war kaum vorstellbar, dass auf diesem fast verwaisten Komplex vor zwei Jahren noch erbitterte Konfrontationen zwischen Fabrikarbeitern und Polizisten mit allen Zutaten wie Wasserwerfern und Tränengas stattgefunden hatten. Jetzt stand hier eine jener Industrieruinen in der Region, die durch die fatale Konstellation von Politikern, die keine Ahnung vom Wirtschaftstreiben haben, und von Gewerkschaftern, die maßlos überzogene und daher unerfüllbare Forderungen stellen, geschaffen werden. Im gesamten Département Bouches-du-Rhône verblieb als einziger nennenswerter Industriebetrieb nur mehr die Fabrik im nicht weit entfernten Marignane, die Executive Jets herstellte und sich bloß durch dubiose Geschäfte mit afrikanischen und asiatischen Potentaten gerade noch über Wasser hielt.

Dem Schwarzen Halbmond und ähnlichen Organisationen kam diese Entwicklung sehr zupass, denn man vermochte in den Industriewracks ganz ungestört und verdeckt seinen kriminellen Aktivitäten nachzugehen. So fand sich für diese Areale wenigstens eine gewisse Art von Nutzung, denn das Département wusste nicht viel mit ihnen anzufangen. Einige wurden sogenannten freien Künstlergruppen zur Verfügung gestellt, die dann hochsubventionierte kulturelle Veranstaltungen wie Performances und Choreografien vor einer Handvoll Zuschauer präsentierten. Die einzige andere Nutzungsform, die den Politikern einfiel, war die Errichtung von Industriemuseen. Die mögliche Zahl dieser schien aber irgendwie natürlich begrenzt zu sein. Man konnte ja zum Beispiel nicht in jedem Département ein Traktorenmuseum eröffnen; das hätte in ganz Frankreich insgesamt etwa 90 Traktorenmuseen ergeben, die sich dann einen mörderischen Konkurrenzkampf geliefert und sich gegenseitig verdrängt hätten.

Jetzt zogen also Ibrahim und sein Folterknecht durch diese desolate Industrieruine zu einem robusten Verhör bei Hakim – der Syrer zum Hund erniedrigt und der Saudi als sein Hundeführer.

KAPITEL 2

Hakim der Ägypter galt als einer der Intellektuellen des Schwarzen Halbmonds, als ein gleißender Geistesstern am nachtdunklen Firmament des Bösen. Nach dem Besuch der Madrasa hatte er eine Koranhochschule in Kairo absolviert, die ähnlich den Jesuitenschulen in christlichen Ländern auch eine exzellente Allgemeinbildung vermittelte. Er hatte besonders in den Fächern Geschichte und Weltpolitik und als brillanter Rhetoriker geglänzt. Während des Studiums hatte er als fanatischer Aktivist bei den Moslembrüdern gewirkt und dem revolutionären Flügel dieser Bewegung angehört. Dank seiner sprachlichen und organisatorischen Fähigkeiten war er rasch in der Hierarchie aufgestiegen. Nach dem Sturz von Präsident Mursi war ihm der Boden in seinem Heimatland zu heiß geworden. Mit dem Argument, dass er in Ägypten politisch verfolgt werde, und der Fürsprache einiger karitativer Damen des *Secours Catholique* war es ihm gelungen, in Frankreich Asyl zu erhalten. Er suchte hier ein seinen Talenten angemessenes Betätigungsfeld und fand es bald beim Schwarzen Halbmond.

Während er auf den Syrer wartete, reflektierte der Ägypter, dass Ibrahim für ihn ein typischer Repräsentant seines Volkes war, ein Volk, das nach Hakims Meinung keinerlei Beiträge zur Weltzivilisation und zur islamischen Glaubenslehre geleistet hat. Manche würden wohl die Tempel in Palmyra als kulturelle Errungenschaft in Syrien nennen, aber die bildeten Hakim zufolge nichts als heidnisch-römisches Blendwerk, das von den verbrüderten Gotteskämpfern nun zu Recht zerstört wurde.

Ibrahim war über die Lampedusa-Route nach Frankreich gekommen, und wie fast alle hier einreisenden Migranten wollte er eigentlich nach Calais. Wegen mangelnder Planung ging ihm aber schon in Südfrankreich das Geld aus, und so blieb er in Marseille hängen. In den unüberschaubaren Armenvierteln im Norden der Stadt, in denen Drogenbanden und islamistische Aufhetzer regieren und von wo sich die französischen Behörden schon vor Jahren ohnmächtig zurückgezogen haben, fand er Unterschlupf. Das Leben in Frankreich überforderte ihn komplett. Sein französischer Wortschatz war etwa so umfassend wie der eines der Sprache unkundigen Touristen nach zwei Wochen Urlaub im Land. Er kommunizierte hauptsächlich mit einem sehr syrisch geprägten Arabisch und ansonsten noch mit einem Pidginenglisch mit einer unverständlichen Aussprache und mehreren Fehlern in jedem Satz. Auf dem Arbeitsmarkt war er unbrauchbar, da er keinerlei Ausbildung besaß. In den Gaststätten, die ihn als *sans papiers* in ihren Küchen versuchten, behinderte er den Betrieb mit seiner Unbeholfenheit derart, dass man ihn bei jedem Job nach wenigen Tagen feuerte.

In seiner Ausweglosigkeit wurde er fromm, ließ sich einen schwarzen Vollbart wachsen und befolgte strikt alle Regeln des Korans, besonders die der Unterwerfung der Frau und des Hasses auf die Ungläubigen. Der Imam seines Gebetshauses indoktrinierte ihn dabei intensiv mit allen herkömmlichen Methoden der Gehirnwäsche. Schließlich wurde Ibrahim eine leichte Beute für die Rekrutierer des Schwarzen Halbmonds. Man gab ihm rudimentären Fahrunterricht auf dem Gelände der Organisation, an dem er wie ein Kind Spaß fand, und verschaffte ihm einen gefälschten Führerschein, sodass er zumindest in der Schlepperabteilung zu gebrauchen war.

Bei seiner Hundepromenade, bei der er sich außerordentlich vorsichtig verhielt, um sich ja nicht zu verletzen, überlegte Ibrahim fieberhaft, wie er sich beim kommenden Verhör verhalten sollte. Zugegebenermaßen war sein letzter Schleppereinsatz verkorkst worden, da die Übergabe des unbeschrifteten weißen Kastenwagens mit 45 Flüchtlingen an Bord an der italienisch-französischen Grenze zwischen Olivetta und Sospel ganz und gar nicht laut Plan verlaufen war. Die Mafiosi hatten zwar das Fahrzeug verabredungsgemäß auf einem Parkplatz nahe der Passhöhe des Col de Vescavo abgestellt, aber irgendetwas war bei der Kommunikation danebengegangen. Durch einen Glückstreffer, oder vielleicht sogar durch systematische Schleierfahndung, war die französische Polizei an Ort und Stelle erschienen und hatte die Flüchtlinge befreit, bevor Ibrahim und die beiden anderen Beauftragten des Schwarzen Halbmonds die Lieferung übernehmen konnten.

Der Kontakt mit den italienischen Schleppern erfolgte selbstverständlich über Handys und auf Englisch, und das verursachte eben Probleme. Verglichen mit dem seines Landsmannes Ahmed und dem des Afghanen Al Meydani war Ibrahims Englisch immer noch das bessere. Doch die Mafiosi beherrschten diese Sprache, teilweise dank einiger Aufenthalte bei Schwesterorganisationen in den Vereinigten Staaten, viel fließender und bedienten sich aus Gründen der *coolness* eines amerikanischen Gangsterslangs. Ibrahim schwamm auf den quirligen Wellen des Sprachflusses aus seinem Handy hilflos dahin. Er musste jedoch an Ahmed und Al Meydani, die mit ihm in einem Pkw in Richtung italienischer Grenze unterwegs waren, irgendeine Botschaft weitergeben, und so flunkerte er einfach, dass die Mafiosi mit dem Kastenwagen in etwa einer halben Stunde am Col de Vescavo eintreffen würden. Die drei vom Schwarzen Halbmond konnten also noch eine ausgiebige Zigarettenpause am Rand der wenig benutzten Straße einlegen.

In Wahrheit hatten die Italiener mitgeteilt, dass das Schlepperfahrzeug schon auf dem Parkplatz bereitstand, und sie fluchten darüber, dass von ihren französischen Geschäftspartnern noch keine Spur zu sehen war. „Je länger der Wagen abgestellt ist, desto größer die Gefahr der Entdeckung", so der Gangster mit erboster Stimme am Handy.

Ibrahim und seine Genossen konnten sich noch rechtzeitig aus dem Staub machen, als die Polizei zuschlug. Die abgebrühten Mafiosi waren vorsichtig genug gewesen, nicht im Kastenwagen sitzen zu bleiben, sondern sie beobachteten ihn aus einiger Entfernung von ihrem Begleitfahrzeug aus. Daher gelang auch ihnen die Flucht vor der Polizei.

Ibrahim wusste selbstverständlich, dass auch Ahmed und Al Meydani der Folterung unterzogen worden waren oder noch wurden. Sein Landsmann würde ihn sicher nicht belasten, so wie auch Ibrahim keine Absicht hatte, Ahmed zu beschuldigen. Also würde der Afghane der Sündenbock sein. Mit dem hatte Ibrahim ohnedies keinen Rapport, da Al Meydani kaum Arabisch konnte. Außerdem benahm sich dieser mit seinen 25 Jahren unreif wie ein pubertierender Teenager. Dauernd musste man ihn zum Beispiel davon abhalten, Pin-up-Fotos nackter westlicher Sexbomben in die Fahrerkabine des Schlepperwagens zu heften. Jede Bagatelle bauschte er irrational und hysterisch zu einem virulenten Streit auf, sodass die Zusammenarbeit mit ihm zum Ärgernis wurde. Jetzt konnte man ihm also getrost die Verantwortung für die misslungene Schlepperaktion zuschieben. Ibrahim war sich dessen bewusst, dass Ahmed und er als Syrer bei Hakim schlechte Karten hatten – er kannte dessen niedrige Meinung über ihr Volk. Aber vielleicht empfand Hakim für Afghanen noch tiefere Verachtung. Dann hätte er kein Problem damit, Al Meydani zu verurteilen.

Der saudische Folterer führte seinen menschlichen Vierbeiner in einen großen, weiß getünchten Raum, der in der Fabrik als Materiallager gedient hatte und nun in Hakims frugalem Geschmack eingerichtet war: ein rechteckiger Konferenztisch, der auch als Hakims Schreibtisch fungierte, ein Laptop darauf, allerhand Stühle, ein schmaler Kasten, ein kleiner Tisch für einen Wassersieder und zwei Kochplatten, ein Bücherregal und ein auf dem Betonboden aufgelegter Gebetsteppich im klassischen Format, der also gerade Platz für einen ausgestreckten Mann bot. Ibrahim durfte Platz nehmen, aber Halsband und Leine blieben – auch Hakim hatte seinen sadistischen Zug. Der Saudi behielt die Leine fest mit der rechten Faust im Griff.

Hakim begann grußlos und unverhohlen drohend mit einer scharfen und ätzenden Stimme:

„Unser Bruder aus der heißen Wüste Arabiens hat dich vorgewarnt! Er weiß, was Hitzeglut ist, und er kann dich spielend zum Lodern bringen. Wenn du nicht die Wahrheit ausspuckst, wird er dich abbrennen wie eine Tonne voll Öl, *inschallah!*"

Bei diesem Frontalangriff erfasste Ibrahim eine panische Angst, die seine Zunge lähmte. Er erschrak wie der Esel vor dem Löwen, in den treffenden Worten des Korans.

Hakim setzte grimmig nach:

„Was war los? Habt ihr geschlafen? Oder seid ihr Weibern nachgelaufen, statt zu arbeiten? Wenn die Operation gescheitert ist, weil ihr gehurt habt, lasse ich euch alle drei kastrieren, *inschallah!*"

Ibrahim, eine lächerliche Figur mit seinem grotesken Halsschmuck und der Hundeleine daran, verharrte stumm und saß steif wie eine gefrorene Leiche da. Mit blickleeren Augen starrte er den Ägypter an.

„Du stinkende Kanalratte! Du feiger Köter aus der Gosse! Jetzt kotze endlich Wörter aus deinem Maul, sonst prügle ich sie aus dir heraus!"

Hakims Stimmung schlug bei diesen vehementen Worten in erzürnte Ungeduld um. Bei Ibrahim läuteten die Alarmglocken, denn er wusste genau, dass der Ägypter in diesem Fall höchst unangenehm werden konnte.

Aus Ibrahim brach es nun mit der Verzweiflung eines zum Tode Verurteilten hervor:

„Es ist der Afghane! Al Meydani ist schuld, er war der Fahrer! Ich trieb ihn an, aber er fuhr nicht schneller und machte andauernd Zigarettenpausen."

Die beiden Syrer beschuldigen natürlich den Afghanen, aber was soll es, Hauptsache es gibt einen Missetäter, an dem ich ein Exempel statuieren kann, so Hakim bei sich. Mit seinem vollen Stimmvolumen schrie er dann Ibrahim an:

„Ihr Dreckskerle habt also die Sache mit eurer Dummheit und Trägheit versaut! Noch dazu ist uns bei 45 Passagieren ein Schaden von über 400.000 vom Christengeld entstanden. Aber das kannst du mit deinem Spatzenhirn natürlich nicht nachvollziehen!"

Der schuldbewusste Syrer versank beinahe in den Boden. Erst nach einer Weile antwortete Ibrahim kleinlaut und komplett eingeschüchtert:

„Hakim, das tut mir alles so leid. Ich bitte demütigst um Entschuldigung, beim Namen des Propheten, Friede sei mit ihm. Wenn es meine Gängelung erlaubte, würde ich mich vor dir auf den Boden werfen und deine Füße küssen, um meine Reue zu zeigen. Ich werde auch versuchen, den Schaden wiedergutzumachen."

Hakim lachte höhnisch:

„Das ist der Witz des Tages! Du wirst in deinem ganzen kläglichen Leben nie so viel Geld verdienen und nicht einmal zu Gesicht bekommen, um uns zu kompensieren."

Hakim hatte sich entschlossen, Ibrahim nun laufen zu lassen, obwohl der Syrer für die Kommunikation mit den Mafiosi während der Operation verantwortlich gewesen und damit gleichfalls ursächlich in den Fehlschlag am Col de Vescavo verstrickt war. Aber der Ägypter setzte zumindest noch mit psychischem Druck nach:

„Allah ist gnädig, und so ist es mir geboten, auch gnädig zu sein. Du bist von mir gerecht bestraft worden und damit ist die Angelegenheit von meiner Seite zu einem Abschluss gebracht. Aber für unsere Brüder kann ich mich nicht verbürgen. Sie werden dich den *Siebenzeher* nennen und du wirst ein Gespött bleiben."

Hakim merkte, dass man dem labilen Syrer durch simple Drohungen fest an das seelische Rüstzeug gehen konnte, und steigerte sich:

„Doch wehe, wenn du noch einmal Mist baust! Dann gebe ich dem Saudi neben dir ungezügelte Freiheiten, sich an dir auszutoben. Du weißt, er hat beim Foltern eine lebhafte Fantasie. In deiner Haut möchte ich da nicht stecken!"

Es fiel ihm ein, dass mit der gescheiterten Flüchtlingsübergabe noch ein Problem mit der kalabrischen N'drangheta auf ihn wartete, und so wollte er noch etwas von der Unannehmlichkeit an Ibrahim weitergeben:

„Und noch etwas: Wenn der Mafioso am Handy deine Stimme erkannt hat oder du gar so einfältig warst, deinen Namen zu nennen, dann stehst du auf der Abschussliste der N'drangheta. Die spüren dich in jedem Winkel der Erde auf und wir können dich nicht vor ihnen schützen. Allah der Gnädige verzeiht manchmal, aber die Mafia nie!"

Hakim zeigte sich befriedigt darüber, wie er Ibrahim sichtlich fertiggemacht und gedemütigt hatte. Dann befahl er dem Folterer, das Halsband zu lösen und Ibrahim gehen zu lassen. Dieser machte noch Bücklinge vor Hakim und humpelte dann mühsam hinaus, bedacht darauf, seinen wunden linken Fuß nicht zu sehr zu belasten.

Sobald Ibrahim den Raum verlassen hatte, sprach Hakim den Saudi an:

„Du kannst jetzt deine *Ghutra* wieder korrekt tragen. Aber bleibe einstweilen hier."

Es war ja noch die Strafe Al Meydanis festzulegen. Der Vermummte wickelte das Tuch von seinem Gesicht ab, drapierte es in der traditionellen Weise der Beduinen auf seinem Haupt und sah Hakim erwartungsvoll an.

Dieser reflektierte zunächst generell über die ihm zugeteilten Afghanen. In einer falsch verstandenen Solidarität zwischen Dschihadisten sandten die Taliban immer wieder junge Männer zum Schwarzen Halbmond, die sich als noch schwieriger einzusetzen erwiesen als die Syrer, da sie nicht einmal Arabisch, die *lingua franca* der Organisation, beherrschten und noch unzivilisierter waren. Diese Typen gelangten unbehelligt inmitten der riesigen chaotischen Flüchtlingsströme nach Westeuropa und fanden dann, per Handy aus Afghanistan ferngesteuert, den Weg zu den verschiedenen islamistischen Zellen. Dort konnte man sie aber nur für gänzlich untergeordnete Tätigkeiten verwenden.

Al Meydani, dessen *nom de guerre* auf seinen trostlosen Herkunftsort in der Nähe der pakistanischen Grenze hinwies, stellte eine solche Leihgabe von zweifelhaftem Wert dar. Hakim konnte keinerlei Sympathie für diesen jämmerlichen, orientierungslosen Burschen ohne jeglichen Antrieb empfinden, obwohl er ein Glaubensbruder war. Ein derartiges Vergeuden eines Lebens befremdete ihn vollends.

Fast hätte er bei diesen Gedankengängen den Saudi vor ihm vergessen. Das Urteil über den Afghanen stand aber eigentlich juristisch klar und unverrückbar fest: Nach der Auslegung der Scharia durch den Schwarzen Halbmond entsprach der angerichtete Schaden von grob gesagt 400.000 Euro etwa dem Wert eines menschlichen Auges.

Hakim verkündete seinen Richterspruch und gab im selben Atemzug zu bedenken:

„Die göttliche Scharia besagt, dass ein Auge Al Meydanis geblendet werden muss, *inschallah*. Wie vermögen wir das aber selbst zu bewerkstelligen? Wir können ihn ja nicht einfach in das *Hôpital La Timone* fahren und ihm dort von einem Augenchirurgen ein Sehorgan herausoperieren lassen."

Der Saudi unterrichtete Hakim sachkundig:

„Wir haben einen jungen Iraqi, der an der Universität Basra drei Semester Medizin studiert hat. Dieser Gefolgsmann schneidet dem Afghanen ein Auge heraus, ganz direkt und brutal wie ein Fleischer. Das erste Auge, das entfernt wird, ist immer das linke. Ich sähe es ja gar zu gerne, wenn die Operation ohne Narkose stattfinden könnte, damit Al Meydani auch einen Genuss davon hat. Aber das geht leider nicht. Das Opfer muss bei der Operation liegen, anders kann es der Arzt nicht machen. Wegen der die Konzentration störenden Schmerzensschreie des Patienten – haha! – wäre dieser zu knebeln. Aber dann würde er im Liegen beim ersten Gebrüll an Erstickung krepieren. Die Sache ist also ohne lokale Betäubung nicht zu schaffen."

Hakim wandte mit finsterer Miene ein:

„Dann würde der Hund aber keine Qualen erleiden. Ohne Schmerzen keine Strafe! Das ist mein Prinzip! Du könntest den Kerl vorher mit einer Spezialbehandlung verwöhnen, solange er noch alles ganz genau mit zwei Augen sieht und deinen Erfindungsreichtum würdigen kann. Dieser blöde Afghane hat angeblich durch zu viele Zigarettenpausen eine Aktion verhauen. Was fällt dir dazu ein?"

Das Gesicht des Befragten leuchtete freudig auf: „Ja, ja, da ist die *heiße Bastonade* sehr passend, die ich selbst entwickelt habe. Die beginnt mit der klassischen Bastonade, wie sie unsere ehrwürdigen Vorfahren erfolgreich praktiziert haben. Nach dieser Präparierung des Opfers wühle ich mit einer brennenden Zigarette in den Wunden auf den Fußsohlen herum. Da hört man schöne Gesänge! Und sein Flehen nach einer Zigarettenpause erhält dann eine ganz neue Bedeutung. Nachher ist sehr scharf zu desinfizieren, sonst verendet das Subjekt am Tetanus."

Die vorgeschlagene Form der Urteilsvollstreckung stellte Hakim sehr zufrieden. Zunächst würde der Saudi an Al Meydani die heiße Bastonade perfektionieren und dann würde der irakische Medizinlehrling das linke Auge des Taliban herausschneiden. Damit hat man Gerechtigkeit walten lassen, so resümierte Hakim. Mit der Binde über einem Auge wird der Afghane fortan wohl scherzhaft *der Pirat* genannt werden. Ich werde ihn in die Rekrutierungsabteilung des Schwarzen Halbmonds versetzen, wo Al Meydani künftighin weniger Schaden anrichten kann, entschied Hakim für sich. Dort mag er bei seinen zahlreichen afghanischen Landsleuten im Département Werbung für die Organisation betreiben. Dass der Taliban sich unter Umständen vom Schwarzen Halbmond absetzen und so eventuell sogar für diesen eine Gefahr darstellen könnte, schloss Hakim dezidiert aus. Der Pirat würde sich in diesem Fall nur selbst schaden, als Schlepper oder zumindest wegen Schlepperhilfsdiensten verurteilt und anschließend in sein Heimatland deportiert werden, wo ihn brutalste Strafen erwarteten. Verglichen damit, würde Al Meydani die Behandlung durch den Schwarzen Halbmond immer noch vorziehen und alles akzeptieren.

Hakim fühlte, dass er nun Allahs Werk gut vollbracht hatte, und er begann damit, sich mental auf das Nachmittagsgebet *Asr* vorzubereiten.

KAPITEL 3

Sitzung des Triumvirats der Schleppersektion des Schwarzen Halbmonds. Anwesend: Hakim, der Ägypter, Salah, der Iraqi, und Al Hufufi, der Saudi. Die Gesichter der drei Teilnehmer unterschieden sich kaum: dunkelbrauner Teint, schwarze Vollbärte, schwarze Brauen über schwarzen Augen und wulstige semitische Lippen zwischen den Barthaaren. Nur Salahs Bart graute schon etwas an den Rändern. Der Saudi hob sich von den beiden anderen durch die *Ghutra*, die seinen Kopf bedeckte, und durch die makellos weiße *Thobe* um seinen beleibten Körper ab. Der schlanke und asketische Hakim und der breitschultrige und kernige Salah waren hingegen westlich gekleidet.

Salah hatte früher für den Geheimdienst Saddam Husseins gearbeitet, hatte dem Diktator nach dessen Sturz aber abgeschworen und sah sich nach eigener Definition als *born-again muslim*. Er war ein alter Haudegen in den Bereichen Camouflage und schmutzige Tricks. Außerdem galt er als Kosmopolit, da er gefälschte Pässe mehrerer Staaten besaß, was ihm den leichten Zutritt zu praktisch allen Ländern der Welt ermöglichte.

Al Hufufi war der Quotensaudi. Die saudi-arabischen Geldgeber bestanden nämlich darauf, in allen wesentlichen Gremien der Organisation durch einen ihrer Landsleute vertreten zu sein, auch wenn dieser oft über keine Führungsqualitäten – und nicht einmal ausreichende Intelligenz – verfügte. Er stammte, wie sein Deckname schon besagt, aus dem in der Ostprovinz gelegenen Hufuf, dem ödesten aller öden Oasenkaffs, das selbst Saudis als den After der Welt bezeichnen, um es gesellschaftsfähig auszudrücken. Sein Gehirn war genauso brach und verödet wie sein Heimatort. Er stellte ein typisches

Produkt des saudi-arabischen Bildungssystems dar: Er konnte große Teile des Korans auswendig, aber ohne tieferes Verständnis hersagen, hatte aber keine Ahnung von der Welt.

Sein Herkunftsland diente oft als Zielscheibe für Hakims Sarkasmus. Die saudi-arabischen Könige bezeichnen sich selbst als die Schutzherren der beiden heiligen Moscheen von Mekka und Medina, aber Hakim apostrophierte sie spöttisch als ihre Hausmeister. Die Dynastie der Sauds kann nämlich keinen einzigen ernst zu nehmenden theologischen Lehrmeister aufweisen, der es wert wäre, mit diesen Heiligtümern in einem Atemzug genannt zu werden. Noch dazu teilt sie aus eigener Unfähigkeit den gesamten Ölreichtum des Landes mit den ungläubigen Amerikanern, die zum Dank dafür Kriege über moslemische Staaten wie Irak und Afghanistan gebracht haben und den Erzfeind Israel mit massiven Militärsubventionen unterstützen, so dachte Hakim mit Ingrimm.

Er betrachtete es außerdem als einen historischen Zufall oder als eine undurchschaubare Laune Allahs, dass der Prophet, Friede sei mit ihm, auf der arabischen Halbinsel geboren worden war. Das beinhaltete dann auch schon den ganzen Beitrag der Beduinenstämme zum Islam, aus der Sicht einer arroganten ägyptischen Geistesgröße wie Hakim. Aber vielleicht war Muhammad, Friede sei mit ihm, nichts als eine milde Gabe, die Allah der Wohltätige in seinem unendlichen Erbarmen dem unbedarften Wüstenvolk der Araber bereitet hat, so spekulierte der Islamist.

Hakim pflegte sich bei den Besprechungen des Triumvirats selbst den Vorsitz zu übergeben, obwohl die drei Anwesenden konstitutionell eigentlich gleichberechtigt hätten sein sollen und daher eine rotierende Sitzungsleitung angebracht gewesen wäre. Aber was wussten die beiden anderen denn, von ihrem politischen Hintergrund her, überhaupt von Gleichberechtigung? Hakim konnte also demokratisches Regulativ getrost ignorieren. Er sah sich ja als jemanden, der zum Emir oder gar zum Kalifen geboren war. Allah in seinem unergründlichen Ratschluss hatte ihn hingegen in Ägypten aufwachsen lassen, einem Land ohne Emirate und stattdessen mit einem chaotischen Wechselspiel zwischen Pseudodemokratie und Militärdiktatur. Aber seine Ambition, irgendwo – vielleicht im Irak oder in Syrien – unter einem islamistischen Regime zu einem hohen Würdenträger aufzusteigen, hielt Hakim stets lebendig. Salah und Al Hufufi akzeptierten die Führungsrolle des Ägypters stillschweigend und vielleicht auch aus Bequemlichkeit.

„*Salaam*", grüßte Hakim.

„*Salaam aleikum*", murmelten die beiden anderen.

Dass Hakim nur die verkürzte Grußformel verwendet hatte, bedeutete nichts Gutes. Er war wahrscheinlich noch wegen der Affäre mit Ibrahim und Al Meydani verstimmt.

„Die betuliche Mitleidstante in Berlin hat das Jahr der offenen Tür in Deutschland ausgerufen, wie ihr in den Nachrichten hört", sprach Hakim unumwunden gleich die Tagesordnung an.

Der begriffsstutzige Saudi wandte sich an Salah:

„Wen meint er?"

Der Iraqi raunte Al Hufufi den Namen einer deutschen Politikerin zu, woraufhin beide grinsten.

„Das mit der Mitleidstante gefällt euch also", warf sich Hakim in die Brust. „Dann soll Salah unserem hochverehrten Herrn Staatspräsidenten ein sarkastisches Etikett verpassen."

„Die Cremeschnitte auf zwei Beinen in Paris."

Hakim lachte anerkennend:

„Sehr gut, sehr gut. Al Hufufi, jetzt bist du an der Reihe mit dem italienischen Ministerpräsidenten."

Der Angesprochene überlegte eine Weile, monierte, dass er sprachlich nicht so begabt sei, und offerierte schließlich:

„Das Pastabubi in Rom."

„Schwach, ziemlich schwach", quittierte Hakim diesen Versuch. „Daran musst du noch weiter feilen. Wie dem auch sei, Tatsache ist, dass die europäischen Spitzenpolitiker prächtig in unsere Hände arbeiten. Dank ihrer Naivität und Hilflosigkeit wird das gesamte Schleppergeschäft in Europa in diesem Jahr im Vergleich zum Vorjahr um etwa 500 Prozent wachsen. Übrigens, wisst ihr, warum man diese Leute *Spitzenpolitiker* nennt?"

Die beiden anderen blickten sich ratlos an.

„Weil sie ihre eigene Unfähigkeit auf die *Spitze* treiben", gab Hakim selbstgefällig und nach einer theatralischen Pause die Antwort auf seine Scherzfrage preis.

Salah und Al Hufufi lachten pflichtgetreu, aber eigentlich goutierten sie Hakims Wortspiele gar nicht. Ihr Geschmack ging mehr in Richtung einer derberen Form des Humors.

„Früher gab es in Europa Staatsmänner wie Churchill, Adenauer und de Gaulle. Die hätten hart durchgegriffen und uns schnell in die Enge getrieben. Kein Vergleich mit dem Freiheitsraum, den man uns heutzutage schenkt. Die gegenwärtigen Machthaber – es ist natürlich ein Witz, diese politischen Harlekine so zu bezeichnen – sind symptomatisch für die Dekadenz der westlichen Welt. Sie schaufeln recht emsig das Grab des Christentums, und so wird der Islam letztlich triumphieren, Allah sei gepriesen! Wenn man bedenkt, wie viel kostbares Blut unsere moslemischen Brüder vor Jahrhunderten in Spanien, Mitteleuropa und am Balkan vergossen haben, um die Ungläubigen zu überrennen. Aber es war damals vergeblich. Und nun spazieren wir einfach durch die offene Pforte herein und sie empfangen uns sogar mit Willkommenstransparenten, die christlichen Daumenlutscher!"

So gab sich Hakim seinem Hang zu politischen und historischen Diskursen hin. Salah und Al Hufufi nickten beifällig, obwohl sie nicht alle seine Referenzen verstanden.

Hakim kehrte nun zum Hauptthema zurück:

„In diesem Kontext ist unser Geschäftsmodell selbstverständlich bestens aufgestellt. Aber wir dürfen deswegen nicht saumselig werden. Wir müssen stets kampfbereit bleiben, das fordert der heilige Koran – gelobt sei der Prophet, der ihn schrieb, und Friede sei mit ihm! Wenn der Kuchen so viel größer wird, dann ist es unabdingbar, dass unser prozentualer Anteil daran zumindest konstant bleibt. Was meint ihr?"

Salah reagierte als Erster darauf:
„Ich sehe ein Problem darin, dass die Deutschen das Tor Richtung Südosten geöffnet haben. Jetzt wollen alle Migranten über die Balkanroute kommen und unsere Lampedusa-Route gerät ins Hintertreffen. Wir müssen versuchen, unsere Route als die attraktivere darzustellen, *inschallah!*"

„Ja, was sind denn eigentlich die Vorteile unserer Route?", fungierte Al Hufufi nur als schwacher Katalysator des Gesprächs.

Hakim nahm sogleich die Herausforderung an:
„Unser großer Verkaufsschlager ist es natürlich, dass bei uns die *gesamte* Route, von den Flüchtlingslagern im Nahen Osten bis nach Lampedusa, unter der Kontrolle einer *einzigen* Organisation, nämlich unseres Schwarzen Halbmonds, steht. Wenn wir die Mafia in diesem Geschäftszweig als unsere engen Partner betrachten, dann bist du als Passagier innerhalb von Italien indirekt *auch noch* in unseren guten Händen. Und wenn du nach Frankreich willst, bist du dann *wieder* in unserer unmittelbaren Obhut. Auf der Balkanroute hingegen wirst du von einem Schlepperclan zum anderen weitergereicht. Diese schäbigen Gangsterbanden erbringen aber nur die allergeringsten Dienstleistungen für dich. Wenn man alle Etappen zusammenrechnet, ist die Balkanroute außerdem *viel kostspieliger* für die Migranten als unsere Route. Wir sind also bei der Tarifgestaltung im Vorteil und müssen dabei auch weiterhin konkurrenzfähig bleiben. Unsere Beobachter sollten uns daher laufend über die Preisentwicklung auf der Balkanroute informieren."

Der Ägypter ließ seine Argumente bei den Gesprächspartnern kurz einsinken und setzte fort:
„Als moslemischer Passagier wirst du es auch sehr schätzen, wenn du bei uns in der brüderlichen Sorgsamkeit einer moslemischen Organisation aufgehoben bist. Das sollte doch

ein beruhigendes Gefühl für jeden gläubigen Moslem sein. Hingegen gerätst du auf der Balkanroute schon ab Griechenland in die Klauen der Ungläubigen. Des Weiteren bist du bei uns von Syrien über Jordanien und Ägypten bis Libyen immer in moslemischen Ländern unterwegs, kannst in Moscheen beten, erhältst dein gewohntes *halal* Essen, und so fort. Die Vorteile unserer Route liegen also klar auf der Hand. Wir müssen sie eben nur geschickt vermarkten."

Salah, der nüchterne Pragmatiker, gab zu bedenken: „Wollen wir einmal versuchen, ganz objektiv zu sein. Wir haben leider *schon* Schwachpunkte aufzuweisen. Zum einen ist die Etappe durch Libyen wegen der dort herrschenden chaotischen politischen Verhältnisse sehr gefährlich. Zugegeben, unsere libyschen Brüder stellen ein paar gepanzerte Begleitfahrzeuge mit bewaffneten Männern für unsere Konvois zur Verfügung. Aber du weißt, Hakim, wenn ein Rudel Banditen es darauf anlegt, einen unserer Transporte aus dem Hinterhalt zu überfallen, dann hat die sogenannte Schutzmannschaft *keine Chance*. Der Angreifer mit dem Überraschungseffekt ist *immer* im Vorteil, eine alte Kriegsweisheit."

Hakim unterbrach kurz:

„Da können wir daran arbeiten. Wir müssen uns zum Beispiel bemühen, die Route durch Libyen noch sorgfältiger auszuwählen, sodass sie nur durch das Territorium von verbündeten Brüdern führt."

Salah nahm seine Argumentation wieder auf:

„Das ist auch nicht so einfach, denn die Grenzen der Einflusssphären verschieben sich dauernd. Aber lass mich zu meinem *zweiten* und vielleicht noch wichtigeren Punkt kommen. Was bei unserem Reiseweg viele wirklich abschreckt, das ist die Überfahrt über das Mittelmeer von Libyen bis Lampedusa. Die Boote, die wir bereitstellen, sind ja wirklich das letzte Aufgebot. Geradezu lebensgefährlich, würde ich sagen. Ich selbst würde *nie und nimmer* in so eine Schaluppe steigen. Da müssten wir einmal einen größeren Betrag, und ich meine einen *wirklich* größeren, investieren und tatsächlich hochseetaugliche Schiffe einsetzen. Diese könnten dann ganz regulär etwa unter der Flagge von Panama segeln. Das sollte die Attraktivität unserer Route schlagartig verbessern."

Hakim ging gleich darauf ein:

„Ja, Salah, du hast recht. Das ist ein wunder Punkt. Wenn man auf der konkurrierenden Route in die EU gelangen will, braucht man nur die paar Kilometer von der türkischen Küste auf die Insel Kos oder Samos überzusetzen. Mit einem Schlauchboot überhaupt kein Problem, sogar ein guter Schwimmer schafft das. Bist du einmal auf einer ihrer Inseln, bringen dich die Griechen kostenlos zur Grenze nach Mazedonien und geben dir sogar die besten Wünsche für die Weiterreise nach Deutschland mit. Das ist ihre Art, sich für die Sparauflagen aus Berlin zu revanchieren."

Der Iraqi war etwas indigniert über die zu lange Unterbrechung durch Hakims Ausführungen:

„Gut, danke für den Vortrag, Hakim. Aber was sagst du zu der Idee mit den besseren Schiffen für die Mittelmeerüberquerung?"

Hakim gab sich zögerlich bei seiner Antwort, denn er wollte diese neue Idee erst intellektuell verarbeiten:

„Im Prinzip ist das ein konstruktiver Ansatz. Ich werde deinen Vorschlag mit dem Großen Bruder aufnehmen. Vorher sollten wir das aber genau durchrechnen, denn er liebt keine Ausgaben, die sich nicht schnell amortisieren. Im Augenblick habe ich keinen Begriff davon, wie viel ein geeignetes seetüchtiges Schiff kostet, das unseren Ansprüchen Genüge tun würde. Da müssen wir noch Erkundigungen einziehen."

Beim Stichwort *Schiff* horchte Al Hufufi auf und sah eine Gelegenheit, dem Rassismus der Saudis gegenüber Schwarzen freien Lauf zu lassen. Für die meisten Saudis sind ja Schwarze gleichbedeutend mit Sklaven, und das basiert auf einer langen, schmählichen Tradition. Jahrhunderte *vor* den Amerikanern und Briten hatten die Araber schon einen regen Sklavenhandel in Schwarzafrika betrieben, und das waren die einzigen sozusagen menschlichen Kontakte zwischen dieser Region und der arabischen Halbinsel, was zu einer sehr schiefen Perspektive führte.

„Ob auf dem Schiff oder im Boot, wir sollen keine Schwarzen mehr als Passagiere übernehmen, *inschallah*. Diese Typen sind lauter Drogenhändler und Schwindler, sie wollen sich alle unter die echten Flüchtlinge einschleichen. Viele geben sich als Somalier aus, weil sie dann aus einem angeblichen Kriegsgebiet kommen, und die Allerfrechsten sogar als Syrer", erregte sich Al Hufufi.

„Ja, ich glaubte, mich in unserem Nahen Osten gut auszukennen, aber ich wusste auch nicht, dass es in Syrien eine so große afrikanische Minderheit gibt", fiel ihm Hakim ins Wort, um einen seiner zynischen Scherze anzubringen.

Der Saudi ereiferte sich weiter:

„Und die naiven, unbedarften Europäer nehmen ihnen jede Absurdität ab. Indessen liegt es auf der Hand, dass die Schwarzen unverschämte Trittbrettfahrer sind, die sich das Flüchtlingselend anderer zunutze machen. In Wirklichkeit wollen sie nur die miesen Länder hinter sich lassen, die sie selbst durch Korruption, Misswirtschaft und Faulheit ruiniert haben. Dann kommen sie nach Libyen, jammern herum und verlangen immer günstige Sondertarife von uns, weil sie aus der verrotteten Dritten Welt stammen. Über ihren Glauben tischen sie uns nur Lügengeschichten auf. Sie gaukeln uns vor, Moslems zu sein, weil sie annehmen, dass ihnen das bei uns Sympathien einbringt. Aber ich habe noch nie erlebt, dass einer dieser schwarzen Kerle die Gebetszeiten eingehalten hätte. In Wahrheit glauben sie nur an Schlangengötter und Voodoozauber."

Hakim und Salah sahen sich bei diesen Ausfälligkeiten betreten an. Ein guter Moslem sollte eine ganze Menschengruppe wie die Schwarzafrikaner nicht so pauschal verdammen. Schließlich gab es ja auch wirklich fromme Glaubensbrüder unter ihnen, die untadelig waren und strikt den Geboten des Korans folgten.

Hakim fühlte, dass es ihm in seiner Rolle als selbst ernanntem Vorsitzenden zukam, nun beschwichtigend einzuwirken. Eine solche Besänftigung konnte kaum besser als durch gemeinsames Teetrinken gelingen. Er ging zu seinem Kasten und holte eine *Dallah* aus Messing und drei blumig dekorierte Tassen heraus. Dann füllte er frische Minze in die *Dallah*, wartete, bis der Wasserkocher dampfte, und goss sprudelnd heißes Wasser in die Kanne. Während er den Tee ziehen ließ, breitete er Feigen, Datteln und Pistazien auf einem Teller aus, den er zusammen mit den Tassen auf den Konferenztisch stellte. Nachdem jeder einige Schlucke Tee und ein paar Naschereien genossen hatte, nahm Hakim einen neuen Anlauf:

„Allah sei Lob und Dank für so etwas Köstliches und Anregendes wie diesen Tee. Da spricht es sich gleich leichter. Meine Brüder, lasst mich resümieren, dass es uns das gegenwärtige Umfeld erlaubt, unsere Passagierzahlen erheblich zu steigern. Aber wir müssen uns mit Allahs Hilfe noch kräftiger ins Zeug legen. Jede Firma, die florieren will, braucht Werbung, und so sollten auch wir für unser Angebot an die Migranten Reklame machen."

„Was willst du tun?", warf Salah ein. „Gehen wir mit Pauken und Fanfaren in die syrischen Kriegsgebiete, um günstige Flugpauschalreisen nach Berlin samt Empfang beim Bundespräsidenten anzubieten? Sollen wir in Zeitungen im Nahen Osten Annoncen schalten, dass wir die billigsten, verlässlichsten und noch dazu die einzigen von der EU amtlich zertifizierten Schlepper sind? Oder willst du womöglich höchstpersönlich im türkischen und libanesischen Fernsehen auftreten und vorführen, wie du ein syrisches Kind mit großen, glänzenden Rehaugen auf einer Luxusjacht über das Mittelmeer fährst? So ein Video kannst du auch auf YouTube hochladen. Das wird sicherlich ein Hit."

Hakim lachte kurz und trocken und erwiderte:

„Ja, das könnten wir alles versuchen. Aber Spaß beiseite. Mein Vorschlag ist es, den Stier bei den Hörnern zu packen und *selbst* in die Flüchtlingslager in der Türkei, in Jordanien und im Libanon zu gehen. Dort sind wir gewissermaßen an der Quelle und können unsere Kunden persönlich und direkt ansprechen. Wir geben uns einfach als Syrer aus und können uns dann in den Lagern problemlos bewegen. Diese Möglichkeit haben die serbischen und rumänischen Schlepper nicht. Wir werden sie damit ausstechen."

Hakim merkte, dass diese Idee Salah und Al Hufufi plausibel erschien, und er setzte fort:

„Da gibt es noch einen *zusätzlichen* Aspekt, den wir bedenken sollten. Wenn wir unsere Geschäftstätigkeit ausbauen wollen, brauchen wir selbstverständlich mehr Personal, um es in der Kommerzsprache auszudrücken, oder wenn ihr das lieber hört, mehr Brüder für den Schwarzen Halbmond. Wenn wir schon in den Lagern sind, können wir dort auch gleich Rekrutierung für die Organisation betreiben. Ich bin überzeugt, dass es in den Flüchtlingslagern genug Männer geben wird, die aus Idealismus oder auch aus Hass gegen die kriegstreibenden Christen oder aus Verzweiflung über die Lage, in der sie sich derzeit befinden, zu uns stoßen wollen."

Salah hob wie warnend die Hand und schränkte ein:

„Damit lädst du dir aber Kompetenzstreitigkeiten mit der Rekrutierungssektion auf den Hals. Du weißt, wie eifersüchtig jede Abteilung ihre Agenden beschützt."

Hakim nickte und reagierte einsichtig auf diesen Einwand:

„Ja, genau. Das muss ich freilich noch mit unseren Rekrutierern abklären. Eine Möglichkeit wäre es, eine Delegation in die Flüchtlingslager zu senden, die zu gleichen Teilen aus unserer Abteilung und der Rekrutierungsabteilung beschickt wird. Oder wir könnten als die sogenannte *Auslandsfiliale* der Rekrutierungssektion alleine agieren."

Salah brachte nun mit Nachdruck die irakische Komponente ein:

„Ich muss auch an meine Landsleute denken. Lasst mich das kurz ansprechen. Iraqis wollen auch nach Europa kommen, aber sie ziehen natürlich nicht in die Flüchtlingslager für die Syrer. Sie haben ja andere Wege zur Verfügung. Leider weiß man nicht, wie lange der Irak noch als Kriegsgebiet anerkannt wird. Sobald dieser Status verloren geht, wird es für Iraqis schwieriger werden, auf legale Art in der EU Aufnahme zu finden."

Hakim war auf diese Problematik schon vorbereitet und beruhigte Salah:

„Das kriegen wir schon hin. Wir leiten deine irakischen Brüder über Ägypten um und versorgen sie dort mit gefälschten syrischen Pässen. Du weißt ja selbst, wie man das macht. Vielleicht kannst du unsere Experten in Kairo sogar noch zusätzlich beraten. Dasselbe gilt für unsere Brüder aus Jordanien, Palästina und dem Libanon, die nach Europa auswandern wollen. Wir können über die Imame in allen diesen Ländern auf die potenziellen Migranten einwirken, doch die Route über Ägypten zu wählen."

Salah begeisterte es sichtlich, möglicherweise wieder in das Fälschergewerbe, wenn auch nur als Konsulent, einsteigen zu können. Er hatte ja schon seit längerer Zeit das Gefühl, dass seine praktischen Fähigkeiten beim Schwarzen Halbmond nicht gebührend gewürdigt und eingesetzt wurden. Seiner Meinung nach fanden die Talente von intellektuellen Frömmlern wie Hakim viel mehr Anerkennung. Aber letzten Endes sind es doch die Männer der Tat wie er, Salah, welche die Welt voranbringen!

Hakim hatte noch eine weitere Argumentation vorbereitet. Zuerst nahm er noch einen Schluck Tee, öffnete dann seinen Laptop, stieg in seine Mailbox ein und verkündete mit dramatischer Emphase:

„Diese Mail vom Islamischen Staat in Syrien hat der Große Bruder gestern an einige unserer Führungskräfte weitergeleitet. Ich lese euch die zentrale Aussage vor: ‚Die Franzosen, das Hundepack, die verhurten Weinsäufer, die haben begonnen, unsere Stellungen in Syrien zu bombardieren. Das schreit nach Rache. Bewegt eure faulen Hintern und tretet in Aktion!' Ja, deutlicher kann man es wohl nicht sagen, *inschallah!* Übrigens, wenn ihr befürchtet, dass unsere Feinde und die NSA solche Mails mitlesen können, so kann ich euch beruhigen. Wir sind auf dem modernsten Stand. Alle unsere Kommunikationen per Mail und die des Islamischen Staates werden mit dem Verschlüsselungsprogramm PGP chiffriert. Das gilt als absolut sicher, wenn man es sachgemäß verwendet, und das tun wir selbstredend. Das Geniale dabei ist, dass man mit einem mathematischen Trick die Chiffrierschlüssel austauschen kann, ohne sich je gesehen zu haben. Aber fragt mich bitte nicht, wie das genau funktioniert. Hassan von der Rekrutierungssektion hat versucht, es mir zu erklären, aber ich bin für höhere Mathematik unbegabt."

Salah, der als ehemaliger Geheimdienstler allerhand von Chiffrierung verstand, ließ sich sogleich vernehmen:

„Da gibt es doch das neue Buch vom berühmten Kryptologen Niederreiter und irgendeinem Mitautor, in dem das alles so gut erklärt ist, dass es sogar *du* verstehen kannst. Oder ihr verwendet gleich das Verschlüsselungsverfahren von diesem Niederreiter selbst, das als noch sicherer als PGP gilt."

Der Ägypter hob entschuldigend die Arme und zog die Augenbrauen hoch. Er glaubte nicht, dass er trotz dieser Empfehlung von Salah jemals in seinem Leben ein mathematisches Werk zur Hand nehmen würde.

Dann kehrte Salah zum Hauptthema zurück:

„Unsere tapferen Brüder in Syrien haben recht. Die Cremeschnitte auf zwei Beinen in Paris, der Versager, den sogar seine Geliebte wegen seiner unerträglichen Biederkeit verlassen hat, der will sich nun in Szene setzen und Napoleon IV spielen. Wir müssen das mit deutlichen Operationen beantworten. Wir waren in letzter Zeit in diesem Bereich zu lethargisch. Eine andere Sprache als die der Bomben und der Kalaschnikows verstehen die Ungläubigen nicht, bei Allah!"

Diese Worte feuerten Hakims Enthusiasmus an:

„Ja, wir lassen es blitzen, donnern und krachen, dass den Ungläubigen – mögen sie im Höllenfeuer rösten! – das Hören und Sehen vergeht. Wir schießen jeden Polizisten, den wir erwischen, über den Haufen. Wir legen Bomben in ihren Bahnhöfen und Metrostationen, sodass das Transportsystem zusammenbricht. Wir brennen die heidnischen Tempel nieder, die sie Kirchen nennen. Die Notre Dame de la Garde in Marseille ist mir ein besonderer Dorn im Auge. Ich empfinde es als absolute Provokation, wie sie protzig dort oben auf dem Hügel sitzt und über unseren Moscheen und Gebetshäusern thront. Welche Wohltat, ja welcher Genuss wäre es, sie in Schutt und Asche zu sehen! Das würde es die Ungläubigen lehren, dass sie sich nicht ungestraft über uns erheben können."

Salah steigerte sich gleichfalls in eine wilde Begeisterung und rief:

„Mein großer Traum ist es, die Nationalversammlung in Paris anzuzünden und auszuräuchern! Das wäre ein Coup! Es würde mir eine paradiesische Lust bereiten, all diese dämlichen Abgeordneten, die stets für die Kriege gegen moslemische Staaten gestimmt haben, wie die Fackeln lodern zu sehen. Dieses Vorhaben wäre leicht durchzuziehen, denn das Gebäude wird nur von ein paar lächerlichen *flics* bewacht, die kaum in der Lage sind, sich selbst zu verteidigen. Al Hufufi, was ist dein Traum?"

„Den Eiffelturm in die Luft jagen. Das würde die ganze Welt schockieren, *inschallah*", antwortete der Saudi lakonisch, aber mit umso größerer Bösartigkeit in der Stimme.

Hakim musste nun wieder die Zügel in die Hand nehmen, bevor sie sich alle in einer infantilen Zerstörungshysterie verloren:

„Ihr habt tolle Ideen, aber wenn wir sie realisieren möchten, sollten wir uns zwei Punkten zuwenden, auf die ich ohnedies hinweisen wollte. *Erstens* müssen wir alle vermehrt Druck auf die Aktionsabteilung ausüben, damit sie wieder agiler wird.

Diese Sektion ist in den letzten Monaten wirklich etwas bequem geworden und hat sich auf kaum vorhandenen Lorbeeren ausgeruht. Mein *zweiter* Punkt ist eng damit verknüpft, und ich habe ihn ja heute schon in einem anderen Zusammenhang akzentuiert. Auch für verstärkte Aktionen, genauso wie für unseren geplanten Ausbau der Geschäftstätigkeit, benötigen wir *mehr Mitstreiter*. Wir müssen also mit Allahs Hilfe rekrutieren, rekrutieren, rekrutieren! Und natürlich nicht nur in den Flüchtlingslagern im Nahen Osten, sondern auch bei uns hier, in unserer Stadt, in unserem Département, in unserer Region."

Die beiden anderen Mitglieder des Triumvirats pflichteten dezidiert bei, zuerst Salah und dann Al Hufufi mit denselben Worten:

„So soll es sein, bei Allah und beim Namen des Propheten, Friede sei mit ihm!"

Nach dieser Manifestation der Einhelligkeit erklärte Hakim, dass nun die heutige Tagesordnung abgearbeitet sei. Bis zum Mittagsgebet *Dhuhr* verblieb noch etwa eine halbe Stunde Zeit, und so verweilten Salah und Al Hufufi bei Hakim. Der Vorsitzende füllte die Tassen erneut mit Pfefferminztee.

Salah begann den gewissermaßen inoffiziellen Teil der Sitzung mit der Frage:

„Warum fährst du nicht selbst in die Flüchtlingslager, Hakim? Du bist doch mit deinem rhetorischen Geschick prädestiniert dafür, Leute für unsere Arbeit anzuwerben."

„Du könntest das gleich mit einem Hadsch verbinden. Die Hadschsaison naht sowieso heran", fügte Al Hufufi hinzu.

Er war als saudi-arabischer Patriot naturgemäß daran interessiert, den Pilgertourismus in seinem Land anzukurbeln. Eine andere Form von Tourismus ist dort ohnehin nicht gestattet, und es gibt, nebenbei bemerkt, in Saudi-Arabien außer den beiden heiligen Moscheen so oder so nichts zu sehen.

„Ich ging schon einmal, vor allerhand Jahren, auf die heilige Pilgerfahrt", so Hakim, „und wenn es euch interessiert, erzähle ich euch darüber."

Salah und Al Hufufi empfanden die Schilderung eines Hadsch als kurzweilige und Allah gefällige Art, die Zeit bis zum nächsten Gebet zu vertreiben, und nickten Hakim aufmunternd zu.

Hakim holte in seinem Bericht weit aus:

„Ich war damals noch Student und Moslembruder in Kairo. Die Koranhochschule ermutigte uns sehr, schon während der Studienzeit auf den Hadsch zu gehen, denn das wurde als unverzichtbarer Beitrag zu unserer theologischen Ausbildung betrachtet. Die Universität bot mir sogar eine finanzielle Beihilfe an, die ich dankbar annahm, da meine Eltern nicht begütert sind und so eine Pilgerfahrt ja mit nicht unerheblichen Kosten verbunden ist, wie ihr wahrscheinlich wisst. Auch von den Moslembrüdern erhielt ich eine Zuwendung, sodass mich der Hadsch praktisch nichts kostete. Wie üblich ging ich mit einer Pilgergruppe auf die heilige Reise, in diesem Fall gebildet aus Studenten meiner Hochschule. Es war angenehm und spirituell inspirierend, auf dieser gottgefälligen Fahrt unter lauter gleichgesinnten und wirklich frommen jungen Männern zu sein. Beim Antritt des Hadsch waren wir voll Hochspannung und erfüllt mit seliger Erwartung."

Hakim schwelgte kurz in seinen Erinnerungen und fuhr fort:

„Eine Reise von Kairo nach Mekka gilt normalerweise als ziemlich unkompliziert, wie ihr euch denken könnt. Beide Städte haben ja exzellente Verkehrsverbindungen. Aber man darf nicht vergessen, dass in den Wochen des Hadsch nun einmal riesige Menschenmassen in Bewegung sind. Schon die Fahrt von Kairo nach Al-Ghardaqah in dem klapprigen alten Bus, den unser Reiseveranstalter billig gechartert hatte, erwies sich als abenteuerlich. Es erschien mir, als ob auf dieser Strecke halb Kairo zum Roten Meer unterwegs gewesen wäre. Die Verkehrsverhältnisse waren verworren, um es milde auszudrücken. Die Straße hatte nur eine Fahrspur in jeder Richtung, und trotzdem wurden wir andauernd rechts und links überholt. Gegen die wendigeren Pkws hatte der Bus keine Chance, aber unser Fahrer lieferte sich stattdessen aus sportlichem Ehrgeiz Wettrennen mit den anderen Bussen. Er versuchte, die langsameren Lkws auf gewagte Art und Weise zu überholen, um mit dem steten Fluss der Busse mitzuhalten. Wenn ein Fahrzeug entgegenkam, drängte er sich rücksichtslos in die Kolonne zurück, was diese natürlich einbremste. Außerdem stießen von den Seitenstraßen immer mehr Autos dazu, die unerbittlich quer in die Kolonne hineinfuhren und damit den Verkehr erneut zum Stillstand brachten. Untermalt wurde das Chaos durch andauerndes wütendes Hupen und Gestikulieren. Sind die irakischen und saudi-arabischen Fahrer auch so durchgedreht?"

Al Hufufi klärte mit unbeeindruckter Miene auf:

„Bei uns ist es *noch* schlimmer. Keiner hat einen blassen Schimmer von Verkehrsregeln, denn, wie euch vielleicht bekannt ist, machst du bei uns keine Fahrprüfung, sondern du *kaufst* dir einfach den Führerschein. Verkehrsampeln finden überhaupt keine Beachtung. Sie werden nur als buntes Farbenspiel zur Dekoration der eintönigen Straßen angesehen. Und Verkehrszeichen? Die werden als unverbindliche Empfehlungen ohne jeglichen Rechtsstatus betrachtet. Auf unseren Highways ist es ganz üblich, mit einem klotzigen SUV von der Straße ab und in den Wüstensand hinaus zu fahren, um überholen zu können, wenn man sonst nicht weiterkommt. Ich fürchte, ich selbst fahre auch so frei und ungebunden."

Hakim setzte zügig fort:

„Da wirst du in Frankreich aber allerhand Strafmandate einsammeln. Ich hoffe, du rechnest sie nicht dem Schwarzen Halbmond auf, haha! Nun, etwa 70 Kilometer vor Al-Ghardaqah gerieten wir in einen monumentalen Stau. Die dreisteren Fahrer wechselten auf die andere Fahrspur, aber auch da staute es sich bald, sodass der Gegenverkehr gleichfalls blockiert wurde. Das ohrenbetäubende Hupkonzert könnt ihr euch kaum vorstellen! Die zwei Nachmittagsgebete und das *Isha* mussten wir am Straßenrand abhalten. Als wir endlich am späten Abend

Al-Ghardaqah erreichten, waren natürlich die Fähre, auf der wir gebucht hatten, und auch die letzte Fähre des Tages schon abgedampft. Unser Reisefahrplan war damit gehörig durcheinandergeraten. Der Imam der Moschee in Al-Ghardaqah trieb mit Allahs Hilfe ein Notquartier für uns auf und mildtätige Brüder offerierten uns Couscous mit Hammelfleisch." Hakim legte eine kurze Kunstpause ein und erzählte dann weiter:

„Am nächsten Morgen stürzte sich unser Reiseleiter in das Getümmel vor dem Büro der Schifffahrtslinie. Mit geschickter Ellbogentechnik arbeitete er sich bis zum Schalter durch, und dort lieferte er eine Talentprobe für seine Übertreibungskünste ab. In arrogantem Tonfall verkündete er, dass er für eine Gruppe von 40 bedeutenden Islamgelehrten die Verantwortung habe. Diese weisen Männer seien ohne ihr Verschulden mit erheblicher Verspätung unterwegs und würden nun in Mekka mit großem Bangen erwartet. Seine VIP-Gruppe musste daher unbedingt bevorzugt behandelt und sofort eingeschifft werden. Tatsächlich trumpfte der Reiseleiter mit dieser Geschichte erfolgreich auf und wir kamen auf die nächste Fähre."

Bei der folgenden Passage verdüsterte sich Hakims Miene: „Das Rote Meer kann im Spätherbst unwirtlich sein, und leider sollte sich das bei unserer Überfahrt bestätigen. Ein grimmiger Sturm peitschte das Meer auf und der Seegang war dementsprechend hoch. Die alte Fähre wurde wie eine Nussschale hin und her geworfen. In unserer Not riefen wir Allah den Gnädigen um Schutz an. Es schien aber, als wolle er uns einer Prüfung unterziehen, denn der bösartige Wind ließ bis Jiddah nicht nach und viele von uns wurden seekrank."

Da keiner der beiden Zuhörer einen Kommentar dazu verlauten ließ, setzte Hakim mit bewegter Stimme fort:

„Jiddah ist zu allen Zeiten eine höchst belebte Hafenstadt. Doch während der Hadschperiode herrscht dort selbstverständlich ein besonders reges Treiben. Wir kamen körperlich ziemlich mitgenommen, aber in religiösem Hochgefühl im Hafen von Jiddah an. Für die überwiegende Mehrheit von uns war es der erste Hadsch, und für viele auch das erste Mal, dass sie das Geburtsland des Propheten, Friede sei mit ihm, betraten. Für Meditation und Einkehr blieb jedoch keine Zeit, denn wir wären von den Menschenmassen auf dem Hafengelände fast weggeschwemmt worden. Unser Reiseleiter hatte größte Mühe, die Gruppe beisammenzuhalten. Schließlich empfahl er, dass wir uns wie die Kinder bei den Händen fassen und so eine Menschenkette bilden sollten. Die Transportbehörde für Pilger in Jiddah hätte eigentlich Shuttlebusse für den Transfer nach Mekka bereitzuhalten. Das ist doch die Hauptaufgabe dieser Behörde. Die Schwierigkeit war nur, die Shuttlebusse in dem ungeheuren Trubel zu finden. Alle Menschen strömten zu diesen Bussen, sodass die Fahrzeuge in dem Gedränge kaum zu sehen waren. Wir konzentrierten uns dann darauf, auf die Ausrufe der Busfahrer zu horchen, die ihre Fahrgelegenheiten wie Marktschreier anboten."

Al Hufufi unterbrach mit der überheblichen Miene eines Besserwissers:

„Ihr hättet euch vorher auf der Webseite der Transportbehörde informieren sollen. Dort sind die Standorte der Shuttlebusse eingetragen."

Hakim berichtete unbeirrt weiter:

„Wir kannten uns damals im Internet noch nicht so aus. Uns rettete es an jenem Tag, dass wir 40 kräftige junge Männer waren, die sich zu einer Ansammlung von Kleinbussen durchboxen konnten und zwei davon eroberten. Wir pferchten uns derart zusammen, dass die beiden schwer erkämpften Fahrzeuge ausreichten. Unsere Busse fuhren dann, da nicht einmal eine Maus mehr Platz darin gehabt hätte, sofort ab und gliederten sich in einen kilometerlangen Konvoi auf der Autobahn nach Mekka ein. Nach dem Überwinden einiger chaotischer Verkehrssituationen, du wirst sie kennen, Al Hufufi, landeten wir schließlich im Zeltlager in der Ebene von Mina."

Hakims ergriffene Stimme spiegelte beredt seine damaligen Eindrücke wieder:

„Diese Stadt der Zelte ist sicherlich einzigartig auf der Welt: Unüberschaubare Reihen von blütenweißen, geräumigen, fast quadratischen Zelten, die nicht wie üblich kegelförmig sind, sondern senkrechte Zeltwände, geschwungene Dächer und darauf hübsche kleine Dachtürmchen haben, alles aus Zeltplanen selbstverständlich. Diese Zelte wurden speziell für die Pilger entworfen. Manche Zelte sind sogar klimatisiert. Die ärmeren Pilger so wie wir sind während ihres Aufenthalts in Mekka in den Zelten von Mina untergebracht. Die reichen Saudis steigen natürlich in den Luxushotels im Zentrum von Mekka ab, die es rund um die Große Moschee gibt. Der Reiseleiter schärfte uns ein, dass wir uns die Lage unserer Zelte genau merken sollten, denn die Zelte sind ganz und gar identisch. Daher kommt es des Öfteren vor, dass Pilger ihren Unterschlupf nicht mehr wiederfinden. Nach all diesen Aufregungen hatten wir naturgemäß einen heißen Appetit. Wir hätten uns gewiss bei den vielen Straßenhändlern in Mina mit Essen versorgen können. Wir wurden jedoch instruiert, auf die Freiwilligen von islamischen Hilfsorganisationen zu warten, und die verteilten tatsächlich Hammelfleisch mit Kabsa."

„Schon wieder Hammelfleisch", kommentierte Al Hufufi boshaft.

Hakim gestand ihm zu:

„Ja, eigentlich aßen wir bei dieser Pilgerfahrt fast nur Hummus und Hammelfleisch. Aber ein Hadsch ist eben keine Gourmetreise!"

Dann schilderte er mit Inbrunst den ersten religiösen Höhepunkt seiner Reise:

„Am nächsten Vormittag begannen wir mit den vorgeschriebenen Ritualen. Zunächst legten wir alle die Pilgerrobe *Ihram* im puren Weiß der Unschuld an. Damit bot unsere Gruppe ein Bild der Askese, der Frömmigkeit und der Gleichheit vor Allah. Dann machten wir uns auf den Weg zur Großen

Moschee, um die erste *Tawaf*, die *Tawaf Al-Ifada*, zum Willkommen in Mekka auszuführen, also die siebenmalige Umkreisung der *Ka'bah*. Wir waren fasziniert von den Dimensionen des heiligen Würfels. Einen besonderen Blickfang stellte die *Kiswah* dar, das kostbare fünfteilige Seidentuch, das die *Ka'bah* bedeckt. Es war etwa 15 Meter hoch, mit breiten, golddurchwirkten Borten und aufgestickten Koranversen, ein Meisterwerk arabischer Webkunst."

„Nur dass sie heutzutage nicht mehr in Saudi-Arabien gewoben wird", warf Al Hufufi ein, „sondern wahrscheinlich in Ägypten oder in der Türkei. Wir haben gar keine so kunstfertigen Weber mehr."

Hakim reagierte mokant auf die Unterbrechung:

„Nun, wir achteten nicht auf das ‚*made in*'-Etikett, als wir um die *Ka'bah* herumgingen."

Dann setzte er seinen Bericht über die Rituale in Mekka mit großer Ernsthaftigkeit fort:

„Jedenfalls beteten wir und tranken vom Zamzamwasser, bevor wir wie Hagar siebenmal zwischen den Hügeln Safa und Marwah hin- und herliefen, wie es der Prophet, Friede sei mit ihm, verlangt. Später an diesem Tag vollbrachten wir die erste Steinigung des Teufels in Jamarat. Es hat mich anfangs überrascht, nicht die überlieferten drei Steinsäulen zu sehen, sondern ziemlich großflächige Steinmauern."

„Ja, die stellte man vor einigen Jahren auf, um die Treffsicherheit der Steinwürfe zu erhöhen", ergänzte Al Hufufi mit etwas Ironie.

Hakim erzählte mit äußerster Konzentration weiter:

„Die Steinwürfe verursachten übrigens Probleme. Nach den Regeln sollen die Steine etwa so groß wie Bohnen sein, aber manche Pilger warfen schwere Steine, Holzstücke oder gar Schuhe. Viele schleuderten aus Ignoranz oder Bequemlichkeit alle Steine auf einmal. Die größeren Wurfgeschosse verfehlten meist ihr Ziel und trafen andere Pilger. Zunächst blieb es bei Streitigkeiten über die Auslegung der Vorschriften. Aber mit der Fortdauer der Verstöße entstanden Tumulte, die in gewalttätige

Handgreiflichkeiten zwischen den Fraktionen ausarteten. Wir schämten uns für diese moslemischen Brüder. Wir brachten die Zeremonie so schnell wie möglich hinter uns und eilten in das Zeltlager zurück. Bei den restlichen Gebeten des Tages flehten wir insbesondere um Allahs Gnade für diese disziplinlosen Pilger."

Hakim schien die Erinnerung an diese verworrene Steinigung immer noch aufzuwühlen. Er musste eine kurze Pause einlegen und einige Schlucke Tee trinken, bevor er mit seinem Bericht fortfahren konnte:

„Am darauf folgenden Tag gingen wir gleich in der Frühe nach Jamarat. Es fiel uns sofort auf, dass jetzt mehr Ordnungskräfte bei den Steinmauern bereitstanden. Die Behörden hatten offenkundig Konsequenzen aus den Vorfällen des Vortages gezogen. Fromme Männer schritten durch die Menge und mahnten die Gläubigen, die Richtlinien einzuhalten. Diese betreffen nicht nur die maximale Größe der Steine, sondern auch, dass sie einzeln zu werfen sind und jeder Wurf von dem Ausruf ‚*Allahu akbar*' begleitet sein muss. Uns von der Koranhochschule dünkte das evident, und wir waren zufrieden, das Ritual in Jamarat nun endlich geregelt durchführen zu können. Nachher verbrachten wir die Mittagszeit und den ganzen Nachmittag auf dem Berg Arafat, wie es die Hadschbestimmungen vorsehen, und beteten *Dhuhr* und *Asr* vor der Nimra-Moschee. Es war einfach erhebend, inmitten von Hunderttausenden von Pilgern Allahs Gebote zu erfüllen, die Männer in einem blanken Weiß, das unter der glühenden Wüstensonne noch heller erschien, und die Frauen in züchtigem Schwarz. In solchen Momenten fühlt man das Wesen der *Ummah*. Man geht mit einem Gefühl der großen Geborgenheit auf in der Gesamtheit der Menschen, die sich Allah unterwerfen."

Hakim war von seinen religiösen Empfindungen ergriffen und hielt erneut inne. Al Hufufi fragte interessiert:

„Hast du, wie es die Vorschriften wollen, die Nacht nach dem Besuch des Berges Arafat in der Ebene von Mouzdalifa im Freien verbracht?"

Hakim antwortete bewegt:
„Ja, selbstverständlich! Das war eine überwältigende spirituelle Erfahrung, die ich nie in meinem Leben vergessen werde. Es ist kaum vorstellbar, Allah dem Wohltätigen näher sein zu können als in einer solchen Nacht. Jedes Mal, wenn ich verzückt zur Majestät des Sternenhimmels aufblickte, vermeinte ich, in den paradiesischen Gärten zu wandeln."

Dann wurde sein Tonfall düsterer:
„Am nächsten Morgen kehrten wir nach Jamarat zur dritten und letzten Steinigung des Teufels zurück. Leider hatte eine Unzahl von Pilgern dieselbe Absicht. Es mussten wohl mehrere Hunderttausend sein. Im berüchtigten Tunnel in Jamarat, in dem schon viele Unglücke passiert sind, kam es zur Katastrophe. Das Fassungsvermögen des Tunnels wurde um ein Vielfaches überschritten. Riesige Menschenströme flossen in Richtung des Steinigungsareals und von dort entgegen. Alle Pilger befanden sich in höchster religiöser Ekstase. Die meisten waren, so wie wir, in Gruppen unterwegs, und diese wollten verständlicherweise zusammenbleiben. Jedoch blockierten sie damit die Passage noch viel mehr. Die Rufe nach mehr Platz schaukelten die Menge auf, denn plötzlich wurde klar, dass es viel zu wenig davon gab. Wie von satanischen Kräften geleitet, entstand ein ungeheuerliches Stoßen und Pressen, und bald vernahm man die ersten Hilferufe. Wir waren erst etwa zehn Meter in den Tunnel eingedrungen, als die Massenpanik ausbrach, und so hatten wir eine Chance, zurück in das rettende Freie zu gelangen. Aber die Leute, die von weiter draußen in den Tunnel hinein drängten, begriffen nicht, was drinnen vorging, und pressten gegen die Menschen, die der Falle entrinnen wollten. Es entspann sich ein Kräftemessen um Leben und Tod, begleitet vom Wehklagen der ersten Verletzten und von verzweifeltem Geschrei. Ich weiß nicht mehr, wie wir aus dem Tunnel herausgekommen sind. Es war alles ein Wirrwarr aus eingekeilten Körpern, schlagenden Armen und verzerrten Gesichtern. Sicher ist nur, dass uns Allah der Allmächtige be-

schützt hat. Zehn der Brüder meiner Gruppe erlitten jedoch Quetschungen und Prellungen und mussten in der Notfallstation des Roten Halbmonds versorgt werden. Wir anderen absolvierten das Steinigungsritual so rasch wie möglich, ließen uns die Haare scheren, wie es die Tradition will, und eilten dann zur Großen Moschee, wo wir uns mit der zweiten *Tawaf* von Mekka verabschiedeten. In Jiddah warteten wir zwei Tage, bis die zehn Verletzten sich wieder zu uns gesellen konnten. Wir wollten die Überfahrt zurück nach Ägypten unbedingt gemeinsam antreten. Es gab übrigens nie offizielle Meldungen über das Unglück im Jamarat-Tunnel. Die Gerüchte sprachen von Dutzenden Toten und vielen Verletzten."

Salah reagierte als erster auf Hakims Bericht:

„Nun, wie lautet das abschließende Urteil über deinen Hadsch?"

Hakim resümierte ausgewogen:

„Es war gewiss eine Pilgerreise mit Höhen und Tiefen, aber insgesamt natürlich eine unverzichtbare Erfahrung. In einigen Jahren möchte ich aber doch noch einmal auf einen Hadsch gehen, um ihn vielleicht ungetrübt zu erleben. Jetzt habe ich einfach keine Zeit dafür."

Al Hufufi ergänzte mit Beflissenheit:

„Wie ich höre, wird sich die Situation in Jamarat bald verbessern, denn nun wird an der Mashair-Bahnstrecke gebaut, die alle heiligen Stätten verbinden soll."

Hakim beschloss die Sitzung des Triumvirats mit:

„Das ist ein Werk zu Allahs Wohlgefallen. So, und jetzt holt eure Teppiche und wir beten das *Dhuhr* zusammen, *inschallah!*"

KAPITEL 4

Pressekonferenz des Oberrabbiners von Marseille, Noah Tenenbaum, im Hotel Villa Massalia in Marseille. Die Einladung dazu hatten alle Medien der Region und alle meinungsmachenden nationalen Medien erhalten. Die Ankündigung versprach eine bedeutsame Stellungnahme. Daher war der Saal, der ansonsten für festliche Empfänge dient, gut gefüllt und summte ungeduldig vor Erwartung. Fernsehkameras aller seriösen französischen Sender positionierten sich aufnahmebereit in der Nähe des Podiums. Einige Hotelangestellte eilten geschäftig hin und her, um in letzter Minute nochmals alle Vorkehrungen zu kontrollieren.

Noah Tenenbaum stand kerzengerade am Rednerpult, in einen schwarzen Anzug gekleidet und mit der Kippa auf dem Kopf. Wie ein strenger Lehrer seine Schüler, so musterte der Rabbi mit entschlossenem Gesichtsausdruck und stechendem Blick prüfend das Publikum. An einem Tisch neben dem Pult saßen zwei weitere Rabbiner mit ernsten Mienen. Ein weißes Tuch mit blauen Davidsternen an den Borten war über den Tisch gebreitet und eine siebenarmige Menora ruhte darauf. Diese Symbole machten es deutlich, dass sich hier ein Ereignis von beträchtlicher Relevanz für die französische jüdische Gemeinschaft anbahnte.

Rabbi Tenenbaum begann pünktlich mit der Begrüßung: „Meine Damen und Herren von den Medien, es erfüllt mich mit großer Genugtuung, dass Sie der Einladung der jüdischen Gemeinde so zahlreich gefolgt sind. Ich begrüße Sie im Namen der Gemeinde und verspreche Ihnen, dass Sie Ihr Kommen nicht bereuen werden. Sie werden *Gewichtiges* von mir hören und signifikante Reportagen daraus machen können. Ich bitte Sie aber gleich vorweg, in Ihren Berichten bei dem hier Gesagten zu bleiben, nichts unnötig auszuschmücken oder gar reißerisch aufzublähen, und auch nichts hineinzuinterpretieren, was dann vielleicht *Ihre* Meinung repräsentiert und nicht die unsere."

Diese Ermahnung löste im Saal ziemliche Unruhe aus. Der Rabbi warf damit einen Schatten auf das berufliche Ethos der Journalisten, was taktisch nicht sehr klug war und manche der Zuhörer von vornherein gegen ihn einnahm. Aber wahrscheinlich äußerte er sich in dieser Weise auf der Basis schlechter Erfahrungen mit den Medien.

Noah Tenenbaum fuhr unbeirrt fort:

„Meine Damen und Herren, ich verlese zunächst das offizielle Statement, und nachher können Sie natürlich Fragen stellen. Ich möchte betonen, dass diese Presseerklärung mit allen Rabbinern in unserer Region Provence Alpes Côte d'Azur abgesprochen wurde und daher einen *breiten Konsensus* innerhalb der jüdischen Gemeinschaft repräsentiert. Um dies zu unterstreichen, sind auch die Rabbiner von Toulon und Nice anwesend."

Dabei wies der Rabbi auf die beiden schwarz gekleideten Herren neben ihm. Dann rückte er seine Brille zurecht und trug das Statement, das vorher schon an alle Anwesenden verteilt worden war, in sonorem und gravitätischem Tonfall und mit der deutlichen Akzentuierung eines redegewaltigen Orators vor:

„Die jüdische Gemeinschaft unserer Region beobachtet mit großer Besorgnis die demografische Entwicklung in der Region und im ganzen Land. Aus aktuellem Anlass, hervorgerufen durch die sogenannte *Flüchtlingskrise*, möchten wir uns zu Wort melden und eine warnende Stimme erheben.

Es ist eine *unleugbare* Tatsache, dass die jüngsten Migrationsströme, die sich nach der Einschätzung aller Experten auch in den nächsten Jahren fortsetzen werden, den Anteil der Menschen moslemischen Glaubensbekenntnisses in der Region *eklatant* erhöhen werden. In den großen Städten wie Marseille, Toulon und Nice ist diese Entwicklung bereits augenfällig. Zu den vielen maghrebinischen Moslems, die schon seit Jahrzehnten bei uns ansässig sind, stoßen nun Moslems aus dem Nahen Osten, aus Somalia, Pakistan, Bangladesch und Afghanistan. Es sind dies Weltteile, zu denen Frankreich *nicht den geringsten* kulturellen oder historischen Bezug hat.

Für uns Juden ist diese Entwicklung deshalb so beängstigend, weil diese Migranten ihre Konflikte, Vorurteile und Ressentiments, und insbesondere ihren Antisemitismus, gewissermaßen als emotionales Gepäck nach Frankreich mitbringen. Unsere jüdischen Glaubensgenossen melden einen *dramatischen* Anstieg antisemitischer Vorfälle in der Region. Diese Übergriffe stammen nachweislich nicht von französischen Rechtsradikalen, sondern zum größten Teil von den neuen Zuwanderern, wenn das auch die Medien immer noch leugnen. Der Rest geht auf das Konto maghrebinischer Flegel. Juden werden auf den Straßen und in den öffentlichen Verkehrsmitteln angepöbelt, beschimpft und sogar bespuckt. Orthodoxe Juden wagen es nicht mehr, sich in der Öffentlichkeit als solche kenntlich zu machen. Es gibt vermehrt beleidigende Schmierereien auf Synagogen, jüdischen Schulen und Gemeindehäusern. Anscheinend werden die französischen Juden für die Aktionen des Staates Israel verantwortlich gemacht, was natürlich von einer kompletten politischen Ahnungslosigkeit zeugt. Diese antisemitischen Vorfälle werden *selbstverständlich* der Polizei gemeldet, aber die bleibt *untätig* oder ist *unfähig*, effektiv dagegen vorzugehen.

Die jüdische Gemeinschaft fühlt sich von der Regierung *im Stich gelassen*. Immer mehr unserer Juden emigrieren nach Israel, weil sie finden, dass sie sich dort trotz vereinzelter Attacken durch Palästinenser schon *sicherer* vorkommen als hierzulande. In Israel genießen sie zumindest zu 100 Prozent den Rückhalt des Staates. Ein solcher Exodus französischer Bürger kann doch nicht die Lösung sein. Die Regierung hat uns gegenüber eine Verantwortung, denn *auch wir* sind Steuerzahler, im Unterschied zu den Einwanderern, die nur Sozialleistungen kassieren. Wir Juden erbrachten großartige, unverzichtbare Beiträge zur Kunst und Wissenschaft in Frankreich. Und wo sind die Beiträge der Moslems? Um welche Religionsgemeinschaft sollte sich daher Paris *mehr* kümmern?

Wir warnen *eindringlich* vor den verheerenden Langzeitfolgen dieser Migrationsbewegungen. Das jüdisch-christliche Fundament des Landes ist in ernster Gefahr, und es droht eine zunehmende *Islamisierung* und damit auch eine *Polarisierung* der Gesellschaft. Innerhalb einer Generation wird unser Land nicht mehr wiederzuerkennen sein. Es wird dann vielleicht *mehr Moscheen als Kirchen* geben.

Es ist offenkundig, dass diese Entwicklung nicht nur die Sicherheit der Juden, sondern die öffentliche Sicherheit insgesamt bedroht. Es gibt jetzt schon Hinweise auf die verstärkte Anwerbung durch islamistische Gruppen in den Problemzonen der Städte. Diese neuen Rekruten sollen nicht nur als Dschihadisten in Syrien, sondern auch für Terroranschläge in Frankreich eingesetzt werden. Wir haben gute Gründe für die Annahme, dass auch Angriffe auf *jüdische Ziele* geplant sind, nach dem Modell des abscheulichen Attentats auf eine jüdische Schule in Toulouse. Wir werden die uns vorliegenden Indizien an das Innenministerium weitergeben und erwarten *durchgreifende* Maßnahmen.

Abschließend fordern wir die Regierung im Interesse der Sicherheit und der Zukunft des Landes auf, die Einwanderung *rigoroser zu kontrollieren* und mehr Sorgfalt bei Asylbewilligungen anzuwenden. Dabei ist die *demografische Ausgewogenheit* in Frankreich zu berücksichtigen. Die jüdische Gemeinschaft wird die Entwicklung der Migrationsströme ständig im Auge behalten und sich die demokratische Freiheit nehmen, die Sachlage jederzeit erneut zu kommentieren und Missstände aufzuzeigen. Gibt es Fragen?"

Etwa zehn Sekunden lang herrschte Schockstarre im Auditorium. Dann zeigte ein Redakteur von *Nice-Matin* auf und erkundigte sich mit lauernder Miene:

„Monsieur Tenenbaum, Sie sind ein Rabbi, ein Mann der Religion. Wie können Sie sich in dieser Funktion derart aggressiv gegenüber Mitgliedern anderer Religionsgemeinschaften äußern?"

Der Rabbi reagierte schroff und angriffslustig:

„Diese naive Frage habe ich erwartet. Zunächst möchte ich eines *klarstellen*: Die jüdische Gemeinschaft hat *keinerlei* politische Vertretung in Frankreich. Als Rabbiner fühle ich mich daher dazu berufen, die säkularen Interessen der französischen Juden zu wahren, und in dieser Funktion spreche ich heute. Und nun zum Vorwurf der *Aggressivität* meiner Formulierungen. Sie haben anscheinend nicht genau aufgepasst, denn sonst hätten Sie gemerkt, dass meine Analysen und Kommentare auf *Tatsachen* beruhen, die Sie leicht nachprüfen können, *falls* Sie Ihre journalistischen Hausaufgaben machen. Ich habe die sich abzeichnende Entwicklung ganz nüchtern und sachlich dargelegt, von Feindseligkeit kann da keine Rede sein. Übrigens hege ich keinen Groll gegen Moslems, solange nicht zu viele in unser Land kommen. Nächste Frage!"

Ein Journalist von *La Provence* hob die Hand und richtete sich mit provokativer Intention an den Redner:

„Monsieur Tenenbaum, leisten Sie mit Ihren Ansichten nicht dem Front National Vorschub?"

Rabbi Tenenbaum war nun schon in gereizter Stimmung und wandte sich brüsk dem Fragesteller zu:

„Auch *diese* Frage zeigt nicht viel Verständnis für die Situation. Es geht hier nicht darum, den FN zu fördern, die Grünen zu fördern oder irgendeine politische Ideologie zu propagieren. Es geht hier um das Schicksal der mir anvertrauten jüdischen Gemeinschaft und in einem noch viel größeren Rahmen auch um das Schicksal unseres ganzen Landes. Können Sie das nicht begreifen? Ich will jetzt nicht die zentralen Punkte unserer Presseerklärung wiederholen. Sie haben ja die schriftliche Fassung in der Hand. Dieses Statement verteilten wir eben deswegen, um Ihrem Gedächtnis nachzuhelfen. Aber ganz kurz *nochmals* für Sie: Wir werden von Moslems überrannt und wir haben den *historischen Auftrag*, uns dagegen zu wehren. Ansonsten können wir es vergessen, in diesem Land noch nach unserer geliebten französischen Façon leben zu dürfen. Und *Demokratie* und *Meinungsfreiheit* können wir uns auch aus dem Kopf schlagen. Zeigen Sie mir *einen* islamischen Staat, wo die Demokratie funktioniert! Noch etwas möchte ich zum Thema FN ergänzen: Wir Juden haben keinen Grund, uns vor dem FN zu fürchten. Seit dem Ausschluss des alten Le Pen ist der Front National keine antisemitische Partei mehr. Wir fürchten uns hingegen in einem unendlich größeren Ausmaß vor den *Islamisten*! Noch eine Frage?"

Die Journalistin von *Le Monde* wollte ihren internationalen Horizont vor den Berufskollegen unter Beweis stellen und wandte sich, den deutschen Eigennamen überdeutlich aussprechend, an den Oberrabbiner:

„Monsieur, sehen Sie sich als der französische Thilo Sarrazin?"

Rabbi Tenenbaum darauf verständnislos:

„Wer ist das? Sollte man ihn kennen?"

Die Reporterin klärte mit betont wissender Miene auf:

„Thilo Sarrazin ist ein deutscher Expolitiker und Autor, der vor einigen Jahren ein aufsehenerregendes Buch über die drohende Islamisierung Deutschlands schrieb. Nach dem Erscheinen des Buches wurde er von allen politischen Ämtern verbannt."

Die Antwort erfolgte prompt:

„Mich kann man nicht verbannen, ich bin ein Rabbiner und Schriftgelehrter. Jedenfalls ist es gut, dass es auch in anderen Ländern warnende Stimmen gibt, damit ich nicht der *einzige* Rufer in der Wüste bin. Wenn ich mit meiner Botschaft durchdringe, wird Monsieur Sarrazin in einigen Jahren vielleicht als der deutsche Noah Tenenbaum bezeichnet werden."

Der Reporter von *Nice-Matin* meldete sich nochmals und fragte den Rabbi von Nizza, ob dieser wirklich die kontroversen Ansichten seines Kollegen Tenenbaum teile. Der Angesprochene antwortete pikiert, dass zwischen den Rabbinern klarerweise alles akkordiert worden sei und er daher voll und ganz hinter Rabbi Tenenbaum stehe.

Danach machte sich im Saal eine Aufbruchsstimmung breit. Die Journalisten hatten es offensichtlich eilig, in ihre Redaktionen zurückzukehren, um die brisante Story schnell und möglichst griffig aufzubereiten. Rabbi Tenenbaum verkündete daher offiziell das Ende der Veranstaltung.

An diesem Abend berichtete der Fernsehsender *France 2* in seinem Journal detailliert über die Pressekonferenz in Marseille. Der Starmoderator David Pujadas führte höchstpersönlich durch den Beitrag und verweilte mit Gusto auf den ziemlich gereizten Antworten, die der Rabbi auf die Journalistenfragen gegeben hatte. Er enthielt sich aber eines Kommentars, um die redaktionelle Objektivität zu wahren. Stattdessen verwies er auf die Sendung *L'invité*, bei der Rabbi Tenenbaum demnächst zum Interview geladen werde.

Am nächsten Morgen erschien die Boulevardzeitung *Le Parisien* mit der Schlagzeile „Juden Arm in Arm mit dem FN" auf der Titelseite.

Schon in der darauf folgenden Woche trat Rabbi Tenenbaum als Gast in *L'invité* auf. Der Brei muss eben gegessen werden, solange er noch heiß ist. Die Sendung wird wie ein Duell vor laufenden Kameras abgewickelt. Der Journalist und der Eingeladene sitzen sich an einem großen, runden Tisch Auge in Auge gegenüber. Der Rabbi, ein am Talmud geschulter Rhetoriker und Dialektiker, fühlte sich in diesem Format sehr wohl. Er war dem Interviewer in der Kunst des intellektuellen Diskurses haushoch überlegen und fuhr ihn regelrecht an die Wand. Den mit Fakten gespickten brillanten Argumenten Noah Tenenbaums hatte der Gesprächspartner kaum etwas entgegenzusetzen. Um die Relevanz seiner Aussagen für das allgemeine Publikum noch zu erhöhen, brachte der Rabbi auch die Problematik der ausufernden Kosten für die Betreuung und Integration der Migranten aufs Tapet, und das alles bei der ohnedies äußerst prekären Budgetsituation der Republik. Bei dieser Gelegenheit verwies er auch gleich auf die noch immer existierenden und unlösbar erscheinenden Schwierigkeiten mit den bereits jahrzehntelang in Frankreich lebenden Maghrebinern.

Noah Tenenbaum verließ die Arena als der große Sieger, so schien es zumindest auf den ersten Blick. Er hatte aber nicht damit gerechnet, dass ihn seine Taktik des erbarmungslosen rhetorischen Gemetzels die Sympathien der Zuschauer kostete. Dementsprechend fielen auch die Kommentare in der Presse aus. „Jüdischer Eierkopf verwechselt Diskussion mit Monolog", „Rabbi zieht in *L'invité* eine Einmannshow ab", so und ähnlich lauteten die Kommentare. Letztlich erwies Rabbi Tenenbaum seinem Anliegen keinen guten Dienst. Er wurde vom Sender sogar auf die schwarze Liste der Personen gesetzt, die wegen ihres Antagonismus nicht mehr interviewt werden sollten.

KAPITEL 5

Im DCT, der Sonderabteilung des französischen Geheimdienstes für die Terrorismusbekämpfung, löste das geharnischte Schreiben des Oberrabbiners Tenenbaum, das vom Innenministerium an diese zuständige Sektion weitergeleitet worden war, ein verstörendes Unbehagen aus. Nach den Anschlägen in Toulouse und auf das Satiremagazin *Charlie Hebdo* war in der Öffentlichkeit die Angst vor islamistischen Terroristen durch die Medien hochgepeitscht worden. Aber bald hatte die Flüchtlingskrise in Europa die Schlagzeilen übernommen, und da sich die Medien immer nur auf *ein* Thema konzentrieren können, verbreitete der Terrorismus plötzlich nicht mehr so viel Schrecken. Das DCT konnte also wieder in seine bevorzugte Ruhestellung zurückkehren. Da gab es noch den Zwischenfall im TGV *Thalys*, aber den hatten freundlicherweise die Passagiere selbst bereinigt. Nach der Spende einiger Plattitüden und der Verleihung höchster staatlicher Auszeichnungen an ein paar GIs konnte man auch diese Sache zu den Akten legen. In der Sonderabteilung herrschte alsbald wieder die von allen Mitarbeitern ersehnte Beschaulichkeit. Und nun kam dieser Jude und störte den Frieden! Aber man kannte ja diese Leute schon seit Jahrhunderten als Unruhestifter.

Die Affäre rund um Rabbi Tenenbaum und seine Warnungen empfand man im DCT als unangenehm, weil sie in der Öffentlichkeit Aufsehen erregt hatte und eifrig diskutiert wurde. So reichte man sein Beschwerdeschreiben wie eine heiße Kartoffel durch die Hierarchie hinunter. Der Brief des Noah Tenenbaum landete schließlich auf dem Schreibtisch von Inspektor Mignotte, der im DCT primär für die Region PACA, also Provence Alpes Côte d'Azur, verantwortlich war. Er beantwortete die Epistel nie, denn im Geheimdienst bleibt ja alles geheim, selbst der Empfang eines Schriftstücks. Aber er berief ein Gremium ein, wie er das als braver Staatsdiener und damit als Meister der Prokrastination gelernt hatte. Nicht nur mit seinen Vorgehensweisen, sondern auch mit seinem Aussehen – beleibt, pausbäckig, schütteres angegrautes Haar – glich Mignotte eher einem Geheimdienst*beamten* knapp vor dem Ruhestand als einem forschen und draufgängerischen Geheimdienst*agenten*. Im Außendienst hatte man ihn schon lange nicht mehr gesehen; er schien während der Arbeitszeit eine Symbiose mit seinem Schreibtisch eingegangen zu sein.

Vierzehn Tage später, nachdem endlich die richtige Balance von politischen Parteien, Gewerkschaftsfraktionen und Dienstgraden sowie der Vertretung ethnischer und religiöser Minderheiten im Gremium gefunden war, ging die konstituierende Sitzung der sogenannten *Tenenbaum-Kommission* unter der Leitung von Inspektor Mignotte über die Bühne. Bald wurde klar, dass es sich nur darum handelte, wem der Schwarze Peter zugespielt werden sollte, wer also in die anarchischen Vororte von Marseille zu gehen hatte, um dort herumzuschnüffeln. Wochen später, in der vierten Sitzung der Kommission, fiel die Wahl auf Unterinspektor Brezinski. Es wurde befunden, dass er als Sohn polnischer Einwanderer die nötige Distanz und Unvoreingenommenheit gegenüber maghrebinischen Terroristen hatte, um objektiv und sachlich recherchieren zu können. Für Inspektor Mignotte gab es nämlich keinen Zweifel, dass die mutmaßlichen Gotteskrieger aus dem Maghreb stammten.

Brezinski war eigentlich Postbeamter. Er wurde aber wegen des Stellenabbaus bei *La Poste* im Zuge des Sozialplans dem DCT zwangszugeteilt. Dort erhielt er zunächst einen Schnellsiedekurs über das heimliche Öffnen und Wiederzukleben von Kuverts und das eilige Überfliegen des Inhalts von Briefen, wofür er als ehemaliger Postmitarbeiter prädestiniert schien. Nachdem er in Aktion trat und über eine lange Phase nur Leermeldungen ablieferte, zog man den logischen Schluss, dass Terroristen heutzutage nicht per Post, sondern höchstwahrscheinlich mit verschlüsselten Mails kommunizieren. Daraufhin schickte man Brezinski in einen Kurs über die *verdeckte Randgruppenobservierung*, wie sie in Fachkreisen bezeichnet wird. Dieser begann zunächst mit der Vermittlung des elementaren handwerklichen Rüstzeugs, wie zum Beispiel das sachgemäße Befestigen von Schnurrbärten und sogar von Vollbärten im Gesicht, und schritt dann zu den psychologischen Feinheiten vor, wie man etwa ein Zielsubjekt in einem Kaffeehaus oder an einer Bushaltestelle unauffällig beobachtet, während man selbst hinter einer Zeitung verborgen bleibt. Am Ende jeder Kurseinheit wurden klassische Spionagefilme wie „Der dritte Mann" und frühe James-Bond-Filme gezeigt, durch die man auch in visueller und dramatisierter Form Branchenkenntnisse vermitteln konnte. Brezinski konzentrierte sich aber bei letzterem Unterrichtsmaterial mehr auf die attraktiven Bondgirls.

Inspektor Mignotte beorderte Brezinski nach der vierten Sitzung der Tenenbaum-Kommission zu einer Besprechung in sein Büro. Der Inspektor begann in typisch französischer Manier, das heißt, mit Bezug auf die Nahrungsmittelaufnahme:
„Haben Sie schon zu Mittag gegessen?"
Darauf der Unterinspektor, noch unsicher:
„Ja."
„Waren Sie in der Kantine oder draußen?"
Brezinski, schon geringfügig gesprächiger, antwortete mit der Präzision eines Staatsbeamten:
„Ich war im *Chez Sylvie*. Dort gibt es eine *formule rapide* um elf Euro, sogar mit drei Gängen. Nur das Getränk ist extra."
Mignotte bog nun allmählich von der rhetorischen Tangente in die fachliche Kurve ein, wobei er seinem Genießergesicht mit etwas Mühe eine bedeutungsvolle Miene aufprägte:
„Dort gehe ich auch manchmal hin. Das Essen ist korrekt und Sylvie ist eine sehr charmante *patronne*. Doch nun zur

Sache. Sie haben gewiss von der Aufregung um diesen Rabbi in Marseille gehört. Dieser Tenenbaum hat sich kürzlich erfrecht, ein ziemlich scharf gewürztes Schreiben an unseren Herrn Innenminister zu senden. Der Rabbi glaubt, Indizien für eine verstärkte Anwerbungstätigkeit durch islamistische Terroristen in der *banlieue* von Marseille zu besitzen. Er meint, dass dabei mit irgendeiner Verknüpfung von Drogenhandel und Terrorismus operiert wird. Ich kann mir das nicht recht vorstellen. Will man Drogenabhängige erpressen und ihnen den Stoff nur dann verkaufen, wenn sie der Terroristenorganisation beitreten? Was kann eine solche Verbrecherbande mit süchtigen Giftköpfen anfangen?"

Brezinski warf mit beflissen eingesetztem, aber in Wahrheit vorgetäuschtem Eifer ein:

„*Monsieur l'inspecteur*, es könnte auch anders funktionieren, wenn ich das anmerken darf. Nämlich so: Den Leuten, die man rekrutieren will, bietet man an, dass sie am lukrativen Drogengeschäft der Organisation teilhaben dürfen, wenn sie außerdem für die Terroristenfraktion arbeiten. Das ist für diese orientierungslosen jungen Männer wahrscheinlich ganz attraktiv. Sie können so ihren Hass gegen die angestammten Franzosen austoben und verdienen gleichzeitig aber gutes Geld dabei."

„Ja", gestand der Inspektor widerwillig zu, wobei er Gedankenfalten in seine Stirn zeichnete. „Das ist möglicherweise plausibler. Vielleicht gibt es also doch ein Junktim zwischen diesen beiden kriminellen Aktivitäten, also zwischen dem Terrorismus und dem Rauschgifthandel, wie es der Rabbi vermutet. Und wir sollen eben herausfinden, wie das Spiel genau läuft und wer dahintersteckt. Das bringt mich zu *Ihnen*, Brezinski. Ich erteile Ihnen heute Ihren ersten wirklich verantwortungsvollen Auftrag als Agent und ich weiß, dass Sie das in Sie gesetzte Vertrauen rechtfertigen werden. Sie fahren morgen nach Marseille und treten mit den dortigen Polizeibehörden in Kontakt, um sich über die lokalen Gegebenheiten informieren zu lassen. Das Codewort lautet *décolleté*. Das können Sie sich leicht merken, denn es kommen die Buchstaben D, C, T in dieser Reihenfolge darin vor. Oder Sie denken an Sylvie und ihren prächtigen Busen. Aber nicht Sylvie als Codewort nennen!"

Mignotte lachte herzhaft auf. Männerscherzen war er nie abgeneigt. Ernsthafter setzte er fort:

„Das Codewort auf keinen Fall aufschreiben! Ein guter Agent hat alles im Kopf. Oder haben Sie etwa gesehen, dass sich Sean Connery als James Bond dauernd Notizen macht? Doch nun zu Ihrer Aufgabe. Eigentlich ist sie nach dem bereits Gesagten irgendwie schon klar, aber ich will sie noch einmal präzisieren. Ihr Operationsgebiet werden die nördlichen Viertel von Marseille sein. Dort sind die Drogenbanden zu Hause und dort gibt es jede Menge arbeitsloser junger Männer, unter denen die Terroristen rekrutieren könnten. Doch Vorsicht! Sie haben es dabei mit geschlossenen Zirkeln und Clans zu tun, die schwer zu infiltrieren sind. Sie müssen daher Ihr ganzes Geschick aufbieten, um zumindest in die Nähe der Banden zu kommen und herauszufinden, ob tatsächlich Anwerbungen durch Terroristenorganisationen vorkommen. Entscheidend ist es natürlich, die eventuellen Hintermänner ausfindig zu machen. Erst dann wird Ihr Einsatz erfolgreich sein."

„Muss ich alleine arbeiten oder stellen Sie mir weitere Agenten zur Verfügung?", wollte der Unterinspektor wissen.

„Derzeit agieren wir ja nur auf der Grundlage eines Verdachts des Amateurdetektivs Tenenbaum. Es ist daher operativ nicht zu verantworten, gleich ein ganzes Team von Agenten einzusetzen. Sie sind also zunächst auf sich alleine gestellt, haben aber selbstverständlich das gesamte Datenmaterial und die Infrastruktur der Polizei in Marseille zur Verfügung. Sollte sich der Verdacht erhärten, können wir immer noch mit massiveren Kräften vorgehen."

Was ihm dabei aber Inspektor Mignotte verschwieg, waren die von der zuständigen Polizeibehörde in Marseille gehegten

Bedenken, überhaupt in den äußerst gefährlichen Vierteln im Norden der Stadt einzugreifen. Man ließ die dortigen Banden einfach schalten und walten. Man hatte diese Gegend in der Tat aufgegeben, denn sie galt für Normalbürger ohnehin als unbewohnbar.

Brezinski zeigte sich erneut diensteifrig:

„*Monsieur l'inspecteur*, wie oft und in welcher Form soll ich denn an Sie berichten?"

Es gefiel dem Unterinspektor, dass er jetzt einen gewichtigen Auftrag übernehmen sollte, und noch dazu im Außendienst. Vielleicht würde seine Tätigkeit beim Geheimdienst nun doch an Faszination gewinnen. Bisher erschien ihm der Beruf des Spions ebenso lähmend langweilig wie die Arbeit bei der Post.

Mignotte erwiderte eindringlich:

„Bitte unterlassen Sie auf alle Fälle Telefonate mit mir! Das ist zu riskant! Wir müssen den Terroristenbanden zugestehen, dass sie technologisch versiert sind und in die unzulänglich gesicherten Telefonnetze eindringen können. Sie berichten mir erst, wenn Sie konkrete Informationen besitzen. Und nicht nur Bagatellen, bitte! Sie kommen im gegebenen Fall nach Paris und wir sprechen in meinem Büro darüber. Damit ist die absolute Vertraulichkeit gewährleistet. Sonst noch Fragen?"

Eigentlich verspürte Brezinski Unsicherheit darüber, ob alle für ihn entstehenden Mehrkosten bei diesem Einsatz vergütet werden würden und wie überhaupt die Spesenabrechnung zu erfolgen hatte – schließlich war es seine erste Operation außerhalb von Paris –, aber er wagte es dann doch nicht, seinen Vorgesetzten mit solchen Banalitäten zu belästigen. Er würde sich bei der Sekretärin in Mignottes Vorzimmer darüber erkundigen. Daher antwortete er kurz und bündig:

„Nein, alles klar."

Der Inspektor lehnte sich behaglich zurück und entließ seinen Agenten mit dem aufmunternden Zuruf:

„*Bonne chance!*"

Die erste Etappe von Brezinskis Mission verlief dann eigentlich ganz entspannend. Er nahm einen superschnellen TGV, der ihn in drei Stunden von Paris nach Marseille brachte und ihm bequem sitzend und im Zeitraffer einen Querschnitt durch die reizvollen Gefilde des Burgunds, des Rhônetals und der Provence bot. Meine eingewanderten Eltern haben mir ein verdammt schönes Heimatland geschenkt, dachte er selbstzufrieden, als die liebliche Landschaft von seinem Fensterplatz aus wie ein Dokumentarfilm des Fernsehsenders Arte abrollte. Sobald Brezinski in der weiträumigen, von warmem, hellem Sonnenlicht durchfluteten Gare St.-Charles ausgestiegen war, meldeten sich seine vegetativen Funktionen mit Nachdruck. Der reisende Agent brauchte also gleich einmal einen Kaffee zum körperlichen Aufbau und geistigen Antrieb. Brezinski schlenderte in eines der Lokale am Boulevard d'Athènes ganz in der Nähe des Bahnhofs, wo er als Pariser sich erstmals eine Kaffeespezialität der Provence genehmigte – die berühmte *noisette*, die ihm vorzüglich mundete. Bei dem weichen, runden Geschmack dieses animierenden Getränks musste er an die Formen einer schönen Frau denken. Erotische Fantasien waren bei ihm als Mann ohne weiblichen Anhang nie sehr fern.

Gewohnheitsmäßig und berufsbedingt studierte er die Klientel im Café und stellte fest, dass sie hauptsächlich aus älteren Maghrebinern mit Mienen wie bei einer Totenwache bestand. Diese griesgrämigen Herren sahen nicht wie Drogenhändler aus, sondern eher wie Rentner, die auf einem Dorfplatz in Algerien zusammensitzen und über Gott und die Welt lamentieren. Hier, in diesem Lokal, und wahrscheinlich im ganzen umliegenden Viertel schien also kein fruchtbarer Boden für seine Recherchen vorhanden zu sein. Er war daher gut beraten, sich sogleich nach der Stärkung durch die *noisette* zum Polizeipräsidium aufzumachen.

Mit der Hilfe des Codeworts drang er tatsächlich ohne größere Hindernisse bis zum hochrangigen Kommissar Arletti vor. Auf dem Weg dorthin musste er sich allerdings einige dumme Scherze anhören, wie:

„Wenn Sie bei Kommissar Arletti ein tolles Dekolleté erwarten, sind Sie an der falschen Adresse!"

Der Kommissar stellte sich als ein urwüchsiger südfranzösischer Typ heraus, etwas untersetzt, aber dennoch kräftig gebaut. Er hätte auch ein provenzalischer Winzer oder ein Fischer an der Côte d'Azur sein können. Er unterstrich alle seine Äußerungen mit theatralischen Bewegungen seiner grobgliedrigen Hände und seiner buschigen schwarzen Augenbrauen. Seinem Besucher blickte er eher misstrauisch entgegen, da von Paris nie etwas Gutes kam, wie er aus Erfahrung wusste.

Brezinski legte dem Kommissar mit verschwörerischer Stimme seinen Auftrag dar und gab Mignottes Vermutung weiter, dass Maghrebiner hinter den kriminellen Aktivitäten stecken könnten. Beim Stichwort Maghrebiner geriet Kommissar Arletti sichtlich in Erregung, wie der Agent alleine schon von dessen Spiel der Brauen ablesen konnte:

„Immer wieder Maghrebiner! Diese Kerle machen andauernd Probleme in unserer Stadt. Lassen Sie mich das näher ausführen, denn ich zweifle daran, dass *Sie in Paris* wirklich Bescheid darüber wissen, was bei *uns in Marseille* los ist. Es beginnt mit kleinen Dingen, die aber trotzdem große Wirkungen haben können. Zum Beispiel pöbeln junge Maghrebiner Busfahrer ordinär an oder weigern sich, den Tarif zu bezahlen. Die Chauffeure ärgern sich *so* darüber, dass dann gleich einen ganzen Tag lang alle Bus- und Metrolinien in Marseille bestreikt werden. Am Abend tritt dann irgendein Imam im Fernsehen auf, der mit der Mitleidstour kommt. Die jungen Leute seien doch so unterprivilegiert und diskriminiert, die französische Gesellschaft grenze sie aus, man schätze sie nicht, und so weiter und so fort. In Wahrheit sind *alle* Kinder und Jugendlichen der Stadt im *selben* Bildungssystem, vom Kindergarten bis zum Lycée, und es herrscht *a priori* vollkommene Chancengleichheit. Natürlich sollte man auch die Motivation und den Ehrgeiz haben, die Chancen zu *nutzen*. Dann gibt es die *größeren* Probleme: Die Schlägerbanden, die ganze Wohnviertel terrorisieren, und am schlimmsten sind selbstverständlich die Drogenhändler, welche die Substanz weiter Bevölkerungskreise zerstören. Gegen diese Krebsgeschwüre haben wir noch keine probaten Mittel gefunden. Aber jedenfalls wissen wir, dass vornehmlich Maghrebiner in diesen kriminellen Machenschaften, die immer weitere Kreise ziehen, involviert sind."

„Wie steht es aber mit dem islamistischen Terrorismus, auf den sich meine Mission bezieht? Ist das auch ein maghrebinisches Aktionsfeld?", lenkte Brezinski den Kommissar auf seine eigentliche Aufgabe zurück.

Arletti gab sich jedoch zugeknöpft und erwiderte in einem kalten und abweisenden Tonfall:

„Die Terrorismusbekämpfung liegt nicht in der Zuständigkeit der Polizei, dafür sind ja *Sie* vom DCT da. Wir haben daher auch keine Daten und Informationen über diesen Sektor der Kriminalität in Marseille. Nur so viel kann ich sagen: Diese Aktivitäten dürften sich hauptsächlich in den nördlichen Stadtvierteln abspielen, die sozioökonomisch leider ziemlich heruntergekommen sind."

Der Agent aus Paris war etwas enttäuscht über diese Antwort von Arletti. Brezinski hatte gehofft, dass die lokalen Behörden schon allerhand Vorarbeit geleistet hätten und er nur die Früchte zu ernten bräuchte. So aber stand er ganz am Anfang einer wahrscheinlich langwierigen und gefährlichen Ermittlung. Das wurde ihm nun deutlich bewusst, denn Arletti schien kaum gewillt, ihn abgesehen von ein paar oberflächlichen Hinweisen zu unterstützen.

Der Unterinspektor versuchte es ein letztes Mal, aus dem Kommissar vielleicht doch noch etwas Greifbares herauszuholen:

„Wo soll ich Ihrer Meinung nach mit den Recherchen beginnen?"

Arletti riet mit einer souveränen Miene, mit der er den erfahrenen Profi hervorkehren wollte:

„Es ist sicherlich zu riskant, gleich in das Territorium der Kriminellen vorzudringen. Sie müssen zuerst ein *Gespür* für Ihre Gegner entwickeln. Ich an *Ihrer* Stelle würde zunächst einmal versuchen, in ihren Lieblingstreffpunkten, nämlich den von Maghrebinern geführten Kaffeehäusern, herumzuhorchen. Gleich in der Nähe der Canebière gibt es zum Beispiel den *Arabermarkt*, wie er im Volksmund heißt, wo Sie etliche solche Kaffeehäuser finden werden. Das ist noch eine sehr *sichere* Zone der Stadt, in der Sie beginnen können. Später müssen Sie sich *näher* an Ihre Zielpersonen heranwagen und sich etwa in Joliette und Belle de Mai umsehen. Obwohl diese Viertel so hübsche Namen tragen, zählen sie nicht gerade zu den Schmuckstücken der Stadt, sondern sind Übergangszonen in die üblen Stadtteile."

Brezinski hatte noch ein Anliegen auf der Zunge:

„Vielen Dank, *Monsieur le commissaire*, für diese wertvollen Hinweise. Gestatten Sie mir noch eine praktische Frage. Wo kann ich in Marseille, sagen wir für einige Wochen, eine günstige Unterkunft finden?"

„Das ist ganz einfach", stellte der Angesprochene den Unterinspektor zufrieden. „Wir haben kleine Wohnungen für Polizisten von auswärts, die Fortbildungskurse bei uns absolvieren. Wir können Ihnen eine davon zur Verfügung stellen, wenn Sie wollen. Die Kosten werden dann direkt mit Ihrer Behörde verrechnet. Sie selbst haben also damit keinerlei bürokratische Schereeien."

Die Verlockung, der amtlichen Verwaltung in der berüchtigten französischen Ausprägung auf diese Weise zu entkommen, war für den Agenten zu groß. Daher nahm er das Angebot an, ohne die Wohnung gesehen zu haben.

Sobald er dann in der Unterkunft stand, hatte er doch gewisse Bedenken, denn die Einrichtung entsprach etwa der einer Substandardwohnung im frühen 20. Jahrhundert und die einzige Aussicht war ein enger, verkommener Innenhof. Aber zumindest gab es eine Kochplatte und einen Kühlschrank. Als Brezinski zunächst kein Fernsehgerät entdeckte, wollte er sich schon bei der Concierge beschweren. Aber dann bemerkte er gerade noch rechtzeitig, dass es aus Platzmangel an der Zimmerdecke befestigt war. Man konnte hier also bewundernd zum Fernsehprogramm *emporblicken*.

Nach kurzer Überlegung entschied er sich, aus einer immanenten Bequemlichkeit heraus doch in dieser Wohnung zu bleiben. Es würde ja nur für eine relativ kurze Zeit sein, so hoffte er zumindest. Er dachte dabei allerdings neidvoll an die Luxusherbergen, in denen sein Berufskollege James Bond abzusteigen pflegte. Noch dazu schwirrten in jenen Hotels immer Scharen sexuell aufreizender Blondinen herum, was in diesem banalen und reizlosen Polizeiquartier in Marseille eher unwahrscheinlich war.

Die Empfehlung, die Cafés rund um den sogenannten Arabermarkt auszuspionieren, erwies sich als nicht sehr fruchtbringend. Auch hier gab es, so wie am Boulevard d'Athènes, nur die Lebensklagen älterer Herren und Streitereien über Fußball mitzuhören. Brezinski musste sich also näher an den Feind heranpirschen. Er bezog daher einen Horchposten in einem vergammelten Kaffeehaus in Belle de Mai mit dem Namen *Le Touareg*, der eher trockenen Wüstensand als saftige Gaumenfreuden verspricht.

Bei seinem ersten Besuch dort war der Agent viel zu gut gekleidet. Inmitten der armseligen Klientel des Lokals sah er wie ein hygienisch sauberer und adretter Mormonenprediger aus, der den Elenden der Welt seine Heilsbotschaft verkündet. Ab dem zweiten Besuch trug er nur mehr Jeans und ein T-Shirt, das er absichtlich mit einigen Speiseresten befleckt hatte. Trotzdem fühlte er sich im *Touareg* extrem unwohl. Er war ganz offensichtlich osteuropäischer Abstammung, und so stellte er unter all diesen Maghrebinern und Schwarzafrikanern einen höchst augenfälligen Fremdkörper dar. Er legte sich eine Geschichte zurecht, um bei den Gästen und dem *patron* glaubwürdiger zu erscheinen, dass er nämlich gerade aus Polen eingewandert sei, in diesem *quartier populaire* eine Unterkunft gefunden habe und nun einen Job suche. Er rief sich die Sprechweise seiner Eltern in Erinnerung, um einen polnischen Akzent authentisch nachahmen zu können.

Nach einer Woche täglicher Besuche dieses heruntergekommenen Lokals brach Brezinski das Eis so weit, dass der eine oder andere Gast über ein „*Bonjour*" hinaus kurz mit ihm plauderte. Er musste Vorwände erfinden, um die Gespräche in Richtung der nördlichen Problemzonen von Marseille zu lenken, damit seine Zeit hier sinnvoll investiert war. Er gab also zum Beispiel vor, dass er nach einer billigeren Wohnung in einem dieser Viertel Ausschau halte und daher wissen wolle, wie die Lage dort in puncto Sicherheit wäre. Keiner seiner Gesprächspartner gestand zu, Informationen darüber aus eigener Anschauung zu besitzen, aber einige erklärten sich bereit, Verwandte oder Freunde darüber zu befragen.

Aus Puzzleteilchen sparsamer Mitteilungen konnte der Agent schließlich folgendes Bild zusammenfügen: Die besagten Stadtviertel wurden seit einigen Jahren von senegalesischen und marokkanischen Drogenbanden kontrolliert, die sich nach mörderischen Grabenkämpfen auf eine Aufteilung des Territoriums geeinigt hatten. Damit wurde gewissermaßen ein Gleichgewicht des Schreckens aufrechterhalten. Seit Kurzem mehrten sich jedoch Anzeichen einer Bedrohung dieses Gleichgewichts durch eine neue Bande, die außerordentlich gut bewaffnet und viel disziplinierter war als die anderen Rotten. Über die Herkunftsländer der Bandenmitglieder konnten die Informanten nur spekulieren; sie vermuteten arabischsprachige Länder außerhalb des Maghrebs. Die neuen Spieler auf dem Feld unterschieden sich auch durch ihr Aussehen. Dem Vernehmen nach waren es schwarzbärtige Gesellen, die an moslemische Fundamentalisten denken ließen.

Für Brezinski waren diese Nachrichten einesteils *erregend*, da er in seinem Innersten fühlte, nun auf die Spur der gesuchten terroristischen Vereinigung gestoßen zu sein, aber andererseits waren sie auch *entmutigend*, da er keine Ahnung hatte, wie er an diese Organisation herankommen sollte. Wie konnte er in die Kampfzonen der Stadt eindringen, wenn er sich schon in Belle de Mai so deplatziert vorkam? An Kommissar Arletti durfte er sich gewiss nicht wegen eines Ratschlags wenden, denn die nun ermittelten Informationen mussten sicherlich schon als Verschlusssache des Geheimdienstes klassifiziert und damit vor der Polizei verborgen werden. In dieser Situation fiel dem Unterinspektor nichts anderes ein, als nach Paris zu fahren und seinen Vorgesetzten zu konsultieren.

KAPITEL 6

Das Anwesen ist ein mediterraner Traum. In einem Park mit schlanken, hoch aufragenden Zypressen, Pinien als baumgewordenen Sonnenschirmen, Dattelpalmen mit Kronen aus wogenden sattgrünen Fächern und milchweiß und altrosa blühenden Oleandersträuchern steht ein prächtiges, von dichtem Bougainvilleageflecht umranktes Herrenhaus aus dem späten 19. Jahrhundert. Auch Nebengebäude wie Pförtnerloge und Gärtnerhaus, wo Bedienstete untergebracht sind, und Sportanlagen wie Schwimmbecken und Tenniscourts finden auf dem weitläufigen Areal ausreichend Platz. Die ockerfarbene Fassade der Villa, getragen von einer langen Kolonnade aus kreideweißen ionischen Säulen mit einem Anflug von Zitronengelb, überblickt die idyllische Steilküste von Amalfi mit ihrem krausen, von sanften, türkisgrünen Mittelmeerwellen liebkosten Felsenufer.

Die riesigen, üppig mit Stuck in floristischem Stil verzierten Prunksäle im Erdgeschoss des Herrenhauses dienen für Empfänge und Partys. Über eine imposant geschwungene Treppe mit barocker Balustrade und blanken Stufen im harten Glanz von Carrara-Marmor gelangt man in den ersten Stock, wo sich die opulenten Gemächer der Besitzer mit einem angeschlossenen Badesalon – die Bezeichnung Badezimmer wäre eine Verniedlichung – sowie eine ganze Reihe von Suiten für Gäste befinden. Handgefertigte Terrakottakacheln auf allen Böden betonen den italienischen Charakter der Räumlichkeiten. Vornehmes Mobiliar mit kunstvollen Intarsien aus der Zeit der Errichtung des Gebäudes, kostbare Ölgemälde in Goldrahmen und edle chinesische Keramikvasen aus der Kaiserzeit verraten den gediegenen Geschmack kenntnisreicher Sammler schöner Dinge.

In diesem adeligen Ambiente residieren die Gentile-Zwillinge Gabriele und Michele, auch die *arcangeli*, die Erzengel, genannt. Der alte Gentile verabscheut ostentativen Pomp und zieht es vor, in seinem ärmlichen Heimatort in Kalabrien zu wohnen. Das stört die *arcangeli* nicht, denn so können sie ohne Einmischung durch den Vater ihren wenig engelhaften Lastern wie ausschweifenden Partys frönen. In dieser Disziplin hat die italienische Aristokratie schon seit Jahrhunderten einen sehr gehobenen Standard geschaffen, und in der jüngsten Vergangenheit legte ein Bürgerlicher namens Silvio Berlusconi mit Neuerungen wie „Bunga Bunga" die Latte noch höher. Gabriele und Michele Gentile haben keine Bedenken, die Herausforderung durch den Cavaliere anzunehmen. Sie sind für partymäßige Spitzenleistungen bestens gerüstet. Ihr Besitz am Golf von Salerno bietet eine perfekte Bühne für extravagante gesellschaftliche Spektakel und Geld spielt bei der N'drangheta keine Rolle.

Die Gebrüder Gentile beriefen ihren Majordomus Gianni zu sich. Dieser blickte von einem Zwilling zum anderen und wunderte sich, dass er noch immer keine körperlichen Unterschiede zwischen den beiden wahrzunehmen vermochte; sie glichen sich wie ein Wassertropfen dem anderen. Die Zwillinge waren in derselben Weise glatt und geschmeidig, gleich groß und gleich elegant gebaut, sahen ihn aus Augen in derselben kaffeebraunen Färbung an und trugen ihre brünetten Haare im selben klassischen italienischen Herrenschnitt. Offenkundig stellte Marcello Mastroianni ihr männliches Schönheitsideal dar, dem sie erfolgreich nacheiferten. Der Haushofmeister hatte früher einmal erwartet, dass sich mit fortschreitendem Alter Differenzierungen zwischen den Zwillingen zeigen würden, hatte diese Hoffnung aber nun aufgegeben. Freundlicherweise trug Gabriele einen protzigen goldenen Ring am linken Mittelfinger, was als Erkennungsmerkmal dienen konnte. Die Brüder waren jedoch für ihre praktischen Scherze bekannt, und so wechselte der Ring manchmal von Gabriele zu Michele.

Gabriele begann in einem Tonfall der Autorität:
„Sie wissen, Gianni, dass heute Nachmittag der Araber kommt. Wir haben ihm ein Gästezimmer im Haus angeboten, aber er will anscheinend nicht mit uns unter einem Dach schlafen. Buchen Sie ein De-Luxe-Doppelzimmer im Santa Caterina für ihn und bereiten Sie dort für den späten Abend die Überraschung vor, die ich schon mit Ihnen besprochen habe. Und erinnern Sie Giuseppe daran, dass er unseren Gast kurz nach 14 Uhr vom Flughafen Napoli mit einer Limousine abholen soll. Es sind nach unseren üblichen Vorschriften zwei Leibwächter mitzunehmen, aber alles mit Diskretion. Giuseppe soll außerdem mächtig aufpassen, dass er nicht beschattet wird. Weitere sechs Mann sind hier in Bereitschaft zu halten, damit sie beim geringsten Vorfall zur Verstärkung anrücken können. *Capito?*"
Der in eine schwarze Livree gekleidete, schlanke und regsame Gianni reagierte dienstbeflissen:
„Sehr wohl, *Signore*. Wie soll es die Küche mit dem Abendessen für den Gast halten?"
„Lassen Sie ein unverfängliches Gericht für ihn zubereiten, zum Beispiel Pasta mit Gemüse. Das essen auch die Koranjünger", instruierte Gabriele mit gelangweilter Herablassung und gab dem Haushofmeister damit zu verstehen, dass ihn dieser Punkt wenig interessierte.
Nun schnitt Michele sein Lieblingsthema an:
„Jetzt aber zu den Arrangements für das Event heute Abend. Wir brauchen vor allem Champagner, eine voll bestückte Bar und *Frauen, Frauen, Frauen!* Nur ja keine Minderjährigen, bitte, wir wollen nicht wie Berlusconi enden. Als Höhepunkt ist heute eine *passegiata dei culi* vorgesehen. Sie sorgen für Weiber mit üppigen Figuren, Gianni. Sie haben sicher genügend Sexbomben auf Ihrer Liste. Wir müssen dem Araber zeigen, dass es nicht nur in orientalischen Harems pralle Frauen gibt, sondern auch in *bella Italia*. Wenn wir mit Ihrer Auswahl zufrieden sind, zahlen wir für eine, die Sie sich selbst mit nach Hause nehmen wollen, *ecco!*"

Gianni verstand sofort, was gewünscht wurde, und zog sich dezent zurück, um ans Werk zu gehen. Die Anlieferung attraktiver Frauen war wohl der reizvollste Aufgabenbereich seines Jobs und er musste dazu absolut nicht gedrängt werden. Die Herren zeigten sich auch immer großzügig, wenn alles nach ihren Vorstellungen verlief.

Als der Haushofmeister gegangen war, bereiteten sich Gabriele und Michele auf ihre Besprechung mit dem Araber, wie sie ihn nannten, vor, denn in ihrem Sprachgebrauch stellten die Begriffe *Moslem* und *Araber* Synonyme dar. Der Trend zur politischen Korrektheit hatte die Mafia noch nicht erreicht. Die *arcangeli* behandelten Andersgläubige ohnedies mit Dünkelhaftigkeit. Sie sahen sich als überzeugte Katholiken, aber naturgemäß nicht im Sinne eines guten Lebenswandels mit der Befolgung der Zehn Gebote. Für die beiden tugendfreien Erzengel reduzierte sich das Christentum dementgegen auf die Folklore und die Arroganz einer über 2.000 Jahre alten Religionsgemeinschaft.

Die Zwillinge repräsentierten Mafiabosse der neuen Generation, die sich wie die *Executive Managers* eines Konzerns gebärdeten, der ebenso gut eine gesichtslose Aktiengesellschaft hätte sein können, wenn da nicht die süditalienische Sentimentalität bezüglich der Familie gewesen wäre. Daher respektierten sie den Vater in Kalabrien gewissermaßen als Präsidenten des Aufsichtsrats, der eben im täglichen operativen Geschäft nichts mitzureden hatte und nur manchmal *pro forma* über wichtige Entwicklungen unterrichtet wurde. Faktisch kontrollierten aber die beiden Erzengel die *famiglia* Gentile komplett. Sie befleißigten sich eines Managerjargons und jonglierten mit Konzepten wie Grenznutzen und zielfixierte Strategien, die der Alte gar nicht verstanden hätte. Wie moderne Unternehmer sprachen sie selbstverständlich ein exzellentes Englisch, das sie in ihrem Fall durch Aufenthalte beim amerikanischen Zweig der *famiglia* perfektionieren hatten können.

Die *arcangeli* beobachteten die Abwicklung der Migrantentransporte in Kooperation mit den französischen Arabern schon seit geraumer Zeit mit Missfallen. Das kürzliche Fiasko bei der Übergabe am Col de Vescavo bot einen willkommenen Anlass, mit ihrem Geschäftspartner Hakim über eine Neuordnung der Schleppertätigkeit zu sprechen. Die Beförderung der Passagiere in Kastenwagen war ineffizient und die Aufdeckungsgefahr an der italienisch-französischen Grenze stellte mehr und mehr ein überflüssiges Risiko dar, da stimmten die Zwillinge überein. Die Produktivität und die Gewinnspanne in diesem Sektor des Unternehmens Gentile mussten durch einen kreativeren Zugang und, wenn man so wollte, durch eine zielfixierte Strategie gesteigert werden. Die Gebrüder Gentile würden dem Araber ein viel besser strukturiertes Konzept vorstellen.

Hakim zeigte sich sehr beeindruckt von der VIP-Behandlung, die ihm durch die N'drangheta zuteilwurde: Das dreiköpfige Empfangskomitee, die Fahrt in der Luxuslimousine, das stilvolle Anwesen, auf das er gebracht wurde, und die freundliche Begrüßung durch die Mafiabosse höchstpersönlich. All das hatte er von vornherein nicht erwarten können, denn es waren einige böse Mails zwischen der Mafiafamilie und ihm wegen der jüngsten Schwierigkeiten beim gemeinsamen Geschäftsgebaren ausgetauscht worden. Schließlich hatte man das Einvernehmen erzielt, dass ein Besuch Hakims in Amalfi helfen könnte, bestehende Uneinigkeiten aus dem Weg zu räumen. Dies kam dem Ägypter auch deshalb gelegen, weil er zuvor mit dem Großen Bruder den Plan der Aufrüstung der Schiffsflotte diskutiert hatte. Der Große Bruder empfahl daraufhin, das Vorhaben zunächst mit der N'drangheta abzuklären, da ihm die gedeihliche Zusammenarbeit mit ihr weiterhin wichtig erschien.

Der Islamist saß auf Nadeln, als er in der Mafiavilla eintraf, denn das *Asr* war bereits überfällig. Nach den Begrüßungsförmlichkeiten ersuchte er daher um die Erlaubnis, das Gebet sogleich verrichten zu dürfen. Die Erzengel ließen inzwischen

Kaffee zubereiten. Als Hakim von seiner religiösen Pflicht zurückkehrte, bot man ihm eine Tasse an. Doch er verlangte stattdessen seinen gewohnten Pfefferminztee. Erst als man dem Gast erklärte, dass Aufgussgetränke aus Kräutern im Barservice eines Mafiaetablissements prinzipiell fehlen, bequemte er sich dazu, so wie die Gastgeber Espresso zu trinken. Er bat um Honig zum Süßen, was Gabriele und Michele als derartig schockierendes Sakrileg empfanden, dass sie vorgaben, das Verlangte nicht im Haus zu haben. Daraufhin schaufelte Hakim so viel Zucker in den Kaffee, dass der Löffel fast darin stecken blieb, was die Gentile-Zwillinge erst recht mit Entsetzen erfüllte. Es wurde ihnen, wie sie meinten, auf barbarische Weise demonstriert, dass zwischen dem Ägypter und ihnen eine tiefe zivilisatorische Schlucht klaffte.

„Mit welcher Fluglinie sind Sie gekommen?", fragte Michele der Höflichkeit halber, und er bediente sich wie bei allen Kommunikationen mit Hakim der englischen Sprache.

„Von Marseille bis Milan mit der Air France und dann mit der Alitalia. Der Service geriet zu einem Wettbewerb zwischen jämmerlich und miserabel. Auch aparte Flugbegleiterinnen sieht man schon lange nicht mehr."

Michele darauf ironisch:

„Ich glaube, das Kabinenpersonal wird heutzutage mit einem Antidiskriminierungsprogramm ausgewählt, bei dem ausschließlich die vormals unbeachteten Gruppen, die Alten, die Dummen, die Mürrischen und die Hässlichen, zum Zug kommen."

„Früher oder später werden Araber oder Chinesen diese Airlines aufkaufen und dann servieren vielleicht hübsche Asiatinnen", warf Gabriele ein.

„Das wird sicher eine Verbesserung sein im Vergleich zu den übergewichtigen Matronen, die mir heute mit versteinerten Mienen die Getränke und winzige Säckchen Snacks auf das Klapptischchen geknallt haben", ging Hakim auf diese Zukunftsperspektive ein.

Michele gab sich weiterhin als kultivierter Gastgeber:
„Sie sind heute Abend zum Essen und einem Fest eingeladen. Aber Sie können das Event jederzeit verlassen, wenn Sie sich lieber ausruhen wollen. Unser Fahrer Giuseppe steht zu Ihrer Verfügung und bringt Sie zu der Ihnen genehmen Zeit in das Grand Hotel Santa Caterina."

Hakim versuchte, sich vor dem Beginn der eigentlichen Verhandlungen von seiner höflichen Seite zu zeigen:
„Giuseppe sollte mich für das *Maghreb* und das *Isha* in das Hotel fahren, damit ich diese Gebete in angemessenem Rahmen verrichten kann. Nach dem *Isha* werde ich am Fest teilnehmen. Übrigens möchte ich mich herzlich für den freundlichen Empfang bei Ihnen bedanken. Der Anlass für meinen Besuch ist leider etwas unerfreulich. Ich entschuldige mich gleich vorweg ganz offiziell für die Unregelmäßigkeiten bei unserem Teil des Geschäfts."

„Bis jetzt fiel der Schaden mehr auf *Ihrer* Seite als auf unserer an, aber natürlich registrieren wir *jeden* Lapsus mit Unbehagen. Wir von der N'drangheta vergießen aber nicht gerne Tränen über verschütteten *Wein*, sondern reagieren lieber proaktiv."

Es war eine kleine Stichelei von Gabriele gegenüber dem Moslem, dass er die englische Redewendung mit dem Wort *Wein* gebrauchte; er wusste nur zu gut, dass es in der korrekten Form *Milch* heißt.

Hakim verteidigte sich:
„Die Vergehen sind nicht ungesühnt geblieben. Ein Schuldiger hat drei Zehen eingebüßt und der Hauptschuldige ein Auge – wir verurteilen nach der Scharia."

Gabriele kehrte daraufhin den harten Mafiaboss hervor:
„Diese Scharia ist ja milder als das Strafgesetz der Mafia. Bei *uns* lägen die Missetäter schon mit einem Betonklotz um den Hals auf dem Grund des Mittelmeeres."

Der Ägypter dazu erklärend:
„Wir operieren in einem anderen Umfeld. *Sie* rekrutieren unter italienischen Staatsbürgern und *wir* unter illegalen Ein-

wanderern. Daher können wir es uns nicht erlauben, Mitbrüder beim geringsten Vergehen einfach verschwinden zu lassen. Dann würden wir uns bald selbst auflösen, denn Nachwuchs ist bei uns viel schwieriger aufzutreiben als bei Ihnen. Außerdem stellen wir Ansprüche bezüglich eines festen islamischen Glaubens, während bei *Ihnen* die Frömmigkeit wohl eher hinderlich ist."

„Eine seltsame Frömmigkeit, in deren Namen Sie Menschen in die Luft sprengen, Frauen steinigen …", kommentierte Gabriele.

Aber er kam mit seiner Aufzählung moslemischer Gräueltaten nicht weiter, da ihm Hakim ins Wort fiel:

„Mischen Sie sich nicht in den Islam ein, das steht Ihnen nicht zu, Gabriele oder Michele oder wer immer Sie sind. Und überhaupt, ihr Christen sollt zuerst vor eurer eigenen Tür kehren. Ich sage nur *Kreuzzüge!*"

Michele sah sich bemüßigt, zur Förderung eines konstruktiven Gesprächs einzugreifen:

„Meine Herren, wir halten hier kein theologisches Tribunal ab. Wir sollten zu unserem eigentlichen Thema zurückkehren."

Hakim und Gabriele beruhigten sich etwas und Letzterer hob zu sprechen an:

„Beim gegenwärtigen mühsamen Ablauf unserer Migrantentransporte wird es immer wieder zu unliebsamen Zwischenfällen kommen. Der wesentliche Grund liegt in strukturellen Defiziten des Prozesses. Sehen Sie, Hakim, Ihre Organisation bringt die Passagiere in elendigen, untauglichen Booten bis nach Lampedusa. Dort können aber nicht *wir* sie übernehmen, weil sich die Insel im Territorium der Cosa Nostra befindet. Also schneidet die sizilianische Mafia mit, sie identifiziert Ihre Kunden, wirbt vielleicht sogar weitere an und setzt alle an der kalabrischen Küste ab. Das funktioniert derzeit einigermaßen geordnet, weil die Führungsorgane von Cosa Nostra und N'drangheta gerade auf ähnlicher Wellenlänge sind. Aber die Stimmung könnte auch plötzlich umschlagen, wenn Konkurrenzneid und Rivalitäten auftauchen. Ansonsten ist die Übergabe der Passagiere von der Cosa Nostra an uns kein *prinzipielles* Problem, da sie ja innerhalb von Italien und daher ohne Grenzübergänge stattfindet. Wie dem auch sei, wir bringen dann die Kunden in relativ kleinen Gruppen an *Ihre* Grenze, wie Sie wissen. Von einem modernen Managementstandpunkt aus gesehen ist es primär einmal ineffizient, in solch kleinen Einheiten zu transportieren. Das erhöht den Personal- und Betriebsmittelaufwand in Relation zum Umsatz. Die Devise *small is beautiful* ist in der Organisationstheorie ja schon längst über den Haufen geworfen und als linksalternative Spinnerei entlarvt worden. Als Sekundärfaktoren haben wir Imponderabilien durch die leidige neue Situation an der Grenze, die eigentlich eine Schengengrenze sein sollte, und zwar mit den Schleierfahndungen und den stichprobenweisen Kontrollen durch die Polizei. Pauschal betrachtet ist das ein kompliziertes, ineffektives und risikobeladenes System; ein System, das geradezu nach Reformen schreit. Was denken Sie, Hakim?"

Der Angesprochene bemühte sich, in einem sachlichen Tonfall zu antworten:

„Ich glaube, Ihre Analyse ist zutreffend. Wir haben bereits ähnliche Überlegungen angestellt, wenn auch nicht in so theorielastiger Form. Zum Beispiel sprachen Sie von elendigen, untauglichen Booten für die Überfahrt von Libyen nach Lampedusa, und das ist für uns gleichfalls ein wichtiger Ansatzpunkt. Hier könnte man sich den Einsatz von Schiffen vorstellen, welche diese Bezeichnung auch wirklich verdienen."

„Gut, gut, aber das ist wieder nur Denken im Kleinen", bereitete Gabriele erneut eine Spitze gegen Hakim vor. „Gehen wir die Sache einmal auf die italienische Art an. Wir Italiener haben Fantasie und denken großzügig, im Unterschied zu euch *Mohammedanern*. Das kommt davon, wenn man immer nur den Koran liest und sonst nichts."

„Warum nennen Sie uns so provozierend *Mohammedaner*? Es ist Ihnen doch bekannt, dass wir als *Moslems* zu bezeichnen sind", erboste sich der Ägypter.

Gabriele darauf mit merklichem Genuss angesichts Hakims Entrüstung und mit gespielter Sachlichkeit in der Stimme:

„Ich verstehe Ihre Aufregung nicht. Es ist doch alles ganz logisch. Die Christen nennt man so nach ihrem Religionsstifter Jesus Christus, die Buddhisten auch wiederum so nach ihrem Religionsstifter Buddha, also soll man *Sie* die Mohammedaner nennen, nach Ihrem Religionsstifter Mohammed."

„Friede sei mit ihm", musste Hakim als frommer Moslem zunächst einmal sagen.

„Und mit dem Vater, dem Sohn und dem Heiligen Geist", spottete Gabriele.

Hakim sprang empört auf und rief ziemlich lautstark:

„Beleidigen Sie nicht fortwährend meinen heiligen Islam! Und generell, lassen Sie die Religion aus dem Spiel! Das hier ist eine rein *geschäftliche* Besprechung."

Gabriele heizte die Situation mit einer echten Freude an der Konfrontation weiter auf:

„Sie sind ein Witzbold mit Ihrem ‚Lassen Sie die Religion aus dem Spiel'! *Sie* sind es ja, der uns andauernd mit der Beterei belästigt! Wie kann man mit einem Menschen verhandeln, der ununterbrochen auf die Uhr schaut, ob schon das nächste Gebet fällig ist? Das macht Sie auch so gereizt und nervös, dass Sie nicht einmal kleine Späßchen verstehen. Sie sollten ein Glas Whiskey trinken, damit Sie sich entspannen."

„Ich fahre jetzt zum *Maghreb*! Wo ist Giuseppe?", stieß der Islamist wütend hervor und stürmte hinaus.

„Ja, fahren Sie in den Maghreb, dort passen Sie ohnedies besser hin als nach Frankreich!", rief ihm Gabriele süffisant nach.

Michele blickte seinen Bruder vorwurfsvoll an. Es erübrigte sich, etwas zu sagen, denn die Zwillinge verstanden sich auch so. Gabriele hatte mit seinem Sarkasmus den Bogen überspannt und die Gesprächsbasis mit Hakim ausgehöhlt. Der Mafioso kam mit Fundamentalisten von Hakims Prägung nicht zurecht – ihre zur Schau gestellte Askese war Gabriele zuwider und er fand diese sogar unecht und geheuchelt. Die *famiglia* sollte jedoch die lukrative Kooperation mit dem Schwarzen Halbmond nicht wegen persönlicher Animositäten leichtfertig aufs Spiel setzen.

Michele als der Gelassenere der *arcangeli* schlug daher vor: „Es ist förderlicher, wenn ich mich *alleine* mit Hakim unterhalte. Ich werde ihn nach einer Abkühlungsphase im Hotel kontaktieren. Wir müssen seinen Besuch nutzen, um unseren Ertrag aus dem Schleppergeschäft zu steigern, ob uns der Kerl jetzt sympathisch ist oder nicht. Das schulden wir der *famiglia*."

Gabriele hatte seinen Spaß gehabt und gab sich nun pragmatisch:

„Ja, übernimm *du* den Kräuterteearaber. Ich kann seine Osama-bin-Laden-Visage nicht mehr ausstehen. Ich kontrolliere indessen die Vorbereitungen für die Party heute Abend. Das wird ein Vergnügen, wenn wir uns bei der *passegiata* die Weiber mit den geilsten Hintern aussuchen!"

Micheles braune Augen blitzten auf, als er antwortete: „*Certo*! Und ich freue mich auch schon auf das schwedische Roulette. Nochmals zu Hakim: Soll ich ihm beide Varianten unseres Vorschlags, die kleine und die große, präsentieren?"

Gabriele darauf selbstgefällig:

„Er ist ein *Kleingeist* und kann daher wahrscheinlich nur die *kleine* Variante verdauen. Aber unterbreite ihm auch die *große*, damit er sieht, in welchen Dimensionen wir Italiener denken."

Michele kalkulierte Hakims Fahrzeit zum Hotel und die Vorbereitung auf das Gebet. Außerdem traf der Erzengel eine großzügige Annahme hinsichtlich der Dauer des Gebets, von der er an sich keine Vorstellung hatte. Währt es so kurz wie ein Vaterunser oder eher so lange wie fünf Rosenkränze? Er entschied, dass er Hakim nach etwa eineinhalb Stunden anrufen würde. Bis dahin würde er sich die Zeit mit Campari Soda, Grissini al Rosmarino und dem neuen Playboy-Heft vertreiben. Das erschien ihm als passende Einstimmung auf die kommende *festa*.

Nach Ablauf der von ihm gesetzten Frist griff Michele zum Handy:
„Hallo, Hakim! Hier spricht Michele, der *sanfte* Gentile. Wenn man den Namen wörtlich nimmt, sollten *alle* Gentile sanft und nett sein, aber mein Bruder schlägt da etwas aus der Art. Sie haben gewiss keine Lust mehr, mit ihm zu verhandeln. Daher lade ich Sie ein, dass nur *wir beide* die Besprechung von heute Nachmittag fortsetzen. Sie wollen ja sicherlich auch, dass Ihr Besuch in Amalfi nicht vergeblich ist, sondern zu konkreten Resultaten führt. Ich garantiere Ihnen, dass ich hochinteressante Projekte als Diskussionsgrundlage bereithabe. Kommen Sie zum Abendessen und dann reden wir weiter!"
Hakim reagierte brüsk:
„Ich verzichte auf das Abendessen bei Ihnen. Nach den Beleidigungen am Nachmittag ist mir ohnehin der Appetit darauf vergangen. Wenn Sie jedoch versprechen, einen sachlichen Dialog zu führen, so erkläre ich mich bereit, Sie abermals aufzusuchen. Ich bete noch das *Isha*. Dann rufe ich Giuseppe an, dass er mich abholen soll."
Michele daraufhin beschwichtigend:
„Ich werde ganz nüchtern und ruhig bleiben, versprochen! Ich warte auf Sie in der Vorhalle und lotse Sie in mein Arbeitszimmer. Gabriele werden Sie gar nicht mehr treffen. *Ciao!*"

Nach etwa einer Stunde traf Hakim tatsächlich ein. Er hatte sich vorher telefonisch angekündigt, und so konnte ihn Michele nach kurzer Wartezeit in der mit Säulen geschmückten Vorhalle begrüßen. Der Mafiaboss führte ihn sogleich in sein Arbeitszimmer im ersten Stock, wo sie in einer komfortablen Sitzgarnitur Platz nahmen. Vorsorglich hatte der Gastgeber das Playboy-Heft in eine Schublade gelegt, auf dass der puritanische Ägypter nicht dadurch verstört würde.
„Womit darf ich Ihnen aufwarten?", fragte Michele, um gleich von Anbeginn eine positive Atmosphäre zu schaffen.
Hakim begnügte sich mit Mineralwasser und Michele ließ sich einen Macchiato bringen. Lieber hätte er zu dieser abend-

lichen Stunde ein Glas Montepulciano genossen, aber er wollte den Moslem nicht mit einer neuerlichen Provokation in der Villa Gentile vor den Kopf stoßen.

Michele nahm Anlauf:

„Rekapitulieren wir, Hakim, wie weit wir am Nachmittag gekommen sind. Wir waren uns darüber einig, dass unser derzeitiges Transportsystem für die Migranten reformbedürftig ist. Es gibt zu viele Schnittstellen und ein zu großes Risiko. Nun, Gabriele und ich haben das System analysiert und festgestellt, dass es das primäre Ziel sein muss, die Anzahl der Risikofaktoren zu reduzieren. Jeder Fehlschlag bei einem Transport bedeutet eine Einbuße von 300.000 bis 500.000 Euro, wie Sie wissen. Von Ihrer Warte aus ist sicherlich die italienisch-französische Grenze ein akutes Problem. Dort ist ja auch kürzlich das Missgeschick passiert. Es gibt aber eine geniale Art und Weise, diese Grenze zu umgehen. Wir befördern unsere Passagiere einfach von Kalabrien aus per Schiff über das Mittelmeer *an Ihre Küste!* Dann brauchen wir uns keine Sorgen wegen Grenzkontrollen und Schleierfahndung zu machen. Wir als N'drangheta beherrschen Kalabrien voll und ganz, da bestehen also überhaupt keine Gefahrenmomente bei der Einschiffung der Migranten. Wie sieht es bei *Ihnen* aus? Gibt es in der Nähe von Marseille versteckte Buchten für die unauffällige Landung von Schiffen?"

Hakim erwiderte darauf nüchtern:

„Zunächst möchte ich einmal meine generelle Zustimmung zu Ihrem Vorschlag bekunden. Diese Möglichkeit hätten wir schon früher bedenken sollen. Aber wir waren offensichtlich zu sehr auf den *Landweg* fokussiert, auf dem andere Schlepperorganisationen vor uns bereits die Spur gezogen haben. Zu Ihrer spezifischen Frage: Die Küste um Marseille eignet sich perfekt für dieses Vorhaben. Zum einen gibt es die Steilküste zwischen Marseille und Cassis, die sogenannten *Calanques*, mit vielen Felsenbuchten, die schiffbar sind und sogar Piers aufweisen. In diesen Buchten treiben sich nur Touristen und Badegäste herum, denen der Schiffsverkehr gleichgültig ist.

Man könnte die Schiffe natürlich auch als Ausflugsboote tarnen, wie sie regelmäßig vom Vieux Port in Marseille aus kreuzen. So würden sie kaum Aufmerksamkeit auf sich ziehen. Und man kann selbstredend auch bei Nacht landen, um ganz sicher zu sein. Sehr ähnliche Verhältnisse finden sich westlich von Marseille im L'Estaque, von den Tourismusmanagern auch die Côte Bleue genannt. Diese Küste kann übrigens an Schönheit durchaus mit der berühmteren Küste hier um Amalfi mithalten, aber das nur nebenbei. Jedenfalls können wir sehr wohl Bedingungen für diskrete Schiffslandungen bieten, das ist das Entscheidende."

Michele übertrieb seine Begeisterung, in der Hoffnung, seinen Gast dabei mitzureißen:

„*Benissimo*! Das ist grandios, Hakim! Der Begriff *L'Estaque* ist mir eigentlich schon durch Gemälde von Cézanne und Braque bekannt – die Malerei ist eines meiner Hobbys. Aus diesen Bildern ist es in der Tat ersichtlich, dass es sich um eine sehr reizvolle Gegend handelt. Und danke vor allem für Ihre prinzipielle Einwilligung in unseren Plan. Es gibt natürlich noch jede Menge Details zu klären: Wie viele Schiffe setzen wir ein, welche Kapazität sollen sie haben, sollen wir sie heuern oder kaufen, wie sieht die Kostenrechnung aus, wer stellt die Wachmannschaften? Zweifellos können Sie selbst die Liste noch beliebig fortsetzen."

Hakim verzog indessen keine Miene und blieb sachlich und trocken:

„Ich glaube, Michele, dass die Antwort auf *eine* Ihrer Fragen leichtfällt. Sie von der Mafia haben exzellent ausgebildete Leibwächter, daher können *Sie* für professionelles Sicherheitspersonal auf den Schiffen sorgen. Wahrscheinlich sollten wir mit kleinen Schritten beginnen, um zu sehen, ob das System funktioniert, also zunächst einmal mit *einem* Schiff. Zum Entscheidungsprozess in dieser Sache möchte ich bemerken, dass ich nicht die alleinige Verfügungsgewalt besitze. Ich habe einen Superboss über mir, den wir den Großen Bruder nennen, und mit dem muss ich alle gravierenden Angelegenheiten abklären. Daher können wir nicht hier und jetzt alles festlegen. Aber ich werde mich bemühen, die Dinge auf meiner Seite rasch voranzutreiben."

Micheles gute Stimmung verleitete ihn dazu, unachtsam zu werden und einen unpassenden Vergleich anzubringen:
„Ich muss selbstverständlich auch noch alle Details mit Gabriele besprechen. Der Große Bruder ist also so etwas wie unser Pate, wenn ich das richtig sehe."

Der Islamist reagierte etwas indigniert:
„Nun aber vorsichtig, Michele! Diese Analogie ist höchstens vom Organisationsdiagramm her zutreffend. Der Große Bruder ist bei uns auch eine *religiöse* Autorität. Wir respektieren nur wahrhaft fromme Männer in einer solchen Position. Hingegen brauchen Ihre Paten wohl nicht theologisch vorgebildet zu sein, oder?"

Michele lachte belustigt:
„Na ja, er sollte eher etwas von Foltermethoden und von der Chemie der Rauschgifte verstehen. Aber zur Sonntagsmesse gehen auch die Paten."

„Ist das tatsächlich so? Ich dachte, das kommt nur in Mafiafilmen vor. Zum Thema Schiffe möchte ich noch etwas sagen. Ihr Bruder hat ja eine Lanze für die Effizienz unserer Operationen gebrochen und den Leitsatz *small is beautiful* verdammt. Im Einklang damit sollten wir eher ein Schiff mit großem Fassungsvermögen einsetzen. Mit Sicherheit wirft das höhere Gewinne ab. Und der Bedarf ist ja auch gegeben, denn mit der schlappen Politik der Europäischen Union wird das Schleppergeschäft in der Zukunft noch mehr florieren. Wir beten jeden Freitag für die Erleuchteten in Brüssel, damit sie auch weiterhin so gut in unsere Hände arbeiten."

Um den Auftrag seines Bruders gut zu erfüllen, wurde Michele jetzt eindringlicher:
„*Groß* ist ein passendes Stichwort. Wir haben da noch eine andere Projektvariante, die ich Ihnen vorstellen möchte und

bei der wir in noch *größeren* Dimensionen denken. Damit Sie unsere Argumentation besser nachvollziehen können, zeichne ich unseren Gedankengang nach. Gabriele und ich, wir identifizierten mehrere Systemfehler, und die wollen wir konsequent eliminieren. Wie man die Fehlerquelle italienisch-französische Grenze vermeiden kann, haben wir bereits gesehen. Im nächsten Schritt legten wir uns *zwei Fragen* vor: Warum sollen wir unseren Kunden die Misslichkeiten in Lampedusa zumuten und wie können wir den Unsicherheitsfaktor Cosa Nostra beseitigen? Wenn man die Problematik so formuliert, ist die Antwort naheliegend: Wir lassen unsere Schiffe nicht in *Kalabrien*, sondern in *Libyen* in See stechen! Dann geht es in einem Schwung von Nordafrika bis in die Nähe von Marseille, und bei diesem Angebot kann keine andere Schlepperorganisation mithalten."

Hakim inspirierte dieser Vorschlag und etwas von Leidenschaft kam in seine Stimme:

„Das ist eine brillante Idee, aber ich kann noch nachbessern! Die politische und militärische Situation in Libyen ist chaotisch, und das ist ein weiterer Systemfehler. Aber auch *den* können wir ausschalten. Wir beginnen die Seeroute noch früher und starten in einem derzeit politisch stabilen Land, nämlich *Ägypten*! Und die geeignetste Hafenstadt für uns ist eindeutig *Alexandria*, oder Al-Iskandariyah, wie es eigentlich heißt. Das ist eine Großstadt, die leicht erreichbar ist und eine exzellente Infrastruktur besitzt. Ich bin Ägypter, wie Sie vielleicht wissen, und kann daher an Ort und Stelle alles kompetent regeln. Ich verfüge dort über ein dichtes Netzwerk, und für verdeckte Operationen kann ich auf die Moslembrüder zurückgreifen, die immer noch im Untergrund existieren."

Michele wurde noch begeisterter:

„Ja, das erscheint mir wirklich als *die* ideale Lösung. Ich bin total fasziniert davon. Damit setzen wir in unserem Geschäftszweig *ganz neue Maßstäbe*. Die Balkanroute ist dann überholt. Wir können die Kunden aus dem *gesamten* Nahen Osten in Alexandria sammeln und dann wie auf einem Kreuzfahrtschiff erster Klasse nach Frankreich bringen. Da wird die Flucht noch zum Vergnügen! Wie steht es mit den Passagieren aus Schwarzafrika, wie kommen die nach Ägypten?"

Hakim entgegnete mit der Souveränität des Wohlinformierten:

„Kein Problem. Die Schwarzafrikaner ziehen auf ihren üblichen Wegen Richtung Libyen und machen dann einen kleinen Schwenk nach Osten. Ägypten ist unter dem neuen Regime wieder derart korrupt geworden, dass sie gewissermaßen mit einer Mautzahlung von handelsüblicher Größenordnung die ägyptische Grenze überschreiten können. Dann gibt es vielfältige Möglichkeiten, Al-Iskandariyah zu erreichen."

„Vielleicht lassen Sie auf den Landstraßen Richtungshinweise aufstellen wie: *Flüchtlingsschiff nach Frankreich dritte Abzweigung links*", scherzte Michele.

Hakim reagierte darauf gänzlich humorlos:

„Nun, ich denke in der Tat an ein menschliches Verkehrsleitsystem. Die Moslembrüder in den Dörfern der Grenzregion werden den Migranten gewiss behilflich sein, nach Al-Iskandariyah zu gelangen. Für meine Brüder ist das keine ungewohnte Tätigkeit, denn die Moslembrüder begannen ursprünglich als karitative und soziale Organisation. Mir fallen nun auch die Kunden aus Somalia und dem Sudan ein. Auch für die ist es sehr viel praktischer, nach Al-Iskandariyah statt nach Libyen zu reisen. Ich bin jetzt überzeugt, dass die neue große Projektvariante auf allen Linien die vorteilhaftere ist."

„Gabriele und ich sind auch ganz dieser Meinung, und wir waren guten Mutes, dass wir Sie für diese Variante gewinnen können. Mit Alexandria als zentralem Dreh- und Angelpunkt haben wir überhaupt ein geniales System geschaffen! Ich eile gleich zu meinem Bruder, um ihn zu informieren."

Der Ägypter hielt seinen von Eifer beseelten Gastgeber zurück:

„Noch einen Augenblick, Michele. Wir müssen noch über den finanziellen Aspekt sprechen. Wir sind ja beide in diesem

Geschäft, um Gewinne zu erzielen, und nun hoffentlich sogar *haushohe*. Ich überschlage kurz, dass wir je nach der Größe des Schiffs in den sieben- bis achtstelligen Eurobereich pro Fahrt vorstoßen werden."

Michele sah schon riesige Eurosymbole vor seinen Augen: „Das ist selbst für die Mafia eine ansehnliche Summe und, wie Sie sagen, das ist nur der Umsatz einer einzigen Fahrt. Jetzt multiplizieren wir das noch mit der Anzahl der Transporte pro Jahr und wir sprechen von einem Milliardengeschäft. Aber ich glaube, worauf Sie hinaus wollen, ist die Aufteilung der Erträge zwischen uns. Bei diesen großartigen Einkünften sollten wir auch selbst Großzügigkeit zeigen und uns nicht lange streiten. Wie wäre es einfach mit *fifty-fifty*?"

Hakim gab sich konziliant, da er noch ein delikates Ansinnen auf dem Herzen hatte:

„Ja, so ist es wohl vernünftig und gerecht. Sie haben bestimmt einen *consigliere*, wie er in den Mafiafilmen vorkommt, der kann eine Abmachung aufsetzen. Dann gibt es noch einen anderen Punkt, das schnöde Geld betreffend. Das Leasen oder Kaufen eines Schiffs erfordert eine erhebliche Anfangsinvestition. Leider hat meine Organisation kaum flüssige Mittel, da wir alle Einkünfte gleich wieder in Aktivitäten hineinstecken. Ich nehme an, dass die N'drangheta im Gegensatz dazu über beträchtliche Reserven verfügt. Darum ersuche ich Sie, dass *Sie* das Startkapital vorschießen, und wir zahlen dann *unsere* Hälfte des Betrages von unseren Gewinnen aus der Operation zurück. Einen entsprechenden Passus könnte der *consigliere* auch in unserer Vereinbarung inkludieren."

„*Allora*, die Gentile-Brüder sind zwar nicht so karitativ wie die Moslembrüder, aber in diesem Fall leuchtet es mir ein, dass wir aushelfen sollten. Dieses Bombengeschäft darf nicht an einer relativ geringfügigen Summe scheitern. Wie werden wir jetzt konkret vorgehen?"

Hakim hatte sich mittlerweile schon alles in Gedanken zurechtgelegt:

„Nach meiner Rückkehr nach Marseille spreche ich sofort mit dem Großen Bruder. Ich glaube, er wird so wie wir beide von diesem Projekt begeistert sein. Dann fliege ich nach Ägypten und treibe dort ein Schiff auf, was keine Schwierigkeiten bereiten wird. Sie geben mir heute noch eine Vollmacht, damit ich das Schiff in Ihrem Namen leasen oder kaufen kann. Selbstverständlich lasse ich Ihnen den Vertrag zusenden, und Sie unterfertigen ihn dann eigenhändig. Ich werde gleich in Al-Iskandariyah bleiben, um die Einschiffung beim ersten Transport zu überwachen."

„*Bene!*"

Der Mafiaboss schrieb eine Vollmacht und lief dann in das Erdgeschoss, um Gabriele zu informieren und dessen Unterschrift einzuholen. Als Michele zurückkehrte, war er sehr zufrieden und in aufgeräumter Stimmung:

„Mein Bruder ist fast ausgeflippt, als er von der Alexandria-Variante hörte. Er findet sie einfach grandios und hat die Vollmacht sogleich unterfertigt. Wie verbleiben wir jetzt?"

Hakim antwortete mit der befriedigten Gelassenheit, die einem guten Verhandlungsabschluss folgt:

„Sie erhalten von mir wahrscheinlich schon morgen eine Mail, dass der Große Bruder seine Einwilligung gegeben hat. Diese Zustimmung ist sicherlich nur eine Formsache. Einige Tage später sollten Sie den Vertrag aus Ägypten als Anhang einer Mail bekommen."

„Dann ist ja praktisch alles unter Dach und Fach. Da haben wir heute Abend einen guten Grund zum Feiern. Nehmen Sie doch an unserer *festa* teil. Da wird es hoch hergehen! Wir sind weitum bekannt für unsere Partys mit den schönsten Frauen."

Als Hakim und Michele in das Erdgeschoss hinunterkamen, fand gerade der Einzug des Jungdamenkomitees statt, das Gianni selektioniert hatte. Es war das *Who is Who* der käuflichen Sexbomben in der Provinz Salerno. Sie liefen kichernd und quietschend durch ein Spalier von Mafiosi, die sie mit

Champagner besprühten, als ob sie Grand-Prix-Siegerinnen wären. Am Ende des Spaliers sahen sie aus wie bei einem *Wet-T-Shirt-Contest* in Miami Beach. Ihre rosigen Brustnippel stachen aufreizend unter dem champagnergetränkten Stoff ihrer Blusen und Trikots hervor. Hakim betrachtete diese Szene als neuerlichen Affront gegen seine moslemische Sensibilität. Er stürzte hinaus und rief zum zweiten Mal an diesem Tag lauthals nach Giuseppe.

Im Hotelzimmer wartete eine Überraschung auf Hakim. Als er das Licht anknipste, sah er, dass sich eine nackte Frau auf dem Sofa rekelte, die ihm die verlockenden Rundungen ihres Gesäßes zukehrte. Als sie sich träge wie eine Katze zu ihm umdrehte, gewahrte er, dass sie doch nicht ganz nackt war – ein schwarzer *Niqab* verhüllte ihr Gesicht. Sie stand auf und ging mit wiegenden Schritten auf ihn zu. Ihre erotische Strahlkraft entfaltete sich dabei voll und ganz und hielt ihn im Bann. Obwohl er wusste, dass hier eine weitere Verhöhnung seines Glaubens geschah und nur Gabriele dahinterstecken konnte, nahm Hakim das Gastgeschenk an – er war eben auch nur ein Mann. Die schöne Frau ließ ihm ohnedies nicht viel Wahlfreiheit: Sie umschlang ihn eng und drängte ihn auf das Doppelbett. Sie weigerte sich jedoch beharrlich, den Gesichtsschleier abzunehmen, und bestand darauf, dass sie in dieser Hinsicht strengste Instruktionen hätte. Dennoch trieb es der Islamist mit ihr bis zur kompletten Ausgebranntheit.

Unterdessen schwebten die Erzengel in paradiesischen Sphären. Die *festa* wurde zum geplanten Exzess von Alkohol und Sex, gewürzt mit den originellen Einlagen voll von Laszivität, die den besonderen Ruf der Partys in der Villa Gentile ausmachten.

Michele sammelte ausreichend viele Spieler für seinen Lieblingszeitvertreib, das schwedische Roulette. Zunächst leerte die Teilnehmerschar, in fröhlichem Kreisrund auf dem Boden sitzend, eine Flasche Champagner. Dann wurde die Ausgelassenheit durch die aufpeitschenden Rhythmen einer Band und harte Drinks gesteigert. Der Spielleiter legte die leere Champagnerflasche in den Mittelpunkt des Zirkels und versetzte sie mit einem gekonnten Drall in Rotation. Nach dem Stillstand zeigte der Flaschenhals auf einen Teilnehmer, und der oder die musste sich einer Textilie entledigen. Mit der Fortdauer des Spiels gewann die rassige Gina einen Vorsprung, sodass sie bald ihre prachtvollen Brüste entblößen durfte, die Michele mit lüsternen Blicken verschlang. Er hatte Glück, denn er holte in den nächsten Runden auf. Schließlich lagen Gina und er in Führung und hatten jeweils nur mehr ihre Slips an. Nach der Zurschaustellung weiterer aufreizender weiblicher Brustpartien in den folgenden Runden wies der Flaschenhals wieder einmal auf Gina. Sie stand auf, streifte ihren Slip mit tänzerischen Bewegungen ab und warf ihn mit einem „*Ecco!*" theatralisch in die Luft. Unter dem Gejohle der Teilnehmer und Zuschauer setzte sie sich wieder, um gemäß den Spielregeln auf den Zweitplatzierten zu warten. Das Glück blieb Michele treu, denn er errang in der nächsten Runde die Silbermedaille und durfte daher Gina als seine erste Sexpartnerin der Nacht in eines der leeren Gästezimmer entführen.

Für Gabriele war keine Beihilfe durch die Göttin Fortuna vonnöten. Als ranghöchster Anwesender hatte er bei der *passegiata dei culi* die erste Wahl. Er schritt die weiblichen Hinteransichten, die entlang einer Wand aufgereiht waren, mit Kennerblick ab, und manche der Kandidatinnen, die von ihm gewählt werden wollten, brachten ihre Hüften in erotisch suggestive Positionen. Plötzlich ergriff Gabriele eine Hand, drehte die Auserwählte um und war auch mit der Vorderansicht höchst zufrieden. Er eilte mit der Gespielin in Richtung eines Bettes davon.

Zu diesem Zeitpunkt hatte er die ziemlich böswillige Auseinandersetzung mit Hakim bereits vollständig vergessen. Er ahnte nicht, dass für seine Provokationen ein *hoher* Preis, ja ein *sehr hoher* Preis sogar, zu zahlen sein würde.

KAPITEL 7

Auf dem Heimflug überlegte Hakim, wie er dem Großen Bruder die Ergebnisse der Besprechung in Amalfi am besten präsentieren sollte. Es gereicht mir gewiss zum Vorteil, wenn ich den Schiffstransport der Migranten von Ägypten *direkt* nach Marseille als meine *eigene* Idee darstellen könnte, sinnierte Hakim. Das wäre zwar nicht ganz ehrlich, würde mich aber in der Wertschätzung beim Großen Bruder erheblich steigen lassen, so der Ägypter weiter bei sich. Inzwischen arbeitete sein Hinterkopf schon an den Details für diese neue Aufgabe, und gleichzeitig entwickelte er einen Parallelplan mit dem Decknamen „Rache für Amalfi".

Der Flughafen von Marseille befindet sich in Marignane, und daher hatte der Islamist keinen weiten Weg zu dem aufgelassenen Industriegelände, das dem Schwarzen Halbmond als Zentrale und ihm selbst als Lebensmittelpunkt diente. Er erhielt einen Termin beim Großen Bruder zwischen den Gebeten *Dhuhr* und *Asr* und legte ihm dann seine brillante Al-Iskandariyah-Marseille-Idee vor, die er den Mafiosi dank seiner unwiderstehlichen Überzeugungskraft verkauft hatte, wie er sich ausdrückte. Den Parallelplan erwähnte er nicht. Der Große Bruder lobte Hakim mit salbungsvollen Worten und autorisierte das Vorhaben. Es gefiel dem Anführer besonders, dass er dafür kein Startkapital freigeben musste, weil Hakim es verstanden hatte, die Mafia für die Investitionen zahlen zu lassen.

Hakim informierte die *arcangeli* über die endgültige Billigung ihrer Pläne und buchte dann online einen Flug nach Kairo für den nächsten Tag. Die Militärdiktatur und die sich mehrenden Anschläge auf diverse Tourismuseinrichtungen hatten vielen potenziellen Besuchern die Lust auf die Pyramiden verleidet, und so gab es noch jede Menge freier Sitze für den Flug. Hakim fühlte sich mit seinem provisorischen französischen Reisepass in der nun gegen die Moslembrüder feindseligen Atmosphäre in Ägypten relativ gut geschützt. Er entschloss sich aber trotzdem, dort nach Möglichkeit nur unter Moslembrüdern und deren Sympathisanten zu verkehren und stets auf eventuelle Bespitzelungen zu achten.

Als guter Moslem besuchte er in Kairo zuerst seine Eltern, die er seit seiner Flucht aus dem Land nicht mehr gesehen hatte. Sie wohnten in einem der Armenviertel der Stadt. Er war immer der Vorzeigesohn gewesen, der es aus der Misere bis an eine Hochschule geschafft hatte und über dem offensichtlich Allahs Segen waltete. Nun musste er ihnen eine Erfolgsstory präsentieren, die sowohl gottgefällig erschien als auch nach materiellem Aufstieg klang. Das erwarteten sie sich wohl von dem frommen Sohn, der in das reiche Europa ausgewandert war. Es kam ihm natürlich zu Hilfe, dass seine Eltern keine Ahnung von Frankreich hatten, außer dass es dort so etwas wie Paris mit einem Eiffelturm gibt. Hakim flunkerte ihnen vor, dass er an einem Lycée Geschichte und Islam unterrichte, dort sehr angesehen sei und die Aussicht habe, bald Direktor der Schule zu werden. Dass er in Wahrheit ein beinahe mittelloser islamistischer Terrorist und Schlepper von Migranten war, hätten seine Eltern wohl nie verstanden.

Sein zweiter Besuch in Kairo galt Abdullah El-Gebeily, seinem engen Freund während des Studiums an der Koranhochschule. Hakim traf ihn nicht nur der Nostalgie halber, sondern auch, weil er wusste, dass Abdullahs ältester Bruder damals als Junior Manager bei der Reederei Ramses Cruise in Al-Iskandariyah gearbeitet hatte. Abdullah berichtete, dass er selbst nun an einer Madrasa lehre und auch dem Imam der Moschee seines Viertels helfe. Hakim erzählte nur vage von seiner Tätigkeit in Frankreich und kam dann auf sein Anliegen zu sprechen:

„Wie geht es deinem Bruder, dem Reeder? Ist er schon so reich wie Onassis?"

„Das nicht gerade, aber er ist in der Hierarchie hochgeklettert und ist jetzt in der zweiten Führungsebene gleich unter dem Chief Executive von Ramses Cruise."

Hakim äußerte sich darauf zufrieden:

„Dann ist er mein Mann, *inschallah*! Ich bin im Auftrag eines italienisch-französischen Reiseveranstalters hier, um Passagierschiffe aufzutreiben. Das Geschäft mit Schiffsausflügen und Kreuzfahrten boomt in Europa, und so gibt es einen großen Bedarf an Schiffen."

Abdullah reagierte überrascht:

„Seit wann interessierst du dich für Tourismus?"

„Ich fungiere nur als Vermittler. Wegen des Rückgangs des Fremdenverkehrs in Ägypten nimmt man an, dass es hier freie Kapazitäten bei Schiffen gibt. Daher hat man einen Ägypter gesucht, der an Ort und Stelle Schiffsankäufe einfädeln kann. Es ist bis nach Europa gedrungen, dass man hier als Ausländer nur übers Ohr gehauen wird."

Abdullah fand Hakims Erklärung glaubwürdig und fragte mit der ehrlichen Bereitschaft, ihm vielleicht einen Freundschaftsdienst erweisen zu können:

„Kann ich bei deinem Vorhaben irgendwie helfen?"

Hakim war sehr froh über dieses Angebot:

„Ja, genau das wollte ich dich eben bitten. Ich kenne leider deinen Bruder kaum. Ich glaube, ich habe ihn nur einmal kurz bei deinen Eltern gesehen. Es wäre sehr freundlich von dir, wenn du mich nach Al-Iskandariyah begleiten und bei ihm einführen könntest. Du weißt ja, dass das persönliche Element bei uns hier immer sehr wichtig ist."

„Das mache ich natürlich gerne. Ich nehme mir einen Tag von der Schule frei und finde bestimmt einige Kollegen, die meine Stunden halten."

Schon am nächsten Tag waren Hakim und Abdullah in Al-Iskandariyah und suchten das imposante Firmengebäude von Ramses Cruise an der mondänen El-Gaish-Promenade auf. Ein Sekretär führte sie in das Büro des Managers El-Gebeily in einer oberen Etage, das durch eine riesig breite Glasfront wie in Cinemascope einen prächtigen Blick über den Osthafen mit seinen Jachten und auf das Mittelmeer bot, und servierte sogleich Pfefferminztee sowie Baklawa, Datteln und Pistazien.

Nachdem Abdullah seinen Freund Hakim vorgestellt hatte, verbrachte man zunächst einige Zeit mit unverfänglichen Plaudereien über dieses und jenes, zum Beispiel über die Ramses Cruise und wie Abdullahs Bruder den Aufstieg in dieser Firma geschafft hatte, über die jeweiligen Familien und über das Leben in Frankreich. Dann begann Hakim mit den Verhandlungen:

„El-Gebeily Effendi, ich bin im Auftrag eines europäischen Reiseveranstalters hier, um ein geeignetes Passagierschiff von Ihnen zu kaufen oder zu leasen. Die nötige Vollmacht dazu habe ich dabei."

Hakim legte dem Manager das von den Gentile-Zwillingen ausgefertigte Dokument vor.

„Lassen Sie den Effendi", meinte der glatt rasierte, joviale, internationale Typ. „Nennen Sie mich doch einfach Suliman. Ich möchte gleich einmal auf die Frage Leasing oder Kauf eingehen. Beim Leasing haben Sie das Risiko, dass ich das Schiff nach Bedarf wieder anfordern kann. Wir hoffen ja hier immer noch auf einen Aufschwung des Tourismus, sobald sich die Aufregung im Westen über das Militärregime gelegt hat und keine Anschläge mehr vorkommen. Falls Ihre Auftraggeber das Schiff längerfristig zur Verfügung haben wollen, ist es klüger, es gleich zu kaufen. Wir können derzeit fünf oder sechs Schiffe anbieten. An welche Kapazität haben Sie gedacht? Wie soll es ausgestattet sein?"

Hakim war über die sachliche Abwicklung des Gesprächs erfreut und außerdem erleichtert, dass Suliman keine detaillierten

Fragen über die Geschäfte des Tourismusveranstalters stellte. Er konzentrierte sich darauf, die Abwicklung auf dieser geraden Linie zügig voranzutreiben:

„Vielen Dank, Suliman, für den Hinweis, dass ein Kauf derzeit vorteilhafter ist. Wir suchen ein Schiff für mindestens 300 Passagiere. Die Ausstattung ist nicht so wichtig, denn die neuen Eigentümer könnten es selbst renovieren und nach ihren Bedürfnissen ausgestalten. Für uns sind daher auch ältere Modelle akzeptabel."

Suliman konnte sofort mit den Namen von vier Schiffen aufwarten:

„Da wäre einmal die Luxor, ein erstklassig ausgestattetes Boot, das aber nur für circa 50 Personen ausgerichtet ist. Wir setzen es normalerweise für Exkursionen mit kleineren Gruppen ein. Dieses Schiff hat eine zu geringe Kapazität und kommt deshalb für Ihren Auftraggeber wahrscheinlich kaum in Frage, obwohl es in exzellentem Zustand ist. Aus letzterem Grund erwähne ich die Luxor der Vollständigkeit halber. Das zweite Schiff, die Osiris, ist eine reine Luxusjacht, die zwar locker einige Hundert Personen aufnehmen könnte, aber der Preis dieses schwimmenden Fünf-Sterne-Hotels ist auch dementsprechend. Dieses mondäne Schiff wird hauptsächlich für längere Fahrten am Nil von Firmen gemietet. Ich glaube nicht, dass sich Ihr Reiseveranstalter bei dem geforderten Preis für das Objekt erwärmen kann. Dann haben wir noch ein Boot mit dem hübschen Namen Nofretete. Dieses ist aber derzeit unter Generalsanierung und es wird noch einige Monate dauern, bis die Arbeiten abgeschlossen sind. Da käme dann noch die Aida in Frage. Sie ist für etwa 400 Passagiere ausgelegt und wird für kurze Kreuzfahrten auf dem Nil eingesetzt. Daher sind relativ wenige Kabinen vorhanden. Die Aida gehört zu den alten Schlachtschiffen unserer Flotte und ist leider schon etwas abgetakelt. Aber wir könnten Ihnen natürlich beim Preis entgegenkommen. Schauen wir uns die Schöne einmal an. Sie liegt am Westhafen vor Anker."

Suliman selbst chauffierte seine Gäste zunächst die elegante Promenade des Osthafens entlang. Dann bog er kurz vor der monumentalen historischen Zitadelle von Qaitbay, dort, wo einst der berühmte Leuchtturm von Pharos stand, nach links ab und passierte nach der Reihe die schon sehr in die Jahre gekommenen Anlegestellen des Westhafens, bis er fast das Ende der schmalen Landzunge erreicht hatte, die das Hafenbecken gegen das Mittelmeer abschirmt. An einem der letzten Docks ankerte die Aida. Hakim verstand kaum etwas von Schiffen, merkte aber sehr wohl, was ziemlich offensichtlich war, nämlich dass dieser Kahn schon lange keine Ausfahrten mehr erlebt hatte.

„Wann war die Aida zuletzt im Einsatz?", fragte Hakim bei Suliman nach. „Sie sieht sehr ausgeruht aus, um es positiv auszudrücken."

„Sie liegt seit zwei Jahren hier vor Anker, aber wir können sie binnen weniger Tage seetüchtig machen. Diese guten alten Schiffe sind unverwüstlich und brauchen nur etwas Wartung, dann dampfen sie wieder munter dahin, *inschallah!*"

Hakim schritt das Schiff *pro forma* zusammen mit den Gebrüdern El-Gebeily ab und bemerkte am Ende des Rundgangs:

„Wir brauchen nicht so viele Tische und Sitzbänke. Die meisten davon sollten entfernt werden."

„Wir werden das Schiff ganz nach Ihren Wünschen adaptieren", meinte Suliman mit einem gewinnenden Lächeln.

Hakim erinnerte sich daran, einen wichtigen Punkt anzubringen:

„Und noch eine wesentliche Sache: Wir benötigen eine komplette Crew für die erste Ausfahrt. Könnten Sie uns da geeignete Leute vermitteln?"

„Sie können bei uns jederzeit Seemänner und Bordpersonal für die gesamte Dauer einer Fahrt anheuern. Wir nennen dieses Angebot *rent a crew*. Wenn Sie an einem Abschluss des Geschäfts interessiert sind, kehren wir in mein Büro zurück und reden dort über den finanziellen Teil der Transaktion."

Bezüglich des Kaufpreises und des Tarifs für die Crew kam man, trotz der orientalischen Vorliebe für das Feilschen, bald zu einer Einigung. Schließlich war Hakim ein sehr guter Freund von Sulimans Bruder, und es handelte sich damit beinahe um ein Geschäft innerhalb der Familie.

Hakim sprach noch einen heiklen Aspekt an, auf den er aber besonderen Wert legte:

„Wir sind alle drei Ägypter und wir wissen, wie bei uns Geschäfte gemacht werden. Bis jetzt haben wir nur über die *realen* Kosten gesprochen. Aber dann gibt es immer noch diese zusätzlichen Aufwendungen. Ich glaube, die Manager nennen sie *Overhead*, und die sind hierzulande besonders hoch. Ich weiß nicht, ob Sie mich verstehen, Suliman."

„Es würde mir helfen, wenn Sie etwas deutlicher werden könnten", antwortete dieser, hatte aber schon eine gewisse Vorahnung, worauf Hakim hinaus wollte.

Der Islamist holte etwas weiter aus, um Suliman definitiv überzeugen zu können:

„Nun, lassen Sie mich die Sache etwas anders betrachten, von der *sozialen Seite* sozusagen. Als ich in Ägypten lebte, war ich ein Moslembruder. Abdullah kann das bestätigen. Ich trat dieser Gemeinschaft nicht aus politischen Gründen bei, sondern aus rein religiösen. Ich engagierte mich besonders in der karitativen Tätigkeit der Bruderschaft. So konnte ich, obwohl ich unbemittelt war, das islamische Gebot des *Zakat*, des Zehents für die Armen, in symbolischer Weise erfüllen. Jetzt lebe ich in Frankreich und leiste das *Zakat*, indem ich dort ehrenamtlich für eine moslemische Wohlfahrtsorganisation arbeite. Diese Organisation hat in jenem Land der Ungläubigen, wo eine virulent islamophobe Atmosphäre herrscht, einen extrem schweren Stand und ist selbst andauernd notleidend. Ich sehe es daher als meine soziale und auch religiöse Pflicht, bei jeder Gelegenheit *Fundraising* für diese Vereinigung zu betreiben. Kurz gesagt, Suliman, Sie schlagen zur jetzigen Vertragssumme die Hälfte als Overhead dazu und spenden diesen

Betrag an meine karitative Organisation. Damit haben Sie auch Ihr eigenes *Zakat* für dieses Jahr übererfüllt."

Suliman entschuldigte sich für einen Augenblick und verließ mit seinem Bruder kurz das Büro. Er wollte mit Abdullah besprechen, ob er Hakim in dieser Sache trauen könne. Nach deutlicher Ermutigung durch Abdullah willigte Suliman in diesen Deal ein und ließ sich von Hakim darüber informieren, wohin er den *Overhead* genannten Kickback überweisen solle. Der Islamist gab ihm die Bankverbindung des Schwarzen Halbmonds in Dubai. Dem Vertrag stand so nichts mehr im Wege und er wurde mit der überhöhten Kaufsumme dann in gescannter Form per Mail an die Gentile-Zwillinge gesandt.

Die Mafiosi retournierten alsbald das unterschriebene Dokument als Anhang einer Mail und überwiesen den geforderten Betrag elektronisch an die Reederei Ramses Cruise. Hakim war tief befriedigt. Er hatte es ohne größere Schwierigkeiten geschafft, die erste Phase seines Parallelplans erfolgreich abzuschließen und die Mafia zu prellen.

Es gab für Hakim noch allerhand zu tun in Ägypten. Zunächst fuhr er mit Abdullah nach Kairo zurück, um die dortigen Kontaktmänner des Schwarzen Halbmonds zu instruieren. Die Migranten aus dem Nahen Osten, aus Somalia und dem Sudan, die nach Libyen wollten, mussten nach Al-Iskandariyah umdirigiert werden, mit dem Hinweis, sich beim Schiff Aida im Westhafen einzufinden. Danach schaute er bei der Werkstatt vorbei, in der Reisepässe gefälscht wurden, und kündigte den Besuch von Salah an, dessen Expertise die Qualität der Arbeit an den besonders gefragten syrischen Dokumenten verbessern würde. Hierauf kehrte er auf schnellstem Weg wieder nach Al-Iskandariyah zurück, um dort die Adaptierung der Aida und die Einschiffung der Passagiere beim ersten Transport mit ihr zu überwachen. Den ursprünglichen Plan, auch Flüchtlingslager in Jordanien im Zuge einer Werbekampagne aufzusuchen, hatte er verworfen, da seine Anwesenheit in der ägyptischen Hafenstadt vordringlicher war.

Während er am Dock die Arbeiten beobachtete, reflektierte Hakim über die Modalitäten dieser ersten Fahrt unter der Ägide des Schwarzen Halbmonds; dass die N'drangheta auch Teilhaberin war, hatte er praktisch schon ausgeklammert. Die Aida würde provisorisch unter ägyptischer Flagge durch das Mittelmeer kreuzen, bis die Registrierung in Sierra Leone vollzogen war. Wie viele Passagiere sollte das Schiff bei dieser Überfahrt aufnehmen? Suliman hatte von einer Kapazität von etwa 400 Personen gesprochen, also konnte man gewiss so an die 1.000 Migranten auf der Aida unterbringen. Der Schwarze Halbmond organisierte ja schließlich hier keine Luxuskreuzfahrt mit einer Einzelkabine für jeden Passagier! Etwas Gedränge erachtete Hakim für die Dauer dieser Fahrt – er veranschlagte höchstens sechs Tage – durchaus als zumutbar. Er würde also alles überflüssige Beiwerk, das nur Hindernisse für die Menschen darstellte, vom Schiff entfernen lassen. Über die Versorgung der Reisenden machte er sich kaum Gedanken. Nur ausreichend Wasser musste an Bord sein. Aber darauf sollte wohl der Kapitän achten, das fiel eigentlich nicht in die Agenden des Eigentümers.

Mehr Überlegungen stellte Hakim über die Tarife für die Passage an. Für den mühsamen und eher unsicheren Transport auf dem Landweg hatten sie bisher zusammen mit der N'drangheta etwa 8.000 Euro pro Person verlangt. Für die bequemere Überfahrt per Schiff mit wesentlich verringertem Risiko konnte man daher gut und gerne 12.000 Euro fordern, bei großer Nachfrage sogar mehr. Der Islamist führte die einfache Kalkulation begeistert aus: 1.000 Passagiere zu je 12.000 Euro ergibt eine Fracht im Wert von zwölf Millionen Euro! Das waren ganz neue Dimensionen für den Schwarzen Halbmond. Damit konnte man zum Beispiel ausreichend Sprengstoff kaufen, um in allen größeren Städten Frankreichs gleichzeitig Attentate zu verüben. Hakim stellte sich das wie ein gigantisches, noch nie dagewesenes Feuerwerk vor, das den Himmel von Calais bis Nice, von Strasbourg bis Biarritz taghell erleuchten würde. Und viele Ungläubige würden dabei ihr Leben lassen. Aber der gewaltsame Tod ist ohnehin ihr Kismet, denn sie sind dazu verdammt, im Haus der Spinne zu wohnen, dem verwundbarsten aller Häuser, wie es im heiligen Koran heißt.

Selbstverständlich waren die zwölf Millionen Euro nicht der Reingewinn einer Fahrt, es gab ja schließlich auch Unkosten. Das erinnerte Hakim daran, dass er die hiesigen Hafen- und Zollbehörden noch mit einer angemessenen Summe abfertigen musste, damit die Einschiffung der Passagiere ohne lästige Einmischungen durch die Polizei und das Zollamt vonstattengehen konnte. Suliman hatte er außerdem wegen einiger kleinerer Details zu kontaktieren, insbesondere die Adjustierung der Crew betreffend. Die Schiffsoffiziere würden ja ohnedies die traditionellen weißen Uniformen der Reederei tragen, aber Hakim hatte triftige Gründe dafür, die Einkleidung der *gesamten* Besatzung in Weiß zu verlangen.

Nach einigen Tagen gewahrte Hakim am benachbarten Dock einen Mann, der wie ein Europäer aussah und immer wieder zur Aida herüber spähte. Als Hakim ihn fixierte, verdrückte er sich rasch hinter einer Lagerhalle, kam aber erneut zum Vorschein, sobald Hakim die Aida betrat und durch seine Kontrolltätigkeit an Bord abgelenkt war. Dieser Mann beunruhigte Hakim doch etwas. Umso mehr überraschte es ihn aber dann, dass der Fremde am folgenden Tag forsch auf ihn zuschritt, sich als Mario vorstellte und unverblümt erklärte, dass er im Auftrag der *famiglia* Gentile hier sei.

Hakim reagierte misstrauisch, denn der Mann mit seinem undurchsichtigen und unvorhersehbaren Gehabe war ihm äußerst suspekt:

„Das kann jeder sagen. Ich werde Ihnen einige Fragen stellen, um Ihre Behauptung zu überprüfen. Wie groß ist der Altersunterschied zwischen den Gentile-Brüdern?"

„Es besteht keiner, sie sind Zwillinge."
„Wie heißen die Gentile-Zwillinge und wie kann man sie äußerlich unterscheiden?"
„Gabriele und Michele, und Gabriele trägt einen goldenen Ring am Mittelfinger der linken Hand."
„Wie heißt der Chauffeur der Gentile-Zwillinge?"
„Giuseppe."
Hakim gab sich nun mit dem Resultat der Befragung zufrieden:
„Gut, das scheint in Ordnung zu gehen. Wie haben Sie herausgefunden, dass ich Hakim bin?"
Mario darauf mit selbstbewusst erhobenem Kinn:
„Das war nicht schwer. Ich habe Sie gestern beobachtet, und da wurde mir klar, dass Sie hier der Chef sind. Und wenn Sie wissen wollen, wie ich hier gelandet bin – das war auch nicht schwierig. Gabriele Gentile hat viele Daten aus dem Vertrag herausgelesen, und wo die Aida vor Anker liegt, das habe ich bei der Hafenbehörde erfahren."
Hakim blieb argwöhnisch:
„Mit welchem Auftrag wurden Sie eigentlich von den Gentile-Zwillingen geschickt?"
Mario erwiderte mit einer aufreizend arroganten und süffisanten Miene:
„Es ist bekanntlich so, dass die *famiglia* das Schiff voll bezahlt hat und daher derzeit die *alleinige* Eigentümerin ist. Ich bin in erster Linie als der Eigentümervertreter hier und ergreife formal von der Aida Besitz. Wir übernehmen das Schiff auch im praktischen Sinn, wenn im Hafen von Amantea ein Sicherheitskontingent von 15 Mann zusteigen wird. Ich nehme nicht an, dass der Kapitän die Küste von Kalabrien gut kennt. Ich reise daher mit und werde das Schiff nach Amantea lotsen. Ich werde auch bei der Weiterfahrt an Bord bleiben und das Kommando haben. Ich verlange, dass der Kapitän alle meine Anweisungen genauestens befolgt, schärfen Sie ihm das ein. Was ist eigentlich unser Zielhafen in Frankreich?"

Hakim war ob dieses hinterhältigen Verhaltens der Mafiabrüder mehr als verärgert, ließ sich dies aber nicht anmerken. Das wäre zu diesem Zeitpunkt nicht sehr klug gewesen. Er antwortete daher sachlich:
„Morgiou, ein kleiner Hafen in der Nähe von Marseille in den sogenannten *Calanques*. Es ist ein recht abgeschiedenes Fischerdorf, aber dennoch auf einer Straße von Marseille aus leicht zu erreichen, also ein idealer Ankerplatz für uns. Ich werde den Kapitän ausreichend instruieren."
Mario zeigte sich mit dieser Auskunft einigermaßen zufrieden und forderte nun eine Führung durch das Schiff. Nach der Besichtigung kehrte der Mafioso seinen Egoismus und den anspruchsvollen Besitzer hervor:
„Grundsätzlich geht alles in Ordnung, was Sie veranlasst haben. Aber an *mich* haben Sie offensichtlich nicht gedacht! Wie soll ich mir während der ganzen langweiligen Fahrt die Zeit vertreiben? Ich verlange einen Hobbyraum mit Fitnessgeräten, einem Tischtennistisch, einem Billardtisch und einem Dartboard. Die Schiffsoffiziere wollen sich wahrscheinlich auch manchmal entspannen. Sie könnten den Raum gleichfalls benutzen und auch mit mir spielen."
Hakim konnte auf diese Provokation trotz aller angezeigten Vorsicht nur mit Hohn antworten:
„Und dazu wollen Sie vielleicht noch eine *Hausbar* auf einem Schiff voller abstinenter Moslems? Solche Extras kommen nicht in Frage. Vergessen Sie nicht, wir organisieren ja hier keine Vergnügungsreise."
„Ich bestehe darauf!", rief Mario und schlug seine rechte Faust wütend auf die linke Handfläche, um seine Forderung zu unterstreichen.
Hakim versuchte nun wieder kühl zu bleiben:
„Jetzt kalkulieren Sie einmal nüchtern. In so einem Freizeitraum, wie Sie ihn fordern, bringe ich gut und gerne 20 Passagiere unter. So besehen verursachen Sie mit Ihrem Wunsch eine Einbuße von grob geschätzt einer Viertelmillion Euro. Das

kann doch nicht im Interesse Ihrer Organisation sein. Wenn ich den Gentile-Zwillingen mitteile, dass Sie auf so viel Geld durch Ihre Frivolität verzichtet haben, dann werden Sie mit ihnen ernste Probleme bekommen."

Dieses Argument überzeugte Mario, denn er wusste nur zu gut, wie in der N'drangheta Eigenmächtigkeiten und Verfehlungen geahndet werden. Er gab also widerwillig nach, marschierte aber eine ganze Weile auf dem Dock hastig auf und ab, um seine Wut abzubauen.

Hakim hatte als der Realist, der er war, schon erwartet, dass die Gentile-Zwillinge die Aida in irgendeiner Form bereits auf der ersten Fahrt als Eigentum reklamieren würden. Aber die Besitznahme schon hier in Al-Iskandariyah erboste ihn trotzdem. Das Zitat „Vertrauen ist gut, Kontrolle ist besser" fiel ihm in diesem Zusammenhang ein. Etwas Positives hatte das Auftauchen von Mario aber doch, denn es war für den Islamisten ein sehr wertvolles Stück Information, dass die Wachmannschaft der N'drangheta auf dem Schiff aus 15 sicherlich gut bewaffneten Mafiosi bestehen würde.

Mario ließ resolut und frech verlauten, dass er selbstredend auch die Einschiffung und vor allem die Bezahlung durch die Passagiere überwachen werde. Er insistierte hartnäckig, dass an die Migranten Zählkarten auszugeben seien, sodass er eine genaue Kontrolle über die Anzahl der Passagiere habe und den Anteil der *famiglia* an den Einkünften kalkulieren und sicherstellen konnte. Hakim dachte bei sich, dass er jetzt die zwölf Millionen leider durch zwei dividieren müsse, aber es kam auch dabei eine ansehnliche Summe heraus. Fast noch mehr irritierte ihn aber Marios provokant autoritäres Gehabe, und er sagte im Geiste zu Mario:

„Du wirst das noch *sehr* bereuen."

Mario und Hakim einigten sich darauf, dass der Tarif für die Überfahrt 12.000 Euro pro Passagier betragen würde und dass die Aida an *dem* Tag in See stechen sollte, an dem die Anzahl Tausend an Migranten erreicht sei. In den nächsten Tagen traf ein steter Strom von Kunden ein – das Umleiten von Libyen nach Al-Iskandariyah funktionierte also schon. Da Mario kein Arabisch sprach – diesen Vorteil nutzte Hakim –, kümmerte sich der Ägypter um die letzten Vorbereitungen. Das Inkasso war zu organisieren und die Passagiere mussten auf ihre Plätze angewiesen und zumindest notdürftig versorgt werden. Die Hafen- und Zollbehörden, die sich mit wachsendem Unmut über die ungewohnten Menschenansammlungen beschwerten, hatte Hakim mit täglichen Bestechungsgeldern zu besänftigen. Er vergaß auch nicht, den Kapitän der Aida im Sinne der Absichten des Schwarzen Halbmonds zu instruieren und ihm die mitgebrachte nautische Karte der Küste von Marseille bis Antibes zu übergeben, auf der Hakim den Namen *Morgiou* mit rotem Farbstift markiert hatte.

Als die Aida randvoll mit Passagieren den Westhafen verließ, blickte Hakim dem Schiff nach und atmete erleichtert auf. Die Tage zuvor waren an Hektik und Erregung kaum zu überbieten gewesen. Er hatte sich vordem noch nie mit der Aufsicht über derart große und undisziplinierte Menschenmassen abmühen müssen – eine neue Erfahrung, auf die er gut und gerne verzichten hätte können. Das schmale Dock war naturgemäß überhaupt nicht für das Management eines solchen Menschenauflaufs geeignet. Womit Hakim jedoch absolut nicht gerechnet hatte, war die überbordende Hysterie der Migranten. Alle diese hyperaggressiven Männer, alle diese jammernden Frauen, alle diese kreischenden Kinder ergaben einen siedenden und brodelnden Hexenkessel, der kaum zu kontrollieren war. Der Islamist gestand wohl zu, dass sich diese Leute in einer Ausnahmesituation befanden. Aber musste man deshalb alles in eine irrationale, chaotische Wirrnis verwandeln? Hakims kühle Intellektualität fühlte sich durch das psychopathische Verhalten seiner Glaubensbrüder geradezu beleidigt.

Es bereitete ihm eine gewisse Schadenfreude, dass Mario freiwillig das Kommando über diese anarchische Schiffsladung übernommen hatte. Hakim gratulierte sich selbst zu seiner umsichtigen Entscheidung, die Fahrt der Aida nicht mitzumachen. Wäre ich mitgereist, dann hätte ich die Wasserspender, die an Bord verladen wurden, mit einem Beruhigungsmittel versetzt, anders hätte ich diese Mittelmeerpassage nicht durchgehalten, so dachte er zynisch. Außerdem gab es in den nächsten Tagen ohnehin zu Hause Dringendes zu verrichten. Er hatte es daher sehr eilig, nach Frankreich zurückzukommen, und nahm gleich den ersten passenden Flug von Al-Iskandariyah aus.

KAPITEL 8

Der Große Bruder wurde von Hakim kurz über das in Ägypten Geschehene informiert und zeigte sich mit den Fortschritten bei der Schleppertätigkeit des Schwarzen Halbmonds höchst zufrieden. Nach dieser Berichterstattung trat Hakim sofort mit der Aktionsabteilung der finsteren Organisation in Verbindung. Er requirierte für einige Tage 40 brauchbare Männer sowie einen Ausbilder für Kampfeinsätze. Die Aktionsabteilung bot den ehemaligen irakischen Offizier Khalil an, der während des zweiten Golfkrieges an kleinen Scharmützeln gegen die amerikanischen Invasoren beteiligt gewesen war und damit als kampferprobt galt. Hakim übertrug Khalil die Aufgabe, den 40 Männern im Schnellverfahren eine rudimentäre militärische Ausbildung mit der Betonung auf Nahkampf zu vermitteln.

Khalil pflegte sein Image eines erfahrenen Militärs sehr sorgfältig, denn mit diesem Hintergrund stach er unter den Mitstreitern des Schwarzen Halbmonds – für ihn allesamt lasche Zivilisten – hervor. Er war sehnig und agil wie ein Wüstenfuchs, ging stets stramm und mit durchgebogener Brust und schmückte sich mit dem schmalen Oberlippenbärtchen eines britischen Kolonialoffiziers, wohl um fälschlicherweise anzudeuten, dass er die Elite-Akademie Sandhurst besucht hätte. In Wahrheit hatte er nur deshalb den Rang eines Hauptmanns der irakischen Infanterie erreicht, weil er aus Saddam Husseins Heimatstadt Tikrit stammte und ihm damit, im Regime des Diktators, Privilegien in die Wiege gelegt worden waren.

Der Ausbilder wählte mit der souveränen Manier eines Brigadegenerals das unbewohnte Hochplateau östlich von Marseille, das von der Route de la Gineste, der Ginsterstraße, durchzogen wird, als Schauplatz für das Training. Außer Ginster wächst dort nur die in Frankreich *maquis* genannte Macchia, das halb vertrocknete Dornengestrüpp, das in den ariden Zonen des Mittelmeerraums weit verbreitet ist. Abseits der Straße, die wegen ihres Kurvenreichtums bei Motorradfahrern sehr beliebt ist, trifft man höchstens auf ein paar Wanderer, die sich auf den verschlungenen Pfaden zwischen Marseille und Cassis verirrt haben und eigentlich entlang der Calanques gehen wollten. Sowohl vom anspruchsvollen Territorium als auch von der Verlassenheit der Gegend her empfahl sich dieses Areal nachdrücklich für klandestine militärische Übungen.

Hakim rückte zusammen mit den Männern aus, die alle improvisierte Kampfanzüge trugen und mit Kalaschnikows bewaffnet waren. Sie fuhren in Kastenwagen, die der Schwarze Halbmond normalerweise als Schlepperfahrzeuge verwendete, zunächst auf der Route de la Gineste und dann so weit wie möglich auf einem der staubigen Schotterwege, die für Feuerwehreinsätze bei Buschbränden angelegt wurden. Es folgte ein längerer Fußmarsch bis zum Plateau de Mussuguières, das innerhalb dieser Einöde als das allerödeste Gebiet gilt. In ihrem Aufzug wären die bewehrten Männer wahrscheinlich von eventuell versprengten Wanderern, die sie getroffen hätten, als Armeeangehörige eingestuft worden, die hier in dieser gottverlassenen Gegend zu Manövern unterwegs waren.

Khalil vergatterte die Rotte und ließ die mitgebrachten Zielscheiben aufstellen. Wegen der größeren Realitätsnähe hätte er Pappkartonsoldaten bevorzugt, aber solche konnten in der Eile nicht aufgetrieben werden. Man begann also mit konventionellen Schießübungen, um die Männer mit der Waffe vertraut zu machen oder deren Kenntnisse aufzufrischen. Das Herumknattern im endlos weiten *maquis* unter einer Sonne, die prall glänzend hoch im azurblauen Himmel stand, schien den Männern Spaß zu machen; es erinnerte sie wohl an Westernfilme, die sie als Jugendliche gesehen hatten. Die einfache Handhabung des Kalaschnikowgewehrs ermöglichte rasche Fortschritte, über die sich Khalil sehr befriedigt zeigte. So konnte diese Phase der Ausbildung schon nach kürzester Zeit beendet werden.

Der irakische Exoffizier ging also zur Nahkampfausbildung über, und in der Folge auch zur Vermittlung taktischer Fähigkeiten wie dem Zusammenspiel der Männer bei überfallartigen Angriffen und dem effektiven Umzingeln von Gegnern. Am Ende des zweiten Tages erklärte Khalil in Abstimmung mit Hakim den Drill für abgeschlossen. Hakim hatte den Eindruck, dass dieser Ausbildungsstand für den geplanten Einsatz ausreichte. Er erteilte nun den strikten Auftrag an Khalil, sich zusammen mit seinen Männern bis auf Weiteres in Bereitschaft zu halten.

Hakim stand auf seinem Laptop per Skype in regelmäßigem Kontakt mit dem Kapitän der Aida, um die Reiseroute des Schiffs zu verfolgen. Der Islamist wirkte auf ihn ein, die Geschwindigkeit seines alten Kahns sorgfältig zu dosieren. Es war nämlich aus Sicherheitsgründen unerlässlich, dass das Schiff mit seiner illegalen Fracht im Schutz der Dunkelheit in Morgiou einlief. Außerdem solle der Kapitän die italienische Wachmannschaft und Mario instruieren, während der Ausschiffung der Passagiere an Bord zu bleiben, da die Migranten ohnedies an Land von französischen Helfern empfangen werden würden, wie Hakim vorgab. Eine Horde von bewaffneten Männern im ruhigen, beschaulichen Hafen von Morgiou könnte naturgemäß Verdacht erregen und eine große Gefahr der Entdeckung der Operation in sich bergen, ließ Hakim den Kapitän wissen.

Die verbleibende Zeit bis zur Ankunft der Aida nutzte Hakim insbesondere dazu, einen Lokalaugenschein in Morgiou vorzunehmen. Er fuhr durch das bürgerliche Stadtviertel Mazargues im Osten von Marseille, am ausgedehnten Gefängniskomplex von Les Baumettes vorbei und dann auf einer schmalen asphaltierten Passstraße hinauf eine Seehöhe von etwa 200 Metern. Auf der anderen Seite des Passes gelangte er schon in das enge, ausgetrocknete Tal von Morgiou, das auf beiden Seiten von steilen Abhängen mit Felsen und *maquis* flankiert wird. Er machte eine mentale Notiz von einem Parkplatz für die Autos von Wanderern, den man nachts bei Bedarf in eine Stätte der Notversorgung für die Migranten umfunktionieren konnte.

Der Weiler Morgiou sah immer noch so aus, wie er ihn in Erinnerung hatte: Einige nur zeitweise bewohnte Fischerhütten, die Anlegestelle für Schiffe, zwei oder drei Bootshäuser, und auch eine *cabane,* eine Strandhütte, stand da, die eventuell sogar nützlich sein konnte. Der zentrale Punkt von Morgiou war aber das Ausflugslokal, das wegen seiner exzellenten hausgemachten Fischsuppe bei den Einwohnern von Marseille sehr populär war. Hier musste man darauf achten, dass das Restaurant bei großem Andrang erst gegen Mitternacht schließen würde. Wenn man dann noch die Nachtschwärmerei von Gästen und insbesondere von Liebespaaren ins Kalkül zog, die unter Umständen noch länger in die Nacht hinein in Booten unterwegs waren, bevor sie den Weg entlang der Calanques nach Marseille zurück nahmen, so erschien es ratsam, die Aida erst um 2 oder 3 Uhr früh landen zu lassen.

Im Hauptquartier des Schwarzen Halbmonds hielt Hakim eine Lagebesprechung mit Khalil und den 40 ausgebildeten Kämpfern ab. Hakim hatte eine Powerpoint-Präsentation vorbereitet – er scheute sich nicht, auch moderne Technologie in seiner Arbeit einzusetzen – und zeigte zunächst einmal auf der Leinwand einen Plan von Morgiou, den er aus einer Wanderkarte herauskopiert und vergrößert hatte. Dann führte er zur weiteren Illustration einige von ihm selbst anlässlich seines Lokalaugenscheins aufgenommene Fotos vor. Besonderes Gewicht verlieh er einigen Skizzen der Aida, die er aus dem Gedächtnis angefertigt hatte. Mit einem Laserpointer hob er strategisch bedeutsame Teile des Schiffs hervor, wie etwa den Eingangsbereich, die Treppen, die Gänge, die Kommandobrücke und den Maschinenraum.

Dann übernahm Khalil die Show und gab taktische Anweisungen. Schließlich schritten Hakim und er zur Einteilung der ihnen zur Verfügung stehenden Streitkräfte. 30 Mann, die sie sogleich auswählten, bildeten den Stoßtrupp, der mit doppelter Übermacht angreifen sollte. Die restlichen zehn waren als Reserveeinheit vorgesehen, die sich in der *cabane* bereitzuhalten hatte. Khalil fuhr mit dem Stoßtrupp noch einmal hinaus zum Plateau de Mussuguières, um dort Angriffsformationen einzustudieren.

Dann brach die mit brennender Ungeduld erwartete Nacht der Aktion an, die Nacht der Ankunft der Aida. Hakim traf schon um 22 Uhr in Morgiou ein, um das Restaurant zu beobachten. An diesem Abend kamen anscheinend nicht so viele Gäste, denn gegen 23 Uhr erlosch das Licht im Lokal. Bald parkten auch keine Autos mehr davor, was bedeutete, dass der Besitzer und das wenige Personal der Gaststätte weggefahren waren. Im kleinen Ort wurde es totenstill wie auf der Rückseite des Mondes.

Hakim setzte 1 Uhr früh als Landungszeit der Aida fest und unterrichtete den Kapitän in diesem Sinne. Die gerade angelernten Kämpfer wurden von Hakim und Khalil für halb eins nach Morgiou beordert und vor der *cabane* versammelt. Khalil überprüfte nochmals die Ausrüstung: Jeder Mann war mit einer Kalaschnikow und einem *Janbiya* bewaffnet, dem zweischneidigen, geschwungenen arabischen Dolch, der zu den gefürchtetsten Stichwaffen der Welt zählt. Dann erinnerte der Ausbilder an die taktische Instruktion, dass sich der Stoßtrupp gleich nach dem Betreten der Aida in Gruppen zu je drei Mann über das Schiff verteilen und die strategisch wichtigen Punkte besetzen sollte. Von dort aus seien dann die Mafiosi systematisch und gnadenlos auszulöschen. Er schärfte den Männern wiederholt ein, dass ganz in Weiß gekleidete Menschen verschont werden mussten, da sie der Schiffsbesatzung angehörten.

Noch galt es aber, auf das Anlegen der Aida zu warten. Tatsächlich tauchte sie nach etwa zehn Minuten in der schmalen Hafeneinfahrt auf, die vom offenen Meer in die Calanque de Morgiou führt. Lautlos wie ein Gespensterschiff, wie das Schiff des Fliegenden Holländers des Schleppergewerbes, glitt die Aida in der Dunkelheit durch das ruhige, spiegelglatte Wasser der fjordartigen Bucht, ging nach wenigen Minuten vor Anker und fuhr die Landungsbrücken aus. Bald ergoss sich der Strom der Passagiere auf den Pier und den Strand.

Hakim hatte entschieden, dass kein Begrüßungskomitee erforderlich war, denn die Topografie von Morgiou ist leicht durchschaubar: Es gibt vom Hafen aus nur *eine* Richtung, in die man gehen kann, und es existiert nur *eine einzige* Straße, die in diese Richtung führt. Man konnte also die Leute sich selbst überlassen; sie würden mit dem elementarsten Orientierungssinn aus dem Tal von Morgiou über den Pass in die bewohnteren Viertel von Marseille finden. Sie waren verständig genug, an den wenigen Hütten von Morgiou ganz leise vorbeizumarschieren, sodass eventuell zurückgebliebene Eigentümer derselben die Ankunft dieser etwa 1.000 Menschen nicht bemerken würden. Einige Mitglieder des Schwarzen Halbmonds standen auf dem Parkplatz für Wandererfahrzeuge, den alle passieren mussten, mit Wasserflaschen bereit. Mit dieser milden Gabe betrachteten die Organisatoren ihre Gegenleistung für die 12.000 Euro Schleppertarif als schließlich und endlich vollständig erbracht.

Hakim beobachtete aus sicherer Entfernung, aber mit höchster Aufmerksamkeit die Ausschiffung der Passagiere, denn er wollte genau zu *dem* Zeitpunkt, da alle seine Kunden gerade die Aida verlassen hatten, den Befehl zur Attacke geben. Als das Herausströmen der Menschen aus dem Schiff zu einem Rieseln wurde und letztlich versiegte, scharte Hakim seine Kämpfer nochmals vor der *cabane* um sich und hielt ihnen wie ein Feldherr vor der entscheidenden Schlacht eine Anfeuerungsrede:

„Meine Brüder, der heilige Koran sagt, töte die Ungläubigen, wo immer du sie findest! Heute Nacht findet ihr sie auf dem Schiff vor uns, und es ist die übelste Sorte von Ungläubigen, eine verdorbene Brut, die vom Satan auf unsere Erde gesandt wurde. Es sind Unholde, die von Laster, Betrug, Raub und Mord leben und viele Menschen ins Unglück gestürzt haben. Wir verrichten ein Allah wohlgefälliges Werk, wenn wir diese Saat des Teufels ausrotten. Meine Brüder, ihr werdet kämpfen wie die Löwen, ihr werdet über sie triumphieren, ihr werdet sie in das Höllenfeuer treiben, wo sie rösten sollen, wie sie es verdienen, *inschallah*! Vertraut auf eure Stärke, vertraut auf eure Geschicklichkeit im Kampf, aber geht auch mit Klugheit vor, denn die Feinde sind grausame, abgebrühte Verbrecher. Doch ihr braucht euch nicht vor ihnen zu schrecken, denn Allah, der Gnädige, und der Prophet, Friede sei mit ihm, werden euch beschützen. Allah, der Allmächtige, kann euch in seinem unergründlichen Ratschluss heute auch zu sich rufen, aber verzagt dann nicht, sondern frohlockt. Ihr werdet für eure guten Taten belohnt werden und heute noch in den himmlischen Gärten des Paradieses wandeln. Ihr werdet essen und trinken mit reinem Vergnügen, Fleisch nach eurem Verlangen und süße Früchte im Überfluss werden euch auf silbernem Tafelgeschirr dargeboten werden. Maiden so schön wie in Gold gefasste Perlen, mit großen dunklen Augen, werden euch dienstbar sein, ihr könnt euch schon ausmalen, wobei. Alle gläubigen Moslems werden euch loben und preisen und als Helden im Angedenken bewahren. Und jetzt Sturm auf das Schiff und Tod den Ungläubigen! *Allahu akbar!*"

In der Tat rasten die Männer beflügelt von Hakims leidenschaftlicher Ansprache los und drangen in der einstudierten Formation in das Schiff ein. Während sie ihre strategischen Positionen bezogen, schossen sie schon einige der völlig überraschten Mafiosi nieder. Die anderen Gangster wurden selbstverständlich durch die Schüsse gewarnt und begannen, die Lage vorsichtig zu erkunden. Die Kämpfer des Schwarzen Halbmonds nutzten indessen ihren taktischen Vorteil und legten Hinterhalte an, aus denen heraus sie die Ungläubigen reihenweise wie Schießbudenfiguren abknallten.

Die verbleibenden Mafiosi rotteten sich voll Bangigkeit zusammen und vergatterten sich zur Gegenwehr. Sie kämpften verbissen um ihre Leben, denn sie merkten, dass die Angreifer *nicht* darauf erpicht waren, Gefangene zu nehmen – sie wollten *töten*. Wütende Schießduelle entbrannten, die Hakim am Strand hörte. Daraufhin warf er noch fünf Reservisten in die Schlacht. Der erdrückenden Überzahl der Islamisten gelang es, den harten Kern der Mafiosi in den Maschinenraum abzudrängen, wo diese ihre letzte Bastion errichteten. Die Kämpfer des Schwarzen Halbmonds erkannten, dass in dem engen, gedrängten Raum die Gewehre nutzlos waren und legten sie weg. Sie zückten stattdessen ihre mörderischen arabischen Dolche und begaben sich in den Nahkampf. Sobald sich ein Gegner aus der Deckung wagte, sprang ein Islamist wie ein Florettfechter im Angriffsmodus auf ihn los und meuchelte ihn grausam durch Bauchstiche. Die Fontänen von Blut bildeten schmutzigrote Seen auf dem Boden des Maschinenraums. Der letzte Mafioso wurde aus seinem dunklen Versteck hinter wuchtigen Rohren hervorgezerrt und von zwei Islamisten mit Dolchstichen qualvoll und sadistisch niedergemetzelt.

Als der Kampflärm abgeklungen war, schlich Hakim mit der Kalaschnikow im Anschlag und dem *Janbiya* am Gürtel auf das Schiff, um Mario zu suchen. Er sah Mario als Platzhalter für Gabriele Gentile, und mit diesem hatte er eine besondere Rechnung zu begleichen. Hakim stieg über Schwerverletzte und Leichen und fand Mario schließlich, von Schüssen getroffen, in einem düsteren Gang auf einem unteren Deck. Die Beine des Gangsters lagen in einer Blutlache und er umklammerte stöhnend seinen linken Oberarm, der heftig blutete. Der Islamist schulterte das Gewehr, packte Mario an den Füßen und schleifte den schreienden und fluchenden Verwundeten auf das oberste Deck, wo es mehr Licht gab. Er legte ihn auf den Rücken und richtete die Kalaschnikow auf ihn. Dann rief er zwei seiner Männer und befahl ihnen, Mario niederzuhalten und seine Beine zu spreizen. Er trat ihn mehrmals mit voller Wucht in den Schritt und brüllte ihn an:

„Du Mafiahund! Du Gangsterschwein! Du glaubst wohl, du kannst dich als der große Superboss aufspielen, nur weil du ein Mitglied einer verdammten italienischen Räuberbande bist. Damit ist es jetzt vorbei, ihr habt ausgespielt! Das Schiff gehört jetzt *uns* und du gehörst dem *Satan*! Ich werde dich zu ihm in die Hölle fahren lassen! Ich zeige dir gleich, dass nicht nur die Mafia ihre Opfer lustvoll ins Jenseits befördern kann."

Er zielte auf Marios Knie und zerschmetterte seine beiden Kniescheiben mit einer Gewehrsalve. Hakim befürchtete, dass Marios wildes Schmerzensgeheul sogar die Menschen im Zentrum von Marseille aus dem Schlaf gerissen hatte. Dann setzte er sich rittlings auf ihn und drehte und wendete das Mordinstrument *Janbiya* vor seinen Augen. Plötzlich ergriff er sein linkes Ohr und schnitt es mit einem einzigen Ruck ab.

„Deine Lauscher brauchst du jetzt nicht mehr", kommentierte er boshaft und trennte ihm gleich danach auch das rechte Ohr ab. Dann folgte die höhnische Drohung:

„Leider kann ich dich nicht kreuzigen, wie es dir als elendem Christen geziemt, denn es gibt keine Holzbalken hier. Aber du wirst in einem anderen Sinn am Kreuz verenden."

Er zückte erneut den Dolch und brandmarkte Mario auf der Stirn mit einem Kreuz. Dann erhob sich Hakim und gebot seinen beiden Helfern, Mario das T-Shirt und die Hose auszuziehen. Er beugte sich wieder hinunter und schnitt ein Kreuz in die Brust und dann mit zwei tiefen langen Schnitten ein Kreuz in den Bauch Marios, wobei er nach jedem Gebrauch des Dolches die blutbeschmierte Stichwaffe vor den von Entsetzen und Panik geweiteten Augen seines Opfers hin- und herdrehte. Dann ließ er den blutbesudelten Körper liegen und ging das Schiff ab, um die Bilanz des Kampfes zu ziehen.

Hakim zählte zwei Tote und sechs Verwundete auf der Seite seiner Truppen. Die beiden Leichen mussten mitgenommen werden, um sie innerhalb von 24 Stunden nach islamischem

Ritual zu bestatten. Den Verwundeten sollten im Hauptquartier die Kugeln entfernt werden. Bei den Mafiosi waren neben Mario noch vier weitere Männer schwer verletzt am Leben. Hakim holte die beiden Kämpfer, die ihm bei der adaptierten Kreuzigung Marios zugeschaut hatten, und instruierte sie:
„Ihr habt gesehen, wie ich Mario in die Hölle schicke. Jetzt schenkt ihr den vier anderen dreckigen Ungläubigen, die noch am Leben sind, dieselbe aufmerksame Behandlung. Bevor ihr ihnen Kreuze in die Körper schneidet, könnt ihr euch an ihnen austoben. Gebt eurer Fantasie die Zügel frei. Ihr könnt die räudigen Hunde kastrieren, ihnen die Ohren absäbeln, die Augen ausstechen, was immer euch gefällt, aber gewährt ihnen nur nicht einen schnellen Tod. Ich habe Mario die Augen gelassen, damit er den schrecklichen *Janbiya* mit seinem eigenen Blut daran sieht. Aber ihr dürft das halten, wie ihr wollt."

Auf einem finsteren unteren Deck fand Hakim die Leichen von zwei Frauen und vier Kindern. Er vermutete, dass dies verängstigte Menschen gewesen waren, die entweder nicht daran geglaubt hatten, schon in Frankreich zu sein, oder sich aus Furcht vor der französischen Polizei versteckt hatten. Diese Toten musste er als Kollateralschaden seiner Operation hinnehmen. Er machte sich weiter keine Sorgen darüber, denn die Migranten waren nirgendwo registriert worden und würden daher keiner offiziellen Stelle abgehen. Damit brauchte man auch keine unangenehmen Nachforschungen zu befürchten.

Schließlich dachte er auch an die Crew und erwartete, dass sie auf der Kommandobrücke Zuflucht vor den Feuergefechten gesucht hatte. Tatsächlich traf er dort eine verwirrte Schar von weiß gekleideten Männern an, die ihn sofort bestürmten, als sie seiner ansichtig wurden. Er begann sogleich, die Leute zu indoktrinieren:

„Meine Glaubensbrüder, ich kann eure Unruhe sehr gut verstehen. Aber was hier geschehen ist, war die Notwehr unserer moslemischen Vereinigung gegen verbrecherische

Ungläubige. Diese infamen Christenschweine haben euer Schiff in Italien mit Waffengewalt in alleinigen Besitz genommen, also mit anderen Worten *gekapert*. Sie sind nichts anderes als *Piraten* und haben das Schicksal erlitten, das Piraten verdienen. In Wahrheit gehört ihnen nur ein geringer Anteil der Aida, und den haben sie jetzt auch verwirkt. Ich glaube, sie hatten vor, bei der Rückfahrt wieder in Italien zu landen und euch alle zu töten, damit es keine Mitwisser ihrer Ungeheuerlichkeiten gibt. Meine Bruderschaft hat sich aber das Recht selbst geholt, das es vor keinem christlichen Gericht gefunden hätte, und euch so vor den ungläubigen Piraten beschützt."

Diese Rede Hakims kippte die Stimmung in eine der Erleichterung und sogar der Dankbarkeit um. Letztlich hatte ja keines der Besatzungsmitglieder Schaden erlitten, und damit konnte man sich auch verständnisvoll und versöhnlich geben. Der Kapitän zeigte sich jedoch besorgt über die vielen Leichen an Bord.

Hakim versuchte ihn zu beschwichtigen:

„Ja, der Kampf war erbittert und hat viele Opfer gefordert. Die zwei Toten meiner Organisation nehmen wir natürlich selbst mit. Es gibt noch 22 weitere Leichen, nämlich die von 16 Piraten und leider auch von sechs Migranten. Sie, Herr Kapitän, nehmen eine Anleihe bei den Gepflogenheiten der Piratenbande: Sie versenken die Leichen einfach ins Meer, sobald Sie auf hoher See sind."

„Was sind Ihre weiteren Instruktionen? Sie sind ja jetzt der alleinige Eigentümer der Aida", so der Kapitän fügsam.

Voll Souveränität erwiderte Hakim:

„Nicht ich *persönlich* bin der Eigentümer. Das Schiff gehört nun meiner Gemeinschaft. Aber ich bin befugt, in deren Namen zu sprechen. Sie fahren jedenfalls auf der direkten Route zurück nach Al-Iskandariyah, und die weiteren Anweisungen werden Sie von El-Gebeily Effendi bekommen. Bevor wir Abschied nehmen, möchte ich Ihnen noch meinen innigen Dank dafür aussprechen, wie umsichtig Sie diese schwierige Überfahrt geleitet haben. Allah, der Wohltätige, wird Sie dafür belohnen!"

Um dem Kapitän Leichen, statt Sterbende zu hinterlassen, ging Hakim zuerst zum verkrümmten, blutüberströmten Körper von Mario. Wie ein *Halal*-Fleischer beim Schlachten eines Hammels, so trennte der Islamist seinem Opfer mit einem tiefen Schnitt die Kehle durch. Mit den vier anderen Mafiosi, in denen noch Funken von Leben glosten, verfuhr er analog.

Hakim verblieben nur wenige Stunden der Nachtruhe bis zum *Fajr*. Nach dem Morgengebet legte er sich nochmals schlafen. Als er sich von den Strapazen der Nacht erholt hatte, reflektierte er über das Geschehene. Er verspürte große Genugtuung darüber, dass er sich an Gabriele Gentile gerächt und die Zwillinge ausgetrickst hatte. Die arroganten Gangster sind in ihrer protzigen Villa zur Tatenlosigkeit verurteilt, so dachte Hakim schadenfroh. Was hätten sie auch tun sollen? Das Schiff auf dem offenen Mittelmeer kapern lassen? Die N'drangheta ist vielleicht eine *Landmacht*, aber gewiss keine *Seemacht*. Im Westhafen von Al-Iskandariyah die Aida in Besitz nehmen? In Ägypten hat die Mafia nichts zu melden, und Ansammlungen verdächtiger Europäer wären den Spitzeln der Militärregierung sofort aufgefallen. Auch die von ihrem *consigliere* ausgefertigte Abmachung über die illegale Schleppertätigkeit konnten sie bei keinem Gericht einklagen. Die Machtlosigkeit der Mafiosi in dieser Angelegenheit entlockte Hakim ein höhnisches Lachen. Trotz seiner momentanen Triumphgefühle würde er in Zukunft aber doch besonders auf der Hut sein müssen und nur mehr bewaffnet und mit zwei Bodyguards unterwegs sein; so achtsam sollte er fortan auf alle Fälle operieren.

Er würde Suliman El-Gebeily instruieren, bei der Registrierung der Aida in Sierra Leone seinen Bruder Abdullah, in der Rolle des Strohmanns des Schwarzen Halbmonds, als Alleineigentümer des Schiffs eintragen zu lassen. Hakim wusste, dass er Abdullah als engem Freund und ehemaligem Studienkollegen hundertprozentig vertrauen konnte. *Eine* Lektion hatte Hakim aus dieser Affäre mit der Mafia gelernt: Das Schlepperschiff, und auch das Dock im Westhafen von Al-Iskandariyah während der Einschiffung, sollten immer mit einer ausreichend großen und gut ausgebildeten Wachmannschaft besetzt sein, das war eine kluge Vorsichtsmaßnahme.

Am Nachmittag hatte er eine längere Unterredung mit dem Großen Bruder. Dieser zeigte sich von Hakims Planung und dem durchschlagenden Erfolg der Operation Aida tief beeindruckt. Es war offenkundig, dass sich Hakim durch die Leitung dieser Aktion für noch wichtigere Aufgaben nachdrücklich empfohlen hatte. Der Ägypter erkannte selbstverständlich seine Möglichkeiten des weiteren Aufstiegs in der Organisation und hakte nach, dass die Leitung der Schlepperabteilung des Schwarzen Halbmonds künftighin eine reine Routineangelegenheit sein würde – man bräuchte ja nur den beim ersten Schiffstransport der Migranten vorgezeichneten Modus zu wiederholen. Der Große Bruder hatte ja schon seit geraumer Zeit über die Führung der zentralen Teilorganisation des Schwarzen Halbmonds, der Aktionsabteilung, nachgedacht, die ihm in den letzten Monaten als zu träge erschienen war. Es lag für ihn nun auf der Hand, wie er darauf reagieren sollte: Hakim wurde zum neuen Chef dieser Abteilung ernannt. Der Ägypter erklärte sich naturgemäß sofort damit einverstanden, mit blumigen Worten wie zum Beispiel seiner restlosen und unverbrüchlichen Hingabe an Allahs Auftrag der Vernichtung der Ungläubigen.

Im Zuge dieser Wachablöse führte der Große Bruder auch eine Umstrukturierung durch. Die Rekrutierung für den Schwarzen Halbmond sollte noch stärker als zuvor im Einklang mit dem Drogenhandel einhergehen. Zum einen wurde damit, neben dem Schleppergeschäft, ein solides zweites Standbein für die Finanzierung der Organisation geschaffen, und zum anderen gab es gewissermaßen eine soziale Komponente. Die

Migranten, die man aus anderen Kontinenten einschleuste, erwiesen sich für den französischen Arbeitsmarkt größtenteils als unbrauchbar. Im Drogengeschäft konnten sie hingegen eingesetzt werden, und durch diese kriminelle Betätigung wurden sie fest an den Schwarzen Halbmond gebunden. Der offizielle Beitritt zur Organisation war dann nur ein kleiner Schritt, vorausgesetzt der Kandidat konnte sich auch als gläubiger Moslem präsentieren.

Das Schleppergeschäft lief nun in der Tat auch ohne Hakims Leitung wie am Schnürchen. Wie er prognostiziert hatte, brauchte man ja nur die Früchte seiner Arbeit zu ernten. Die weitere Entwicklung sah er so voraus. Die soliden Gewinne der ersten Migrantentransporte von Ägypten über das Mittelmeer würden in den Ankauf weiterer Schiffe investiert werden. Dieser Tätigkeitsbereich des Schwarzen Halbmonds würde sich zu einer Geldmaschine für die Organisation mausern. Die späteren Erträge würden für ausgeweitete terroristische Aktivitäten, aber auch für die Errichtung von Moscheen, moslemischen Gemeindezentren und privaten Koranschulen in Frankreich verwendet werden. Trotz dieser Ausgaben würden sich Milliarden von Euro auf dem Bankkonto in Dubai stapeln, bis man sich dazu entschließen würde, auch in legale Geschäftszweige in den Emiraten zu investieren. Aus dem Schwarzen Halbmond würde damit im Laufe der Jahre ein Konzern mit angeschlossener islamistischer Terrorismussektion entstehen. Betreffend Geldanlage und den Aufbau von Firmen musste Hakim nicht ganz ohne Neid zugeben, konnte man doch von der Mafia etwas lernen, denn er wusste nur zu gut, dass sich zahlreiche seriös wirkende Unternehmen in Mafiahänden befinden.

Aber hatte bei diesen hochfliegenden Plänen nicht auch der französische Geheimdienst und spezifisch seine Sonderabteilung DCT ein Wörtchen mitzureden?

KAPITEL 9

Unterinspektor Brezinski nahm am Vormittag einen TGV von Marseille nach Paris. In der Gare de Lyon wechselte er nach einem schnellen Mittagessen in die Metro und erreichte mit einmaligem Umsteigen die Station Jacques Bonsergent, in deren Nähe er wohnte. Wie schon so oft entsetzte sich der Geheimdienstagent über die erbärmliche Banalität, die von der Gare de l'Est aus wie ein hässlicher Krake sein Viertel mit gierigen Fangarmen immer weiter umschlang. Überall schmierige Fastfood-Buden, überall billige Läden, die schlampig genähte chinesische T-Shirts und Jeans verkauften, überall schmutzige Waschsalons, überall zwielichtige Wettlokale und Spielhöllen!

Seine bescheidene Junggesellenwohnung hatte sich aus der Ferne zur Chimäre eines gediegenen Pariser Appartements verklärt. Nun, da er sich darin wieder umsah, behagte sie ihm kaum besser als das Polizeiquartier in Marseille. Wenigstens stand das Fernsehgerät hier auf einer Kommode und hing nicht vom Plafond wie dort. Anscheinend hatte er in Marseille vergessen, dass er hier in der Hauptstadt auch nur im Hinterhof einer Autowerkstatt wohnte, den heute unter dem bleiernen Pariser Himmel ein trübes, fahles Licht mit der Aura der Trostlosigkeit füllte. In Marseille flutete hingegen um diese Tageszeit die sanfte Helligkeit der Provence, die von Malern so geschätzt wird, durch die Wohnung und machte jegliche Misere erträglich.

Er hatte keine Lust, an diesem Tag noch ins Büro zu gehen. Seine Sehnsucht nach Inspektor Mignotte konnte er ohnedies immer und überall unterdrücken. Nach dem Reglement zählte ein durch eine Dienstreise angebrochener Tag voll als Reisetag, es bestand also gar kein Zwang, im Büro aufzutauchen. Brezinski wollte in diesen freien Stunden lieber versuchen, vielleicht etwas Prickelndes zu erleben.

In dieser Absicht verließ er seine Wohnung, die ihn heute besonders deprimierte, und begab sich auf den nahen Boulevard de Sébastopol. In Paris sind es ja immer die Boulevards, auf denen man die große Welt, ihre Vielfalt, ihre Vergnügungen und ihre Faszination, anzutreffen hofft. Die Boulevards fungieren wie eh und je als die pulsierenden Lebensadern, die den Kreislauf der Stadt stimulieren und antreiben.

Die Muße, die er an diesem Tag genoss, gestatte es ihm, die Menschenmenge auf dem Boulevard de Sébastopol einmal ganz bewusst zu studieren. Er war erstaunt, dass er den Eindruck gewann, er hätte ebenso gut in einer Stadt in Senegal promenieren können. Früher drängte sich Frankreich in die Kolonien und heute drängen sich die Kolonien nach Frankreich, so reflektierte er – und wie sie nach Unabhängigkeit geschrien haben! So manche Pariser sagten erfreut, dass die Stadt in den letzten Jahrzehnten an Farbe und Vielfalt gewonnen habe; aber Brezinski fühlte sich durch diese Entwicklung bloß verunsichert. Wie viele andere Einwandererkinder meinte er, dass *nach ihm* die Grenzschranken heruntergelassen und keine weiteren Immigranten mehr aufgenommen werden sollten. Das neue Heimatland hatte *so* zu bleiben, wie er es mit all seiner bezaubernden Ausstrahlung und den verlockenden Versprechungen, die er nur auf sich bezog, vorgefunden hatte.

Er betrat ein Café am Boulevard de Sébastopol und stach dort als der einzige Weiße hervor. Die anderen Gäste waren hauptsächlich westafrikanische Straßenhändler und Mitarbeiterinnen der umliegenden sogenannten afrikanischen Maniküre- und Massagesalons. Eine *afrikanische Massage* ist nichts Besonderes: Es ist schlichtweg eine Thai-Massage, die von einer Afrikanerin ausgeführt wird. Die *afrikanische Maniküre* ist hingegen eine eigenständige Entwicklung, und Brezinski wusste darüber Bescheid. Eine der Manikuristinnen setzte sich an seinen Kaffeehaustisch und versuchte, ihn mit einem „*Alors, mon petit*" als Kunden anzuwerben. Wegen der großen Konkurrenz in diesem Stadtteil nannte sie einen günstigen Tarif, und so ging er mit.

Seinen Espresso, der keinen Vergleich mit einer *noisette* aushielt, hatte er ohnedies schon ausgetrunken.

Der Salon, der diesen prätentiösen Namen eigentlich gar nicht verdiente, befand sich einige Häuser weiter am Boulevard. Der von der Straße einsehbare, schäbig eingerichtete Raum, in den sie zunächst eintraten, diente als gewöhnlicher Nagelpflegesalon. Sie nahmen auf zwei abgesessenen Stühlen Platz und die Maniküristin feilte flüchtig und gelangweilt an Brezinskis Fingernägeln herum. Das gab ihm die Gelegenheit, die Frau näher zu begutachten. Sie war eine typische Westafrikanerin, mit dunklen Kulleraugen im glatten, runden Gesicht und mit großzügig ausgebauten weiblichen Formen. Nach einigen Minuten ergriff sie seine Hand und lotste ihn in das Hinterzimmer, wo sich die beiden auf einer der dort aufgestellten, mit schon lange nicht mehr gewaschenen rosa Laken überzogenen Pritschen niederließen.

Nun begann der zweite Teil der Dienstleistung für die Hände. Brezinski blieb am Rand der Pritsche sitzen. Die Maniküristin hingegen legte sich auf den Rücken und führte seine begierigen Hände an ihr T-Shirt. Jetzt durfte er nach Lust und Laune ihre Brüste abgreifen. Dann drehte sich die Afrikanerin um und er begrapschte den Hosenboden ihrer Jeans. All das inkludierte der Normaltarif. Ihr *derrière* war zwar groß, aber ziemlich formlos, und erschien ihm daher nicht so reizvoll. Aber er gab seiner männlichen Schwäche nach und zahlte den Aufpreis für die *poitrine*.

Die pralle dunkelhäutige Frau zog das T-Shirt aus und Brezinski fielen fast die Augen heraus. Er erblickte keinen gewöhnlichen Busen, sondern eine grandiose Hügellandschaft, mit zwei hervorstehenden Erhebungen und einer tiefen Schlucht dazwischen. Er begann sofort, diese Landschaft mit seinen Händen zu erforschen. Gerne hätte er auch sein steifes Glied zwischen diesen prächtigen Brüsten gerieben, aber das durfte man sich hier nicht erlauben. Es war eben ein Maniküresalon und kein Bordell. Nach Ablauf der vorgesehenen Zeit wurde alles wieder ganz manierlich. Die Dienstleisterin streifte ihr T-Shirt über und nahm die Zahlung an der Registrierkasse ohne irgendeine Gefühlsregung entgegen, so als ob der Kunde bei ihr nur eine Packung Kartoffelchips gekauft hätte.

Der Agent besuchte auch noch einen afrikanischen Massagesalon, verließ ihn aber bald wieder. Die Masseuse hatte ihn kaum erregt, geschweige denn befriedigt. Die Thaimädchen haben viel mehr Subtilität in den Händen, aber sie waren schon vor geraumer Zeit der afrikanischen Übermacht in seinem Viertel gewichen und hatten sich auf die schickere *rive gauche* zurückgezogen.

Am Abend wollte er doch noch seine überschüssigen Hormone abbauen und fuhr in den Bois de Boulogne, wo er sich eine Straßendirne für schnellen Sex im Auto aufgabelte. Mehr als eine rein animalische Paarung im Fond des Wagens, ohne den geringsten emotionellen Gehalt, ergab sich dabei aber nicht.

Zu Hause angekommen, reflektierte er darüber, wie sehr er eigentlich seine heutige Freizeit mit Pseudoerotik und einem erniedrigenden Liebesakt vergeudet hatte. Schuld daran war natürlich die sexuelle Hörigkeit des Mannes, sein Unvermögen, der Anziehungskraft des anderen Geschlechts zu widerstehen. Eine Frau braucht nur mit den Augenlidern zu klimpern, verheißungsvoll zu lächeln und an den richtigen Körperregionen ausreichend bestückt zu sein, und schon streicht der Mann die Segel. Er, Brezinski, verfiel solchen sirenenhaften Verführerinnen buchstäblich willenlos und zwangsläufig. Aber nach allem, was er wusste, erging es auch den meisten anderen seiner Geschlechtsgenossen so.

Wenn dem so ist, so überlegte er, so sollte diese Verwundbarkeit des Mannes doch auch in seiner eigenen Geheimdiensttätigkeit auszunutzen sein. Er sah keine realistische Chance, mit seinen derzeitigen Methoden an die Islamisten in Marseille heranzukommen. Aber eine attraktive Frau, als Lockvogel angeboten, konnte vielleicht Wunder bewirken. Moslemische

Fundamentalisten sind schließlich auch nur Männer. Selbstredend musste der weibliche Köder nicht nur erotisch reizvoll, sondern auch raffiniert und findig sein. Jedenfalls würde er morgen mit Mignotte über die Idee sprechen, Frauen als Waffen in dieser Mission einzusetzen.

Da er sich bei Inspektor Mignotte aufgrund ihrer Abmachung nicht vorangemeldet hatte, musste er in dessen Vorzimmer eine Weile warten, bis er vorgelassen wurde. Er hatte sich heute schon dabei ertappt, dass er alle Frauen, die ihm begegneten, als mögliche Köder und Lockvögel begutachtete. Auch Mignottes Sekretärin nahm er dahingehend unter die Lupe. Da er sie nicht nur anstarren konnte, schwärmte er ihr von Marseille vor, vom herrlichen Klima, von den langen Sandstränden, von der köstlichen Bouillabaisse, vom würzigen Aïoli und von der molligen *noisette*. Ja, mollig ist auch sie, die Sekretärin, zu mollig für *seinen* Geschmack, aber angeblich lieben *die Araber* üppige Frauen, so dachte er bei sich. Jemand musste den Köder jedoch *auslegen*, und das würde naturgemäß *er* sein. Daher erschien es opportuner, eine Frau zu wählen, die auch ihm selbst gefiel.

Als er von Inspektor Mignotte empfangen wurde, merkte Brezinski sofort, dass sein Vorgesetzter übel gelaunt war. Er fragte nicht einmal, ob der Unterinspektor überhaupt schon gefrühstückt hatte, sondern legte gleich unwirsch los:

„Brezinski, es ist höchste Zeit, dass Sie hier auftauchen. Einige Mitglieder der Tenenbaum-Kommission, die sich besonders hervortun wollen, sitzen mir schon im Nacken. Wenn schon nicht Resultate, so wollen sie zumindest handfeste Informationen über die Lage dort unten in Marseille sehen. Was haben Sie zu berichten?"

Brezinski drückte Sorgenfalten in sein Gesicht, als er erwiderte:

„Die Rekognoszierung gestaltet sich viel schwieriger, als ich dachte. Ich habe begonnen, mich im Zentrum von

Marseille umzuhören – ohne Ergebnis. Die Betätigungsfelder der Islamisten liegen anscheinend ausschließlich in den nördlichen Bezirken, den Problemzonen der Stadt. Jetzt habe ich mich einen Schritt weiter vorgearbeitet und spioniere im Viertel mit dem hübschen Namen Belle de Mai herum. Aber ich habe dort noch keine Maischönheiten, geschweige denn Terroristen angetroffen. Wenn Sie mir den Vergleich gestatten, *Monsieur l'inspecteur*, so versuche ich, eine Zwiebel mit sieben Lagen zu entblättern, und ich bin jetzt vielleicht bei der zweiten Lage angelangt."

Mignotte fuhr seinen Untergebenen indigniert an:

„Was sollen diese Küchengeschichten? Wir sind hier beim Geheimdienst und nicht im Gastgewerbe. Erzählen Sie mir lieber, wie Sie gedenken, die Islamistenbande zu infiltrieren!"

Der Unterinspektor verteidigte sich:

„Schauen Sie mich doch an, *Monsieur*! Mit meinen typisch polnischen Gesichtszügen, dem polnischen Blondschopf und den polnischen wasserblauen Augen bin ich als Moslem aus dem Orient ziemlich unglaubwürdig, selbst wenn ich mir einen schwarzen Vollbart umhänge. Sie haben mich, mit Verlaub gesagt, auf eine *Mission Impossible* geschickt, wie es in einem Filmtitel heißt. Vielleicht sollten wir uns einen *prinzipiell anderen* Zugang überlegen."

Mignotte dachte: Brezinski hat eigentlich recht, denn mit seinem polnischen Quadratschädel ist er unter Maghrebinern etwa so unauffällig wie ein Rentier in der Sahara.

„Haben Sie schon Ideen in dieser Richtung?", fragte der Inspektor, der aber nicht wirklich erwartete, dass dem mittelmäßigen Verstand seines Mitarbeiters brauchbare Vorschläge entspringen würden.

„Ich könnte mir zum Beispiel vorstellen, dass wir Frauen als *Geheim*waffen des *Geheim*dienstes einsetzen", erfreute sich der Unterinspektor an seinem simplen Wortspiel.

„Sie meinen, wir sollten Frauen als Köder benutzen?", hakte Mignotte zwecks Klarstellung nach.

Brezinski bekräftigte mit dem Ausdruck des Stolzes über seinen vorgeschlagenen Winkelzug und einem selbstgefälligen Lächeln:

„Ja, wir verwenden schöne Damen als Honigfallen für die Islamisten, und wenn die Kerle festkleben, dann schnappen wir sie uns und quetschen sie aus."

„Das erinnert mich an das *Projekt Bonnie*, das derzeit bei uns in der Planungsphase ist", so der Inspektor mit gewichtigem Unterton.

„Wieso *Bonnie*?", fragte Brezinski, nun plötzlich verständnislos.

Mignotte antwortete mit verschwörerischer Miene und instinktiv leiser werdend:

„Ein Hinweis: Denken Sie an *Bonnie und Clyde*, den Film oder das Chanson von Brigitte Bardot. Über dieses Projekt kann ich noch keine Details preisgeben, da es derzeit nur auf der Führungsebene diskutiert wird und damit Verschlusssache der höchsten Klassifizierungsstufe ist. Nur so viel: Es geht dabei *auch* um weibliche Lockvögel."

„Ich mache mir schon Gedanken darüber, welcher Frauentyp für meine Operation geeignet wäre. Ich meine, die Lady sollte vor allem sexy und raffiniert sein", so Brezinski im Vorgefühl erotischer Genüsse.

„Nicht nur das, sie muss auch kaltblütig und hartgesotten sein", ergänzte Mignotte. „Bedenken Sie, dass sie es bei den Islamisten mit brutalen, verblendeten und unberechenbaren Männern zu tun haben wird. Sie lässt sich also auf ein höchst gefährliches Spiel ein und muss daher über Aplomb und Nervenstärke verfügen. Die Auswahl qualifizierter Mitarbeiterinnen wird übrigens eine wichtige Facette des Projekts Bonnie sein. Und noch einmal zur Emphase: Bonnie ist auch innerhalb des DCT noch Verschlusssache, also *kein* Wort darüber, auch nicht zu Kollegen."

Der Unterinspektor meinte dazu:

„Jedenfalls ist es eine Genugtuung für mich, dass die Lockvogelstrategie auch auf höchster Ebene ins Auge gefasst wird.

Es wäre nur gut, wenn ich bereits in absehbarer Zeit weibliche Verstärkung erhielte, denn derzeit sitze ich ziemlich auf dem Trockenen hinsichtlich Ideen für die weitere Vorgehensweise."

Mignotte streckte seinen rechten Zeigefinger gebieterisch gegen Brezinski und erwiderte im strengen Tonfall einer dienstlichen Anweisung:

„Brezinski, Sie führen bis zur Erteilung anderer Instruktionen die Routinetätigkeit fort, die verdeckte Observierung, das Herumhorchen in den moslemischen Vierteln von Marseille, das Studium von Zeitungsberichten über verdächtige Vorfälle in der Stadt. Tun Sie Ihr Möglichstes. Je mehr Informationen Sie besitzen, desto leichter wird es für Ihre neue Verbündete sein. Sie muss ja wissen, wo und wie sie die Fallen aufstellen soll. Wir in Paris werden *unseren* Teil der Mission erledigen, und *Sie* fahren heute noch nach Marseille zurück und werfen sich voll in die Arbeit. *Bonne chance!*"

Damit war der Unterinspektor entlassen. Brezinski verabschiedete sich mit wenig Zuversicht, dass in Bälde etwas Entscheidendes in Bezug auf seinen Auftrag geschehen würde. Er kannte die langsamen Mühlen der staatlichen Bürokratie, zu der er auch das DCT rechnete, auch wenn sich nach allgemeinem Verständnis eine Geheimdienstorganisation durch Flexibilität und Reaktionsschnelligkeit auszeichnen sollte. Aber in Frankreich lief das anscheinend anders als bei James Bond und seinem MI6.

Brezinski machte sich also auf nach Marseille, dachte an die Annehmlichkeiten dort wie den hellen Sonnenschein, die frischen Meeresfrüchte und seine geliebte *noisette*, und verdrängte einstweilen die Befassung mit der kommenden lähmenden Routine. Das entsprach so seiner Art, sich durch das Leben zu hangeln. In Momenten des Nachsinnens staunte er aber schon darüber, dass die Arbeit für den Geheimdienst nicht viel abwechslungsreicher verlief als die für die Post. Als er damals von seiner Versetzung zum DCT gehört hatte, hatte er

Spannung, Aufregung und sexuelle Eroberungen am laufenden Band erwartet. Wahrscheinlich hatte er in seiner Jugend zu viele Spionagefilme gesehen.

Sobald sein Mitarbeiter gegangen war, hob Inspektor Mignotte den Telefonhörer ab und rief einen ihm bekannten Direktor eines Pariser Frauengefängnisses an.

KAPITEL 10

Sihem lauerte nackt unter der Bettdecke, bis die Neue, die sich heute als Pauline vorgestellt hatte, endlich zur abendlichen Toilette an das Waschbecken trat. Dann glitt die im Hinterhalt Liegende aus dem Bett, schlich auf Zehenspitzen ungesehen an die vor der Waschmuschel stehende junge Frau heran und umschlang sie von hinten. Sihem rieb ihren Unterleib an Paulines Gesäß und ergriff eine ihrer Brüste. Da wand sich die überraschte Pauline los und verpasste Sihem eine schallende Ohrfeige. Die so Gemaßregelte hastete wütend zu ihrem Bett zurück und zog unter der Matratze ein Springmesser hervor. Sihem ließ die Klinge aus dem Griff schnellen, im grellen Neonlicht drohend funkeln und hielt sie Pauline mit gestrecktem Arm entgegen. Dazu nahm die Messerkämpferin mit gespreizten Beinen eine leicht vorgebeugte, sprungbereite Haltung ein, wie bei einem malayischen Duell mit dem Kris.

„Du Dreckstück!", schleuderte sie Pauline zornig entgegen. „Wenn du mir nicht willig bist, schlitze ich dir den Bauch auf. Ich steche dich ab, so wie ich meinen untreuen Liebhaber abgestochen habe."

„Was willst du von mir?", stammelte die verängstigte Pauline.

Sihem rief mit gierig blitzenden Augen:

„Ziehe dir den Pyjama aus! Und dann lege dich auf dein Bett, mit dem Bauch nach unten, damit ich deinen nackten *derrière* sehe."

Pauline versuchte eine letzte Verteidigung:

„Ich bin keine Lesbe, ich mache das nur mit Männern."

„*Ich* bin jetzt dein geiler Bock! Sei froh, dass sich überhaupt jemand für deinen mageren Körper interessiert. Und nun rasch auf das Bett! Ich bin schon neugierig auf dich!"

Sihem brachte das Messer gefährlich nahe an Paulines Bauch. Also streifte diese eingeschüchtert Pyjamajacke und Pyjamahose ab und streckte sich nackt auf ihrem Bett aus. Es war für Pauline beklemmend, der aggressiven Sihem so ungeschützt und verwundbar ausgeliefert zu sein. Die Neue wusste, dass sie keine Schönheit war, aber auch, dass jede junge Frau im Evakostüm erotisch aufreizend wirkt. Sie hatte keine Vorstellung, was Sihem vorhatte, aber nach der Art, wie diese mit dem Messer drohte, konnte sie auch eine brutale Sadistin sein, die sich nun an ihr austoben würde.

Sihem nahm am Bettrand Platz und klatschte mit der flachen Hand minutenlang kräftig auf Paulines kleinen, aber wohlgeformten Po, wobei sie mit dunkler Stimme raunte:
„Du schlimmes Mädchen. Das ist deine Strafe."
Das Springmesser hielt Sihem dabei stets stichbereit in der anderen Hand fest. Dann drehte sie Pauline auf den Rücken und tapste ihre Brüste ab, fand diese aber zu dürftig und wendete den nackten Körper wieder zurück. Nun massierte und kniff Sihem lüstern das knackige Hinterteil ihres Opfers und glitt immer wieder mit den Fingern an Paulines schmaler Pospalte entlang bis vor zum Kitzler. Nach etwa zehn Minuten war Sihem derart erregt, dass sie sich neben Pauline auf das Bett warf und stöhnte:
„Gib's mir zwischen den Schenkeln! Du süßes, geiles Luder!"
Die verstörte Pauline fuhr mit einem Finger in Sihems feuchtheiße Scheide, aber Sihem rief:
„Mit zwei Fingern, du Trampel, sonst spüre ich nichts!"
Dann gab sie sich ganz dem sexuellen Genuss hin und stieß dabei mehrmals einen Männervornamen aus. Sie umklammerte aber indessen immer noch verkrampft den hölzernen Griff des Messers wie ein sicherndes Geländer am Rande eines bodenlosen Abgrunds.

Als sie befriedigt war, strich sie noch einige Male lustvoll über Paulines kecken *derrière*, ging zu ihrem eigenen Bett hinüber und versteckte das Messer unter ihrem Kopfpolster. Dann legte sie sich hin und wartete darauf, bis mit dem Einschalten der Notbeleuchtung die Nachtruhe begann. Nun da Pauline von dem Messer wusste, hatte Sihem besonders wachsam zu sein. Ihr Gehör war die ganze Nacht lang auf Empfangsbereitschaft programmiert. Sie wurde sofort alert, als Pauline einmal mitten in der Nacht aufstand, aber die Neue ging nur auf die Toilette.

Am nächsten Tag wechselten die beiden Insassinnen kaum ein Wort, sondern beäugten sich nur feindselig. Den ganzen Tag über bewachte Sihem das Messer wie einen Schatz, denn für sie war es in der Tat sehr wertvoll. Sie konnte damit von den Zellengenossinnen sexuelle Handlungen erzwingen, die sie hier im Gefängnis in Ermangelung eines Mannes benötigte, um ihre überbordende Libido zu stillen. Die Stichwaffe stellte also gewissermaßen ihren Schlüssel zum Eros dar.

Für die Mahlzeiten brauchte man nicht auszugehen, denn es gab individualisiertes Catering – das Gefängnisessen wurde direkt an die Zellentür geliefert. Die Häftlinge mussten die Zellen tatsächlich nur einmal am Tag verlassen, und zwar für den Rundgang im Gefängnishof. Für die Schwerverbrecherinnen wie Sihem geschah das in kleinen Gruppen, und Pauline gehörte nicht zu ihrer Gruppe. Sihem konnte das Messer schwerlich in den Hof mitnehmen, denn bei den Türen zum Hof wurde mit Metalldetektoren kontrolliert. Früher war es manchmal beim verordneten Spaziergang zu Attacken mit eingeschmuggelten Messern gekommen. Die grauenhafte Nacktheit des Gefängnishofs, mit seinen beklemmend hohen Mauern und den Stacheldrahtrollen darauf, also die versinnbildlichte Hoffnungslosigkeit, schien Aggressionen wie von selbst auszulösen. Die Messerstechereien wurden nun durch die Kontrollmaßnahme der Gefängnisleitung unterbunden. Sihem versteckte deshalb ihr Springmesser so gut es ging in ihrem Bett, während Pauline Siesta hielt.

Sihem war erneut mit dieser Raubmörderin, die mit den strähnigen blonden Haaren und den blanken Augen einer Drogenabhängigen, zusammen in derselben um den Hof kreisenden Gruppe. Mit dieser ihr zutiefst widerwärtigen Kreatur hatte sie bei den Rundgängen im Gefängnishof immer wieder Konfrontationen. Auch heute rempelten sie sich mit Vorbedacht an, und Sihem hörte, wie die andere sie „schmutzige Araberin" nannte. Da rastete Sihem aus und schlug der ausgezehrten Rauschgiftsüchtigen die Faust mit voller Kraft in den Magen. Die Getroffene schrie vor Schmerz auf, stürzte nieder und krümmte sich auf dem Boden.

Zwei Gefängniswärter, die in der Nähe standen, fühlten sich in ihrer beschaulichen Betrachtung der Frauenschar gestört und kamen nur widerwillig zum Schauplatz des Geschehens. Nach den Vorschriften der Haftanstalt hätten sie im vorliegenden Fall der Gewalttätigkeit einer Insassin ihre Knüppel einsetzen dürfen. Das war ihnen aber anscheinend zu anstrengend. Sie begnügten sich stattdessen mit einem moderaten Einsatz der Brachialkraft, wobei einer darauf Wert legte, bei dieser Amtshandlung Sihems strotzende Brüste von hinten zu umfassen. Das löste bei ihr ein wildes Herumschlagen mit den Armen und Rufe wie „Ihr dreckigen Bullen" aus. Es musste also erneut eingeschritten werden, und erst nachdem man einen Zyklus von Handgreiflichkeiten durchlaufen hatte, konnte Sihem beruhigt werden. Der leitende Aufseher des Rundgangs war jedoch von ihren vor Wut funkelnden schwarzen Augen derart verwirrt, dass er es bei einer Verwarnung und einer routinemäßigen Meldung an den Gefängnisdirektor bewenden ließ.

An diesem Abend hoffte Sihem auf eine Sexszene wie am Vorabend, wenn es sein musste wieder unter Zwang. Sie nahm aber mit Zuversicht an, dass ihre Zellengenossin den Ablauf tags zuvor bereits als fest gefügtes Ritual anerkennen würde und daher vielleicht die Bedrohung mit dem Messer gar nicht mehr notwendig war. Als Pauline am Waschbecken stand, ging Sihem einfach geradlinig auf die junge Frau zu und griff mit beiden Händen begehrlich an deren Pobacken, die Sihem sehr verlockend fand, umso mehr als sie nun wusste, wie sexy sie nackt aussahen. Dass Sihem nun aber beide Arme gesenkt hatte, nutzte Pauline geschickt aus und versetzte ihrer lüsternen Mitgefangenen einen blitzschnellen Ellbogenstoß mitten in das Gesicht. Sihem war komplett überrascht, dass Pauline sich so mutig und widerspenstig zeigte. Allerdings gab sich Sihem unbeirrt, denn sie hatte ja das Messer, von dem sie eben doch wieder Gebrauch machen musste. Sie eilte zu ihrem Bett, öffnete den Überzug des Kopfpolsters, worin sie die Stichwaffe verborgen hatte, und suchte ihn nervös mit den Händen ab. Aber das Messer war nicht mehr da!

„Wo ist mein Messer?", brüllte sie Pauline wütend an.

„Du kannst es dir beim Direktor abholen", höhnte diese zurück.

Da bekam Sihem einen Tobsuchtsanfall und drosch mit den Fäusten in Paulines Gesicht, bis dieses aufgedunsen war und blutende Wunden auf Stirn und Brauen, geschwollene Augen und Cuts auf den Backenknochen aufwies. Die Attackierte schrie schmerzgepeinigt und Sihem übertönte sie vor maßlosem Zorn. Pauline versuchte, sich mit Fußtritten zu wehren, aber ihre Kontrahentin war ihr in puncto Gewaltbereitschaft und Unerbittlichkeit turmhoch überlegen.

Sie spürten beide instinktiv, dass sich der Spion in der Zellentür öffnete. Doch der Aufseher kam nicht herein, sondern holte offensichtlich zuerst Verstärkung. Nach einigen Minuten knarrte die schwere Zellentür und drei Wärter betraten vorsichtig und abwehrbereit den Raum. Sie waren zunächst darauf bedacht, die schwächere Pauline vor Sihems Schlägen zu schützen. Einer packte Pauline am Handgelenk, zog sie hinaus und ließ sie vom Bereitschaftsdienst in das Gefängnislazarett überstellen. Die beiden anderen hatten alle Hände voll zu tun, Sihem zu bändigen. Erst als sie die Tobsüchtige auf den Boden niederpressten und sich auf sie warfen, beruhigte sich ihr stoßartiger Atem und sie war wieder ansprechbar. Die Wärter machten ihr heftige Vorwürfe und zitierten sie zum Rapport beim Direktor.

Am nächsten Vormittag stand Sihem, flankiert von zwei Wachbeamten, in Handschellen vor dem Gefängnisdirektor Levesque. Er war durch und durch ein korrekter Staatsbeamter und wirkte karg und pedantisch – er hätte ebenso gut ein calvinistischer Schweizer sein können. Er hatte vorher Sihems Akte studiert und eine typische Biografie aus der Pariser *banlieue* gelesen. Die Eltern multikulturell: eine marokkanische Mutter, ein französischer Vater. Sihem wurde von der alleinerziehenden Mutter in einem Umfeld von Arbeitslosigkeit, Drogen und Gewalt großgezogen. Der Vater interessierte sich erst für seine Tochter, als sie zu einem sehr attraktiven Teenager, mit all dem exotischen Reiz eines Halbbluts, herangewachsen war. Unter dem Einfluss des Milieus Abgleiten in die Kleinkriminalität, zeitweise drogenabhängig, gerichtlich verordnete Aufenthalte in Jugendheimen, kurze Haftstrafen, aufgezwungene Entzugstherapien. Auffallend waren ihre animalische Leidenschaft, ihre unvermittelt ausbrechenden Hassgefühle und die für eine Frau ungewöhnlich hohe Intensität der Gewalttätigkeit. Dann lernte sie, nach ihren eigenen Worten im Dossier, ihre *große Liebe* kennen und begann mit diesem Mann ein einigermaßen geordnetes Leben. Sie zogen in das Zentrum von Paris. Er hatte eine geregelte Stelle und Sihem wurde im Rahmen eines Resozialisierungsprogramms für ehemalige Straffällige ein Teilzeitjob in einem Supermarkt vermittelt. Das Buch ihres Lebens kannte aber den Begriff der bürgerlichen Existenz nicht. Sie war von Trieben gepeinigt und verfolgte ihren Liebhaber mit krankhafter Eifersucht. Sie glaubte, Beweise für seine Untreue zu besitzen, und eines Nachts schlachtete sie ihn brutal und erbarmungslos mit Messerstichen ab, während er schlief. In der Gerichtsverhandlung zeigte sie keinerlei Reue. Sie sagte aus, dass der miese Typ die verdiente Strafe für sein ungeheuerliches Verhalten bekommen hätte. Da nach Ansicht des Gerichts keine mildernden Umstände vorlagen, wurde sie zu lebenslanger Haft verurteilt.

Levesque musterte die trotzig vor ihm aufgepflanzte Sihem streng und begann:

„Mademoiselle Laurent, Sie beschäftigen die Gefängnisdirektion andauernd wegen Ihrer Disziplinlosigkeit. Alleine gestern erhielt ich *drei* Meldungen über Sie. *Erstens* eine Aggression im Gefängnishof, *zweitens* unerlaubter Waffenbesitz und *drittens* eine brutale Attacke gegen Ihre Zellengenossin. Die Akte über Sie besteht gut zur Hälfte aus Berichten über Ihre Verfehlungen innerhalb unserer Gefängnismauern. Jedes Jahr müssen wir Ihnen eine schlechte Führung bescheinigen, und Sie verwirken damit den Anspruch auf vorzeitige Haftentlassung. Was haben Sie zu Ihrer Verteidigung zu sagen?"

Sihem blieb stumm und starr.

„Sie sind möglicherweise seelisch und mental vollständig aus dem Gleichgewicht. Die furchtbare Bluttat, die Sie begangen haben, wirkt vielleicht in Ihrem Inneren nach, ohne dass Sie sich dessen bewusst sind. Wir können Ihnen Abhilfe oder zumindest Unterstützung durch professionelles Coaching anbieten. Wir haben speziell geschulte Psychiater und Psychotherapeuten für Problemfälle wie Sie."

„Ich will keine Gehirnwäsche", entgegnete Sihem kurz und bündig.

Die unnützen Betulichkeiten, die sie in ihrer Jugend von der Psycoclique über sich ergehen lassen musste, reichten ihr für das ganze Leben. Und der Mord war gerechtfertigt und kann ohnedies nicht ungeschehen gemacht werden, auch wenn alle Psychiater der Welt daran arbeiten, so dachte sie bei sich.

Levesque diagnostizierte kühl:

„Sie sind nicht nur gewalttätig, sondern auch stur und uneinsichtig."

Dann wurde er eindringlicher:

„Es bleibt mir daher nichts anderes übrig, als die Gefängnisordnung zur Anwendung zu bringen. Sie sind offenkundig komplett ungeeignet dafür, die Zelle mit einer anderen Person zu teilen. Sie stellen in der Tat sogar eine *Gefahr* für Ihre Mitgefangenen dar. Die Bestimmungen sehen für unbelehrbare und renitente Häftlinge wie Sie eine einzige Lösung vor: *Einzelhaft!*"

Sihem wirkte betroffen und ihr erster Gedanke war: Vorbei mit Sex, es bleibt nur mehr die erniedrigende Selbstbedienung. Der Direktor ließ die Androhung der Einzelhaft eine Zeit lang in die Psyche der Gefangenen einsinken. Dann setzte er bedrohlich nach:

„Die Einzelhaft ist die härteste Strafverschärfung, die wir zur Verfügung haben. Dieses Mittel wird nur sparsam eingesetzt, aber in Ihrem Fall ist es das *einzig* mögliche, um Ihre Unbotmäßigkeit und Widerspenstigkeit zu beugen. Es ist Ihnen wohl klar, dass Sie *alleine* in einer winzigen, fensterlosen Zelle menschlich total verkümmern. Sie werden zum seelischen Krüppel, zum Zombie, zu einer Untoten, zu einer lebenden Leiche. Es gibt bloß den Fernseher und Sie, keine Bücher, keine Zeitungen. Sie bekommen nur zwei Kabelprogramme eingespeist, natürlich die beiden miesesten und dümmsten. Manche sind in der Einzelhaft verrückt geworden, wahrscheinlich weil sie den ganzen Tag Seifenopern schauten, und haben den Rest ihres Lebens in der Abteilung für geistig abnorme Rechtsbrecher verbracht. Was *das* bedeutet, ist Ihnen sicherlich bewusst. Bei den verschärften Haftbedingungen bleibt die Zelle von 18 Uhr bis 8 Uhr dunkel, damit Sie an der Länge der Nacht verzweifeln. Wer kann schon 14 Stunden schlafen? Mittag- und Abendessen werden aus aufgewärmten Resten des Vortages in der Gefängnisküche hergestellt. Es gibt nur die Hauptspeise, kein Dessert, kein Obst, aber mit trockenem Brot können Sie sich vollstopfen, bis Sie platzen. Besucher dürfen Sie nur *ein Mal* pro Monat sprechen. *Fünf* Jahre wird es dauern, bis zum ersten Mal überprüft wird, ob vielleicht Ihre Rückkehr in eine Doppelzelle gestattet wird. In einem gravierenden Fall wie dem Ihren wird in dieser ersten Revision meistens abschlägig entschieden."

„Gibt es keinen Aufschub, *Monsieur le directeur*, keine Bewährungsfrist, die Sie mir zugestehen können?"

„Es gibt keine. Ihr Sündenregister ist zu voll."

Levesque hatte vielleicht gehofft, Sihem durch die dramatisch übersteigerte Schilderung der Strafmaßnahme in ein heulendes

Elend verwandeln zu können, aber die Mörderin war viel zu robust und abgebrüht dazu. Sie starrten sich eine Weile gegenseitig mit Eiseskälte an.

„Kann ich jetzt in mein Loch zurückkehren?", fragte Sihem schließlich, innerlich bewegt, aber sich äußerlich ungerührt gebend.

Levesque streckte der Gefangenen seine rechte Hand entgegen, so als ob er ihr ein Geschenk darreichen wollte, und erwiderte:

„Bleiben Sie noch einen Moment. Es gibt einen *einzigen* Hoffnungsstrahl, eine Chance für Sie, aber ich weiß nicht, ob Sie der gewachsen sind. Eine staatliche Organisation hat ein Spezialprogramm, eine gefährliche, herausfordernde Aufgabe, bei der Frauen wie Sie benötigt werden. Die genauen Details sind noch nicht bekannt, aber im Prinzip geht es darum, dass Sie zunächst eine Ausbildung, ich nehme an eine Kampfausbildung, erhalten werden. Falls Sie sich dabei bewähren und endgültig für das Programm zur Auswahl kommen, dienen Sie dem Staat für fünf oder zehn Jahre, ganz konkret steht das wie gesagt noch nicht fest. Die Einsätze werden wahrscheinlich risikoreich sein. Sie könnten dabei auch Ihr Leben aufs Spiel setzen. Im Gegenzug wird Ihre lebenslängliche Haftstrafe in eine befristete umgewandelt oder eventuell sogar erlassen. Vorerst würden Sie natürlich einmal der Einzelhaft entkommen. Wollen Sie diesen Strohhalm ergreifen?"

Sihem war über diese Wendung verblüfft. Sie hatte von so einem Programm noch nie gehört. Vielleicht war das Ganze auch nur eine Falle – sie hatte nicht den geringsten Grund, dem verhassten Staat in irgendeiner Weise zu trauen. Die Repräsentanten dieser Republik, mit denen sie bisher zu tun gehabt hatte, die Lehrer, Heimleiter, Psychiater, Polizisten, Gefängniswärter und Gefängnisbürokraten, agierten alle als widerliche Handlanger eines Systems, das sich gegen sie und ihresgleichen verschworen hatte – so sah es *sie* zumindest. Warum sollte ihr dieses System plötzlich einen Ausweg aus ihrer hoffnungslosen Lage offerieren? Trotzdem, zehn Jahre abenteuerliche Existenz *draußen* gegen zehn Jahre *Einzelhaft*, das bot sich für sie, die lebensgierige junge Frau, als ein zu verlockendes Tauschgeschäft an; sie sollte den Spieleinsatz wagen. Sie erbat sich 24 Stunden Bedenkzeit, die ihr vom Direktor gewährt wurden. Sie musste noch mit ihrer Mutter, ihrer einzigen verbliebenen Bezugsperson in der Welt, über dieses Angebot sprechen. Sie würde ihre Mutter an diesem Nachmittag im Besucherzimmer treffen, denn die periodisch wiederkehrende Visite fiel glücklicherweise auf den heutigen Tag.

Zurück in der Zelle verspürte Sihem nach den Aufregungen der letzten Tage einen ungeheuren Drang zum Kiffen. Ihre Vorräte waren allerdings erschöpft, aber sie konnte von den vereinzelten bestechlichen Gefängniswärtern Marihuana kaufen. Sie musste jedoch darauf hoffen, dass ihre Mutter heute Geld dabei hatte. Sie war nicht nur ihre Ratgeberin, sondern auch ihr Tor zur Welt da draußen. Sie hatte ihr beim Einschmuggeln des Springmessers und anderer Waffen geholfen und sie würde aus ihren Einkünften aus Sozialbeihilfen und Schwarzhandel gewiss auch heute wieder Geld für ihre Tochter abzweigen. Ihre beiden moralischen Gerüste waren zwar schwach, aber ihre maghrebinischen Blutsbande umso stärker.

Das Szenario des Besucherzimmers kannte Sihem bis zum Überdruss: ein nackter, hoher Raum, in der Mitte ein Drahtgitter bis zur Decke, und beiderseits des Gitters zehn Stühle nebeneinander aufgereiht. Dem äußeren Anschein nach war das Gitter grobmaschig durchlässig, aber faktisch stellte es eine undurchdringliche Trennwand zwischen zwei Welten dar, dem Verlies und der Freiheit. Sihems Mutter hatte schon Platz genommen. Seit Neuestem trug sie den *Hijab*, obwohl sie nicht religiös war, aber der soziale Druck durch die Islamisten in ihrem HLM, ihrem Sozialwohnbau, wurde offensichtlich zu groß. Sihem ließ sich gegenüber ihrer Mutter nieder. Sie streckten ihre Hände durch die Gittermaschen und berührten sich, um ihre Wärme füreinander zu spüren. Die Häftlinge nannten diese zärtliche Gefühlsbezeigung *Küssen mit den Fingern.*

Bei den Unterhaltungen mit den Besuchern musste man die Lautstärke genau dosieren, denn sprach man zu laut, so hörten die Aufseher mit und man störte auch die anderen Gespräche, flüsterte man jedoch zu leise, so verstanden sich nicht einmal die zugehörigen Gesprächspartner. Aber Sihem und ihre Mutter waren schon ein eingespieltes Paar bei diesen Dialogen. Nachdem sie sich angelegentlich nach dem gegenseitigen Befinden erkundigt hatten, sagte Sihem Mitleid heischend:

„Mama, ich hoffe, du hast Geld mitgebracht. Ich brauche etwas für zusätzliches Essen. Der Gefängnisfraß ist nicht ausreichend für mich und außerdem schmeckt er grässlich."

„Natürlich, ich schaue immer darauf, dass ich mein Täubchen Sihem unterstützen kann", antwortete die Mutter und steckte einige größere Geldscheine durch das Gitter.

Das konnte man hier ganz offen tun, denn alle bis auf den Direktor wussten, dass es innerhalb der Gefängnismauern eine Parallelwirtschaft gab.

Sihem war höchst zufrieden:

„Danke, Mama! Ohne dich wäre ich in diesem Käfig schon längst zugrunde gegangen."

Dann log sie unverfroren:

„Nun höre genau zu, Mama! Ich muss dir etwas Wichtiges erzählen. Ich bin heute vom Direktor vorgeladen worden. Aber *nicht*, weil ich etwas ausgefressen habe, sondern weil er mir einen Vorschlag unterbreiten wollte. Ich könnte Strafreduzierung oder sogar Erlass bekommen, wenn ich bei einem neuen Programm mitmache. Soviel ich verstanden habe, geht es um recht spannende und aufregende Einsätze und alles unter dem Schutzmantel des Staates. Ich werde sogar eine Spezialausbildung erhalten. Was hältst du davon?"

Ein Licht der Hoffnung glitt über das Gesicht der Mutter, als sie ihrer Tochter Mut zusprach:

„Du musst *jede* Chance ergreifen, um aus diesem furchtbaren Knast herauszukommen, mein Liebling. Du sitzt zu Unrecht hier, verdammt durch ein Fehlurteil, wie ich immer schon sagte. Der Kerl, der dich verführte, hat dich durch Lügen und Untreue provoziert, und du hast im Affekt gehandelt. Du hättest nur für Totschlag verurteilt werden dürfen. Vielleicht erkannte das der Direktor und sieht auch die Qualitäten, die in dir stecken, mein Herzchen."
„Du findest also, ich sollte auf diesen Vorschlag eingehen?"
Die Mutter insistierte:
„Ja, unbedingt! So eine Gelegenheit kommt vielleicht *niemals* wieder, und wenn du sie nicht *jetzt* beim Schopf packst, wird deine Schönheit hier verblühen und du wirst mir nie Enkelkinder schenken."

An diesem Abend war Sihem allein in der Zelle, denn Pauline lag immer noch im Krankenhaustrakt. Das kam Sihem heute ganz zupass. Sie hatte Marihuana organisiert und konnte also vollkommen ungestört auf ihrem Bett ausgestreckt ruhen und Joints rauchen. Der aromatische Geruch des Krauts entspannte sie und regte gleichzeitig ihre Gedanken an.

Sie dachte an ihre Mutter und wie diese ihr zugeredet hatte, die gebotene Möglichkeit zu nutzen. Sie dachte an den Mann, den sie ermordet hatte, und an die erregenden Liebesnächte mit ihm. Seither konnte sie sich ein Leben ohne Sex nicht mehr vorstellen. Die Lust, die sie bei der körperlichen Vereinigung verspürte, tat unvergleichlich wohl. Die Erotik mit ihren Zellengenossinnen war nur ein kläglicher Ersatz; sie musste wieder männliche Sexpartner haben, nur das versprach die *wahre* Befriedigung ihrer Begierden. Wozu hätte die Natur sie als verführerische Frau erschaffen, wenn sie die Liebe nicht auch voll auskosten dürfte? Die Verlockung eines prickelnden Lebens da draußen und die Aussicht auf Sex mit Männern – das waren die Hauptgründe, die sie dazu bewogen, auf das Angebot des Direktors einzugehen.

Kurz vor dem Ablauf der Bedenkzeit wurde sie in Handschellen dem Gefängnisdirektor vorgeführt, erneut in Begleitung zweier Wärter. Levesque musterte Sihem mit einer abschätzenden Miene, so als ob er ihre Antwort schon von ihrem Gesichtsausdruck ablesen wollte, und sprach ohne Schnörkel den wesentlichen Punkt an:

„Mademoiselle Laurent, ich unterbreitete Ihnen gestern einen Vorschlag und stellte Sie vor die Alternative: langjährige Einzelhaft oder Mitwirkung bei einem Spezialprogramm unserer Regierung. Nochmals, lassen Sie es mich mit Nachdruck wiederholen: Die Einzelhaft ist der Schrecken aller Gefangenen hier. Wie haben Sie sich also entschieden?"

Sihem versuchte, sich selbstbewusst zu geben, man konnte aber von ihrer Körpersprache und ihren Gesichtszügen ablesen, dass sie vor einer kaltblütigen Erpressung schmählich kapitulierte. Sie antwortete verdrossen:

„Sie machten es ja klar, *Monsieur le directeur*, dass die Einzelhaft unmenschlich ist. Ich habe also in Wahrheit keine Wahl. Ich melde mich für das Spezialprogramm."

Levesque ließ etwas wie Genugtuung über seine strenge Miene huschen und belehrte Sihem:

„Gut. Sie sind übrigens noch nicht Mitglied des Programms, sondern nur Kandidatin. Zuerst werden Sie vom Leiter des Programms inspiziert, und falls dieser Sie als geeignet ansieht, kommen Sie in die Ausbildung. Erst wenn Sie diese erfolgreich absolviert haben, werden Sie offiziell aufgenommen. Verwaltungsmäßig funktioniert das nun so, dass Sie von uns direkt in die Hände der Leitung des Spezialprogramms übergeben werden. Das wird natürlich unter den strengsten Sicherheitsvorkehrungen geschehen. Wir beginnen gleich jetzt mit dem Prozedere für Ihre Entlassung aus dieser Haftanstalt, und Sie warten dann in Ihrer Zelle die weiteren Instruktionen ab. Abführen!"

Als die Gefangene sein Büro verlassen hatte, telefonierte der Direktor:

„Hier Levesque. Hören Sie, Mignotte, ich habe eine Kandidatin für Sie, eine Lebenslange. Sie ist halbe Marokkanerin und spricht perfekt Arabisch und Französisch. Ich trete sie gerne an Sie ab. Sie macht bei uns nur Probleme, denn sie ist absolut gemeingefährlich. Eigentlich sollte ich Sie vor ihr warnen, denn sie läuft wie ein Springmesser durch die Welt, jederzeit bereit, die scharfe Klinge ihrer Brutalität hervorschnellen zu lassen. Die Analogie mit dem Springmesser wählte ich absichtlich, denn es ist ihre Lieblingswaffe und sie versteht es, hervorragend damit umzugehen. Aber wenn ich Sie recht verstanden habe, ist das ohnedies der Typ von Frau, den Sie suchen."

„Klingt gut, Levesque! Aber wie steht es mit ihrem Aussehen? Ich forderte ja, dass die geeignete Lady eine harte Schale haben soll, aber auch eine enorme sexuelle Attraktivität. Nicht für unsere interne Verwendung, wohlgemerkt, ich sehe schon Ihr Grinsen vor mir, sondern weil sie als Lockvogel dienen soll."

„Sie haben sicherlich Filme mit Penélope Cruz gesehen, Mignotte. Nun, mehr sage ich nicht dazu."

„Das ist genial, Levesque! Wir holen uns das Früchtchen, die Doppelgängerin der Cruz, am späten Nachmittag ab. Dann haben Sie genug Zeit für Ihre Prozeduren. Ich schicke einen Chauffeur und zwei Agenten. Die beiden werden in Ihr Büro kommen, um sich bei Ihnen höchstpersönlich auszuweisen."

Sihem saß in ihrer Zelle, die wenigen Habseligkeiten gepackt, als zwei Gefängniswärter und zwei Männer in Zivil den kleinen Raum betraten. Es kam zu keinem Austausch konventioneller Höflichkeiten, sondern die beiden DCT-Agenten packten Sihem links und rechts an den Armen und eskortierten sie hinaus. Sie passierten alle Sicherheitsschleusen im Gefängnis und gingen zum Parkplatz für die Mitarbeiter der Haftanstalt. Die zwei Agenten schoben Sihem auf den Rücksitz eines Wagens und nahmen zu beiden Seiten von ihr Platz. Der Chauffeur startete das Auto wortlos und fuhr im Verkehr der Stoßzeit mit Blaulicht souverän in hohem Tempo durch

Paris. So viel Aufmerksamkeit habe ich noch nie in meinem Leben bekommen, dachte Sihem. Einige Hundert Meter vor dem DCT knüpfte ihr einer der Agenten ein schwarzes Tuch vor die Augen. Sobald sie das Gebäude der Sonderabteilung betreten hatten, wurde die Augenbinde wieder entfernt. Die Sicherheitsüberprüfung im DCT war strenger als im Gefängnis – Sihem wurde sogar einer Leibesvisitation unterzogen.

Inspektor Mignotte schaute in einer Filmdatenbank im Internet unter dem Stichwort „Volver" nach, um sich diesen Streifen, in dem Penélope Cruz grandios die mediterrane Frau *par excellence* spielt, in Erinnerung zu rufen. Er spürte auch ein Video einer Schlüsselszene des Films auf, in der die Cruz das Chanson „Volver" für ihre Restaurantgäste mit überquellendem spanischem Temperament und Koketterie versprühenden Augen singt, und konnte sich kaum vom Anblick dieses Vulkans einer Frau lösen. Da er schon am Computer saß, überprüfte er auch seine Mail und fand darin die digitalisierte Form von Sihems Akte. Levesque ist so korrekt und gewissenhaft wie immer, sagte Mignotte zu sich selbst. Die Lektüre dieser Unterlagen bereitete ihm großes Vergnügen – das schien ihm genau die Frau für das Projekt Bonnie zu sein.

Als Sihem in Begleitung der beiden Agenten sein Büro betrat, wäre Mignotte in seinem Drehstuhl fast hintenüber gekippt, so verblüffte ihn die ungeheure erotische Ausstrahlung dieser Frau. So unwiderstehlich verführerisch stellte er sich auch eine Begegnung mit Penélope Cruz vor. Nur bei den Gesichtszügen hinkte Levesques Vergleich etwas – die marokkanische Mutter war bei Sihem unverkennbar, etwa bei der markanter geformten Nase.

Als der Inspektor seine sexuellen Tagträume in das Unterbewusstsein verbannt hatte, begann er:

„Sie sind also Sihem Laurent. Ihr Dossier hier bietet spannenden Lesestoff. Sie können sich übrigens setzen. Im Gefängnis, aus dem Sie kommen, waren Sie anscheinend eine

Berühmtheit. Kaum ein anderer Häftling hat sich so aggressiv verhalten wie Sie. Warum sind Sie keine sanfte Frau, sondern ein Ausbund an Gewalttätigkeit, eine Gefahr für die Menschheit?"

Sihem entgegnete störrisch:
„Ich werde in dieser Welt laufend provoziert und ich vertrage Provokationen partout nicht."

Mignotte blätterte mit betonter Bedeutsamkeit in Sihems Akte und runzelte theatralisch die Stirn. Dann stellte der Inspektor gezielt eine Phase der Stille her, in der er nichts anderes tat, als Sihem mit den Blicken zu fixieren. Plötzlich und überraschend wie aus heiterem Himmel brüllte er sie an:
„Du Hurenbalg! Du Arabersau! Du läufige Hündin!"

Bevor die beiden Agenten sie zurückhalten konnten, packte Sihem wutentbrannt einen Briefbeschwerer auf dem Schreibtisch vor ihr und schleuderte ihn gegen Mignotte. Der Inspektor duckte sich gerade noch rechtzeitig, und das schwere Wurfgeschoss knallte gegen eine Wand, wo es eine ziemliche Delle hinterließ.

Mignotte stellte mit sichtlicher Befriedigung fest:
„Vergessen Sie, was ich soeben von mir gegeben habe. Das war nur ein Test und Sie haben ihn bestens bestanden. Wir brauchen Leute, die in allen Situationen rasch reagieren. Sie werden in der Folge weiteren solchen spontanen Tests unterworfen."

„Wo bin ich hier eigentlich?", wollte Sihem endlich wissen.
„Das werden Sie noch früh genug erfahren. So viel schon jetzt: Wir sind eine äußerst wichtige staatliche Organisation und Sie sind bei uns gut aufgehoben."

Sihem ließ sich mit dieser vagen Auskunft nicht abspeisen und fragte in einem fordernden Tonfall nach:
„Und was haben Sie mit mir vor?"

Der Inspektor zeigte sich von Sihems Beharrlichkeit unbeeindruckt. Er lehnte sich zunächst einmal behaglich in seinem Drehstuhl zurück und ließ ihn spielerisch etwas hin und her rotieren. Nach einer kurzen Pause der Reflexion gab Mignotte schließlich doch etwas Information preis:

„Sie werden für die nächsten zwei Monate in unserem Trainingslager außerhalb von Paris bleiben und dort eine Spezialausbildung erhalten. Es wird Ihnen dort für die Dauer des Aufenthalts sogar Ihr eigenes Zimmer zur Verfügung gestellt."

Sihem darauf verdrossen:

„Dann komme ich aber vom Regen in die Traufe und tausche *eine* Einzelhaft gegen eine *andere* aus."

Mignotte sah sich bemüßigt, mit einer beruhigenden und beschwichtigenden Stimme auf die junge Frau einzuwirken:

„Das ist so nicht richtig. Sie können sich auf dem Gelände des Ausbildungszentrums frei bewegen und sogar per Festnetztelefon mit der Außenwelt kommunizieren. Klarerweise werden Ihre Anrufe abgehört, also passen Sie auf, was Sie sagen. Aber jedenfalls werden Sie dort bei Weitem nicht so eingeschränkt und abgeschnitten sein wie im Gefängnis. Außerdem erhalten Sie während der Zeit der Ausbildung bereits ein angemessenes Taschengeld. Damit ist vorläufig alles gesagt. Mit demselben Transport, mit dem Sie hergebracht wurden, werden Sie jetzt zu Ihrem neuen Bestimmungsort gefahren."

Als Sihem hinausging, genoss Mignotte noch den Anblick ihrer prachtvoll schwingenden Hüften. Dann rief er auf der internen Leitung des DCT den Chef des Ausbildungszentrums, Inspektor Jacquet, an.

„Hallo Jackie, hier Claude. Ich liefere dir jetzt eine *Bombe*. Keine Atombombe, nur keine Angst, aber eine Sexbombe mit fast so viel Sprengkraft. Pass gut auf sie auf, denn sie soll eine unserer wertvollsten Waffen werden. Ihre Akte sende ich dir per Mail."

„Bezüglich der Ausbildung, soll sie wie abgesprochen ablaufen?", vergewisserte sich Jacquet.

„Ja, Kampfsportarten und Waffengebrauch. Sie liebt übrigens das Springmesser, also gib ihr da noch eine professionelle

Ausbildung dazu. Beim Training lass sie nur gegen Männer kämpfen, denn sie wird es auch bei ihren Einsätzen nur mit Männern zu tun haben."

„*Bien*. Ich bin schon gespannt auf die Lieferung. Es ist ja ohnehin höchste Zeit, dass wir auch attraktive Frauen in den Dienst bekommen. *Salut!*"

KAPITEL 11

Auf den letzten Kilometern der rasanten Fahrt schaltete der Chauffeur das Blaulicht aus, weil der Wagen mit Sihem und ihren Bewachern ohnedies durch eine gottverlassene Gegend fuhr. Das Ausbildungszentrum des DCT befand sich auf dem Gelände einer ehemaligen Kaserne, und schon der Einfahrtsbereich erinnerte an diese militärische Vergangenheit: gestreift rot und weiß gestrichene Schranken, ein Häuschen für den Wachposten, ein in einem dichten Gittermuster geschmiedetes Eisentor und ein daran angrenzender hoher Maschendrahtzaun. Da Sihems Körper bereits im Hauptgebäude des DCT in Paris peinlich genau kontrolliert worden war, überprüfte der diensthabende Wachbeamte beim Portal des Ausbildungszentrums nur mehr die Personalien der Wageninsassen.

Sihem wurde sofort in das Verwaltungsgebäude – ein grober dreistöckiger Betonquader in der Nähe der Einfahrt – gebracht, um Inspektor Jacquet vorgeführt zu werden. Dieser hatte schon eine Weile mit seinen Fingern ungeduldig auf den Schreibtisch getrommelt, in Erwartung der angekündigten Schönen. Er hatte gebannt auf ihr Foto im Dossier vor ihm geblickt: Es war zwar nur eine Polizeiaufnahme, aber der Reiz dieser Frau schillerte trotzdem ungehindert durch. Als der Inspektor bereits einen hohen Grad der Anspannung erreicht hatte, betrat Sihem endlich zusammen mit ihren beiden Begleitern sein Büro. Seine Augen verfingen sich unausweichlich in ihrer erotisch provokanten Figur und in ihren lasziven Bewegungen einer Raubkatze, und er war ihr sofort verfallen.

Das Dienstzimmer des Inspektors wirkte auf Sihem ganz ansprechend, verglichen mit den kahlen und abweisenden Amtsstuben, die sie in letzter Zeit gesehen hatte. Es gab Andenken, kleine Figuren und eine Blumenvase auf dem Schreibtisch sowie

Bilder und eingerahmte Urkunden an den Wänden. Etwas überraschend in diesem Kasernenmilieu, aber die rätselhafte staatliche Organisation, für die sie arbeiten sollte, ist vielleicht gar keine militärische, überlegte Sihem.

Sihem fand Inspektor Jacquet eigentlich recht sympathisch – wenn auch widerwillig so. Drahtig, sportlich schlank, brünett, blauäugig, kantiger Gesichtsschnitt, eine gefällige Verpackung für einen Mann also, das meinte sie. Aber er ist doch ein verdammter Repräsentant des verhassten Staates, daher Vorsicht! Um die Sache weiter zu verkomplizieren, war er auch noch nett und freundlich.

„Sihem, willkommen in unserem Ausbildungszentrum", sagte er mit einer angenehmen sonoren Stimme. „Wir sind alle hier Sportkameraden, wir duzen uns. Nenne mich einfach Jackie!"

„*Bonjour,* Jackie", grüßte Sihem verhalten und wachsam.

Ihr Blick fiel auf einige Diplome an der Wand, auf denen sie im Text so etwas wie *Judomeister* ausmachen konnte. Sie setzte daher nach:

„Bist du Weltmeister im Judo?"

Er gab ein helles Lachen der ehrlichen Belustigung von sich und antwortete amüsiert:

„Nicht nur Weltmeister, sondern sogar mehrfacher Olympiasieger in meiner Gewichtsklasse. Die Goldmedaillen musste ich leider zu Geld machen, weil mich der Staat so schlecht bezahlt. Daher kann ich sie dir nicht zeigen. Schade, ich hätte dich sehr gerne damit beeindruckt. Nein, im Ernst, Sihem. Wir im französischen Sicherheitsapparat haben jährlich nationale Meisterschaften in allen möglichen Kampfsportarten, und da gewann ich ein paar Mal im Judo. Hast *du* bereits eine Judoausbildung?"

Mit ihrer üblichen Widerborstigkeit erwiderte die junge Frau:

„Nein. Ich bin ein Kind der Pariser Vorstädte. Da lernt man nur, sich mit den Fäusten und dem Springmesser zu verteidigen."

„Ja, ich sehe aus deinem Dossier, dass deine Jugend kein Honiglecken war."

Zur Emphase hob Jacquet die Akte mit Sihems Unterlagen hoch. Dabei blickte er die junge Frau vor ihm, ohne es zu wollen, verständnisvoll und mitleidig an. Die Gefühle für sie hatten bereits die Oberhand über seine Mimik erlangt. Nach einer Kunstpause begann er, auf das eigentlich vorgesehene Thema dieses Aufnahmegespräches einzugehen:

„Sihem, ich würde dir gerne einen Aufenthalt bei uns bieten, der deine schönen dunklen Augen vor Freude zum Leuchten bringt. Aber wir haben leider ein festgeschriebenes Programm zu absolvieren und dir eine harte Ausbildung zu vermitteln. In der ersten Zeit wird es primär darum gehen, mit dir die wichtigsten Formen des Nahkampfes zu trainieren. Ich habe dazu meine eigene Theorie entwickelt. Die Grundlagen aller Kampfsportarten bilden die gute Koordination der Gliedmaßen und die Reaktionsschnelligkeit, und diese Fähigkeiten lernt man meiner Ansicht nach am besten durch Judo. Daher setze ich für dich zunächst einmal einen intensiven Judolehrgang an: in der ersten Woche jeden Vormittag und jeden Nachmittag eine Stunde Judo, und später dann eine Stunde täglich. Daneben beginnen wir mit Kraftübungen im Fitnesscenter und allgemeinem Konditionstraining, etwa durch Jogging. Ich hoffe, dass dein zarter und wohlgeformter weiblicher Körper das aushält."

Der Inspektor hielt kurz inne, denn er war sich plötzlich dessen bewusst geworden, dass seine Bemerkungen über schöne dunkle Augen und einen zarten und wohlgeformten weiblichen Körper vollkommen unprofessionell waren. Sihem fielen diese Komplimente naturgemäß auf und sie belustigte sich insgeheim darüber, denn das Hofieren war für sie ein überflüssiger Aufwand vonseiten eines Mannes. Wenn man sich gegenseitig attraktiv findet, so geht man gleich aufs Ganze und hat Sex, ohne lange rhetorische Einleitungen.

„Du wirst auch an Waffen ausgebildet werden", setzte Jacquet fort. „Wir lassen dich aber nicht gleich herumballern, sondern wir beginnen in der ersten Woche mit einer theoretischen Einführung in die Waffenkunde. Natürlich soll es auch Spaß und Auflockerung für dich geben. Spielst du gerne Volleyball?"

„Nun ja, in den städtischen Jugendheimen habe ich das oft mit den anderen netten und wohlerzogenen Mädchen gespielt, die es dort gab. Keine hielt sich an die Regeln, und so wurde es meistens ziemlich wild und das Spiel endete mit einer Prügelei."

Der Inspektor betrachtete diese Vignette aus dem Leben einer Vorstadtgöre als außerhalb seines Erfahrungshorizonts und kehrte augenblicklich in den ihm vertrauteren Kontext seines Ausbildungszentrums zurück:

„Bei uns wird hingegen auf Disziplin Wert gelegt, wie du dir denken kannst, Sihem. Also nimm dir vor, die Spielregeln zu befolgen! Außerdem spielst du hier nur mit Männern, denn du bist derzeit die einzige Frau in der Ausbildung. Diese exponierte Stellung ist vielleicht eine neue Herausforderung für dich. Wirst du damit zurechtkommen?"

Die junge Frau besserte mit stolz erhobenem Haupt und dezidierter Stimme nach:

„Du stellst die Frage falsch, Jackie. Die korrekte Frage muss lauten: Werden die Männer mit *mir* zurechtkommen?"

Spätestens jetzt merkte Inspektor Jacquet, dass er es bei Sihem nicht nur mit einer betörenden Frau, sondern auch mit einer harten und abgebrühten Kämpferin zu tun hatte. Sie ist das perfekte Material für das DCT, dachte er zufrieden, aber auch ein Geschenk des Himmels für mich als Mann. Anstatt ihre provokante Frage zu beantworten, stand er auf, ergriff ihren kleinen Koffer und sagte einladend:

„Ich glaube, du wirst jetzt einmal dein Zimmer sehen wollen. Nach der Gefängniszelle wird es dir geradezu luxuriös erscheinen. Ich führe dich hin."

Sie verließen das banale Verwaltungsgebäude, überquerten einen weiten und nackten asphaltierten Kasernenhof und betraten einen lang gestreckten, einstöckigen Plattenbau, der einst als Unterkunft für Offiziere und Unteroffiziere gedient hatte und dessen graue Fassade durch das feuchte nordfranzösische Klima schon ziemlich in Mitleidenschaft gezogen war. Über eine abgetretene Betontreppe und einen trostlosen Korridor in der ersten Etage, in dem sich Zimmer an Zimmer reihte, gelangten sie schließlich zu einer Tür, auf deren Schild fein säuberlich „Sihem Laurent" geschrieben stand.

Jacquet drückte die Klinke auf und bemerkte: „Einen Schlüssel erhältst du nicht. Bei uns läuft alles auf Vertrauensbasis, Sihem. Alles Sportkameraden, wie gesagt. Sollte dich einer unserer Männer wider Erwarten in deinem Zimmer belästigen wollen, so drückst du einen Stuhl unter die Klinke, um die Tür zu blockieren. Und außerdem informierst du mich selbstverständlich sofort."

„Ich verwende den Stuhl nicht zum Blockieren, sondern ich schlage ihn dem Kerl mit voller Wucht auf den Schädel", so steigerte Sihem sogleich die Beschreibung der Handhabung des Möbelstücks im Notfall.

„Jetzt verstehe ich deine Frage, Sihem, ob die Männer mit *dir* zurechtkommen werden", reagierte der Inspektor lächelnd. „Ich sehe schon, dass ich den Kollegen zusätzliche Kurse über fernöstliche Verteidigungstechniken verordnen muss, damit sie nicht gegen dich untergehen."

Das Zimmer war im Stil eines Hotels der niedrigsten Kategorie eingerichtet, aber es gab immerhin ein ordentliches Bett, einen Arbeitstisch, zwei Stühle, Stauraum, einen kleinen Kühlschrank, einen Wasserkocher, einen Fernsehapparat und ein Waschbecken. Sihem stach, zu ihrer Freude, eine einfache Kaffeemaschine zum Sieden von Filterkaffee ins Auge. Endlich hatte sie wieder die Freiheit, das heiß geliebte, heiß ersehnte heiße Getränk selbst zubereiten zu können! Damit kam ihr das schlichte Zimmer gleich anheimelnder vor.

Jacquet deponierte Sihems Koffer auf dem Tisch und bemerkte dann ihren Flirt mit der Kaffeemaschine. Das lieferte dem Inspektor einen neuen Anknüpfungspunkt:

„Die Mahlzeiten nehmen wir alle gemeinsam in der Kantine ein. Dort gibt es auch Kaffee während der Öffnungszeiten, neben anderen Getränken natürlich. Zwischendurch kannst du dir Kaffee in deinem Zimmer sieden, wenn du zusätzliches Doping brauchst. Sei unbesorgt, die Antidopingagentur kontrolliert bei uns nicht. Wir sind *off limits*. Für den Nachschub der Zutaten sorgt stets das Servicepersonal. Du darfst mich übrigens zu einer Kaffeepause einladen, wenn du dich nach einem Gespräch mit mir sehnst. Ich stehe immer für dich zur Verfügung."

Sihem reagierte darauf mit einem zarten Anflug von Koketterie in ihren Augen und in ihrer Stimme:

„Du bist der Boss, Jackie. Du kannst Inspektionen bei deinen Untergebenen ganz beliebig vornehmen. Wenn du mich aufsuchen willst, haue ich dir keinen Stuhl über den Kopf, das verspreche ich, sondern ich biete dir eine Tasse Kaffee an und halte manierlich wie eine Salondame eine Konversation mit dir ab. Auch wir Gören aus der *banlieue* können Stil zeigen, wenn wir dazu in Stimmung sind. Wie gefällt dir das?"

„Nicht schlecht, Sihem. Da du neu bei uns bist, muss ich dich natürlich häufiger inspizieren. Das wirst du sicherlich verstehen."

Der Inspektor schmunzelte vielsagend und verschmitzt. Dann setzte er ernsthafter fort:

„Jetzt noch eine banale Information. Die Toiletten und Duschen für Damen befinden sich am südlichen Ende des Gangs, leider ziemlich weit weg von dir. Da wir so wenige Frauen in der Ausbildung haben, gibt es in diesem ganzen großen Gebäude nur eine einzige sanitäre Anlage für Damen. Ich habe dir ein Zimmer im ersten Stock zugeteilt, damit du zumindest nicht Stiegen zu steigen brauchst, um zum WC zu gelangen. Achte aber immer darauf, dass du am Gang angemessen bekleidet bist, damit du die Männer nicht aufreizt. Sie werden eine Schönheit wie dich in unseren nüchternen Hallen als höchst ungewöhnlich empfinden, und auf Ungewöhnliches kann man gelegentlich unvernünftig reagieren."

Sihem stellte einen neuerlichen Versuch an, aus zugeknöpften Beamten wie Mignotte und Jackie, die sich hinter der Amtsverschwiegenheit und der nationalen Sicherheit versteckten, etwas Information herauszuholen:

„Dein Gerede von Schönheit bringt mich zu einer Frage, Jackie. Habt ihr, wer immer ihr seid, mich eigentlich wegen meiner angeblichen Schönheit ausgesucht? Und seit wann spielt denn das Aussehen im Staatsdienst eine Rolle? Die meisten *flics* kommen mir zum Beispiel als Inbegriff der Hässlichkeit vor – Anwesende ausgenommen, falls du dich betroffen fühlst. Bei der Polizei ist das Kriterium der Schönheit also sicherlich irrelevant. Aber *ihr* in eurer mysteriösen Organisation scheint auf eine schöne junge Frau Wert zu legen. Was habt ihr denn eigentlich mit mir vor?"

„Diese Fragen darf ich dir nicht beantworten, meine liebe Sihem, denn das würde dir Rückschlüsse auf deine künftigen Aufgaben erlauben. Du musst dich damit abfinden, dass du derzeit nichts anderes als ein Lehrling in einem für dich neuen Beruf bist. Und Lehrlinge haben keine Fragen an den Meister zu stellen, so wird das bei uns gehalten. Jetzt lasse ich dich alleine, damit du deine Sachen auspacken und dich einmal orientieren kannst. Der erste Kurs beginnt morgen um 9 Uhr in der Sporthalle. Dort wirst du auch für das Training eingekleidet."

Jacquet legte nun seine ernste Miene wieder ab und fügte in einem beinahe einschmeichelnden Tonfall hinzu:

„Wenn du etwas brauchst, zögere nicht, zu mir zu kommen. Du weißt ja, wo mein Büro zu finden ist. Vergiss nicht, das ist kein Gefängnis. Bei uns ist der Umgang von Kameradschaftlichkeit geprägt. Wir können über alles sprechen – außer über deine Zukunft, wie gesagt. Ich wünsche dir einen guten Aufenthalt bei uns und heute noch einen schönen Tag!"

Sobald ihr Vorgesetzter das Zimmer verlassen hatte, schaute sich die junge Frau in ihrem neuen Zuhause näher um. Aber eigentlich hatte sie, mit ihrer im Slum erlernten Alertheit, schon alles Wesentliche mit den ersten Blicken erfasst. So viel

Bemerkenswertes gab es in dem kleinen Raum ohnedies nicht zu sehen. Handtücher, Geschirr, Trinkgläser, Besteck und ähnliche nützliche Gebrauchsgegenstände waren vorhanden. Auf der Innenseite der Zimmertür entdeckte sie noch, neben der üblichen Information über die Fluchtrouten im Fall eines Brandes, einen Anschlag mit den Essenszeiten in der Kantine. Nach kurzem Sinnieren empfand Sihem das Wort *Fluchtrouten* als doppelbödig und in einer eigentümlichen Weise an den innersten Kern ihrer Existenz gehend. In einem gewissen Sinne hatte sie sich ja die meiste Zeit ihres Lebens auf *Fluchtrouten* bewegt. Ihre bisherige Biografie ließ sich eigentlich in knappen Worten so zusammenfassen, dass sie immer wieder in miserable, unerträgliche Situationen geraten war und dann verzweifelt irgendwelche Fluchtwege aus diesen heraus gesucht hatte. Auch ihr gegenwärtiger Aufenthalt hier in Jackies Ausbildungszentrum war nichts anderes als eine der Zwischenstationen auf einer wahrscheinlich langen, verschlungenen Fluchtroute, von der sie nur einen vagen Begriff hatte. Außerdem meinte sie, dass die Empfehlung von Fluchtrouten durch eine staatliche Institution an *sie*, die Strafgefangene Sihem in einem derzeit rigoros bewachten Bewährungsmodus der besonderen Art, nicht einer surrealistischen Komik und Skurrilität entbehre.

Die erste Woche ihres Trainings verlief ganz gemäß dem von Jacquet ausgearbeiteten Programm. Nach der Enge der Haftanstalt und den mangelnden Bewegungsmöglichkeiten dort spürte Sihem deutlich, wie ihr die körperliche Ertüchtigung wohltat. Nach jeder sportlichen Tätigkeit floss ihr Kreislauf munter wie Quellwasser und sie fühlte geradezu, wie Gesundheit durch ihre Adern prickelte. Wenn ich in anderen Verhältnissen aufgewachsen wäre, hätte ich mich vielleicht für eine Karriere als Leistungssportlerin entschieden, dachte sie mit Bedauern. Den unbedingten Siegeswillen und die Freude am Wettbewerb hätte ich auf alle Fälle mitgebracht. Und für manche Sportarten, besonders die aggressiv kämpferischen, dürfte ich ganz gewiss Talent besitzen.

Nach einigen Tagen stellte Sihem zu ihrer Überraschung fest, dass nur *sie* mit Inspektor Jacquet per Du war. Die Männer, ob Ausbilder oder Lehrgangsteilnehmer, sprachen alle mit großer Hochachtung vom Leiter des Zentrums. Es wäre ihnen nicht im Traum eingefallen, ihn zu duzen. Er hatte *sie* hingegen in diese kameradschaftliche Anrede hineingetrickst, er hatte ihr keine Wahl gelassen. Und warum hatte er sich ihr in dieser Weise angebiedert? Weil er, wie die meisten Männer, mit ihr schlafen wollte, so viel stand fest. Aber die weibliche Intuition verriet ihr, dass er wohl auch nach mehr verlangte: nach Nähe, Wärme, Interesse, Sympathie, Zuneigung, vielleicht sogar Liebe. Doch sie hatte keine Gefühle zu verschenken. Ihr Konto an Emotionen war leer, geplündert durch autoritär geführte Jugendheime, menschenunwürdige Strafanstalten, soziale Misere, bittere Enttäuschungen und die fortschreitende Entfremdung selbst von der *Idee* eines Lebensglücks. Sie hatte hier nichts als einen Job zu tun, mit dem Graben eines Tunnels anzufangen, der sie *endlich* in eine neu errungene Freiheit führen würde. Die Freiheit, sie selbst zu sein, die Freiheit, ihren eigenen Weg zu finden, die Freiheit, zu leben, wo sie wollte, die Freiheit, ihre Liebespartner nur nach dem Wunsch ihres Herzens zu wählen! Welch ein verlockendes und strahlendes Sternbild, für das es wert erscheint, strebend und ersehnend nach dem fernen Firmament zu greifen!

In der zweiten Woche begannen dann die Übungen an den Waffen, vornehmlich den Dienstpistolen und Dienstrevolvern des DCT, und die Ausbildung in anderen Kampfsportarten wie Karate, Boxen, Kickboxen und Messerzweikampf. Die letztere Disziplin betrieb Sihem naturgemäß mit größter Begeisterung, hatte sie sich doch bereits seit ihrer Jugend in den Pariser Vorstädten mit dem Messer in der Hand Respekt verschafft. Nur die gewandtesten Agenten konnten im Training gegen sie antreten. Bei den anderen war binnen Kurzem die Schutzkleidung durch Sihems blitzschnelle und energische Schnitte zerschlissen. Nach fünf oder sechs Trainingseinheiten war ihr nur mehr ein einziger Mann gewachsen, mit dem sie sich derart erbitterte Duelle lieferte, dass sie sich trotz des Schutzanzugs einige Schnittwunden am Oberarm zuzog und er noch schlimmer zugerichtet aussah.

Gefürchtet im ganzen Ausbildungszentrum war sie auch als Kickboxerin. Ihre elastische Sprungkraft und ihre ungehemmte Angriffslust und gleichzeitige Brutalität machten sie zur absoluten Meisterin in diesem Fach. Sie kickte prinzipiell nur dorthin, wo es am meisten Schmerz bereitete, in das Gesicht und in den Magen.

Einmal sagte ein Ausbilder vorwurfsvoll zu ihr:

„Sihem, warum versuchst du immer, deinen Trainingspartnern möglichst wehzutun? Das ist doch beim Üben gar nicht notwendig. Und außerdem widerspricht es dem Gebot der sportlichen Fairness!"

Sihem darauf lakonisch:

„Fairness ist dort, wo ich herkomme, ein unbekannter Begriff."

Wie von Mignotte empfohlen, inszenierte Jacquet gelegentlich Tests bezüglich Sihems Reaktionsfähigkeit. So ließ er zwei Ausbilder auf sie lauern, die sie beim Verlassen des Fitnesscenters überraschend mit Fäusten attackieren sollten. Sie erkannte jedoch in Sekundenbruchteilen die Situation, gewann durch einen Sprung weg von den Angreifern Spielraum, schleuderte dem einen ihren rechten Fuß auf das Kinn, landete gewandt wie eine Katze und sprang dem anderen mit der vorgestreckten Faust an den Magen. Dann versetzte sie jedem der beiden am Boden liegenden Männern einen wuchtigen Fußtritt in die Nieren. Ohne sich um das steinerweichende Stöhnen der beiden zu kümmern, eilte sie geradewegs zum Judokurs. Sie hätte wohl wissen sollen, dass es sich dabei wieder um einen von Mignottes spontanen Tests gehandelt haben musste, aber Attacke war für sie Attacke, die sie kompromisslos beantwortete.

Unter den Ausbildern machte sich Widerwillen breit, bei diesen fingierten Überfällen weiterhin mitzuwirken. Den wegen seiner ausgesuchten Höflichkeit im ganzen Zentrum geschätzten Kollegen Philippon wählten sie eines Morgens aus, bei Inspektor Jacquet vorzusprechen und ein Ende dieser für die Männer so risikobehafteten Tests zu erwirken. Philippon erklärte sich dazu bereit, in der nächsten Pause beim Leiter des Zentrums dieses Anliegen vorzubringen.

Nach dem „Herein!" von Jacquet trat Philippon bedächtig in dessen Büro ein und grüßte:

„*Bonjour, Monsieur l'inspecteur.* Ich hoffe, ich störe Sie nicht."

„*Bonjour,* Philippon. Nun ja, jetzt wo Sie da sind, haben Sie mich schon gestört. Aber manchmal will man ohnedies gestört werden. Also, setzen Sie sich. Was kann ich für Sie tun?"

Philippon tastete sich langsam an sein Anliegen heran:

„Es geht nicht um mich persönlich, *Monsieur,* sondern um *alle* Ausbilder. Die haben mich als ihr Sprachrohr geschickt. Folgendes. Es ist nämlich so."

Der Abgesandte zögerte einige Sekunden lang verlegen und musste einen neuen Anlauf nehmen:

„Sie kennen doch Mademoiselle Laurent. Sihem Laurent. Wer kennt sie nicht? Sie ist ja die einzige Frau in unserem Trainingslager. Eine Zierde hier in einem gewissen Sinne, aber auch wieder nicht. Je nachdem, wie man sie sieht. Sie kann so oder auch anders sein, wenn Sie wissen, was ich meine."

Jacquet half dem hilflosen Herumfaseln des allzu vorsichtigen Ausbilders etwas nach:

„Was ist mit ihr? Gibt es Probleme wegen ihrer Härte und ihres unerbittlichen Kampfeinsatzes? Damit sollte sie doch ein Vorbild für alle sein!"

Nach der Steilvorlage seines Vorgesetzten kam Philippon etwas in Schwung:

„Sie sprechen *genau* den Punkt an, *Monsieur l'inspecteur,* weswegen ich hier bin. Mademoiselle Laurent ist tatsächlich eine Kampfmaschine, ich würde sogar sagen eine *gefährliche* Kampfmaschine. Beim Training geht es ja in Ordnung, wenn sie sich voll einsetzt, obwohl selbst da ihre Neigung zu Exzessen manchmal zu Beschwerden seitens der Kollegen führt. Aber eigentlich dreht es sich um die überraschenden Attacken, die Sie anordnen, *Monsieur,* diese Tests der Reaktionsschnelligkeit der Dame. Ich weiß nicht, was sie hat. Sie benimmt sich, als ob sie dabei einen feministischen Männerhass ausleben wollte. So eine Brutalität, die schon an Sadismus grenzt, habe ich selten gesehen. Einige der Kollegen, die sie angegriffen haben, konnten gerade noch Verletzungen vermeiden und sind deshalb stinksauer auf sie."

Jacquet fühlte sich bemüßigt, Sihem zu verteidigen:

„Ist es wirklich so schlimm oder übertreibt ihr Ausbilder? Vielleicht ärgert ihr euch nur darüber, gegenüber einer Frau den Kürzeren zu ziehen. Ihr könntet euch ja auch geschickter verhalten, damit ihr nicht auf verlorenem Posten gegen sie steht."

Jetzt erst nahm Philippon so richtig Fahrt auf:

„Nein, *Monsieur,* darum geht es nicht! Der Tenor unter den Kollegen ist einfach, dass diese Frau absolut gemeingefährlich ist und nicht überflüssig herausgefordert werden sollte. Wenn man sie provoziert, ist sie partout nicht zu bändigen und schlägt vollkommen unkontrolliert um sich. Sie hält überhaupt keine Regeln des sportlichen Kampfes mehr ein. Mit Verlaub gesagt und mit allem Respekt, *Monsieur l'inspecteur,* könnten Sie es daher nicht ins Auge fassen, diese Tests einzustellen? Bei den paar Tests, die wir schon durchführten, hat ja Mademoiselle Laurent bereits bewiesen, dass sie allen gewalttätigen Anfechtungen gewachsen ist. Damit könnte man sich doch zufriedengeben, wenn ich das suggerieren darf. Bitte, *Monsieur,* haben Sie ein Einsehen mit uns Ausbildern! Unser Beruf ist ohnedies schon gefahrvoll genug, auch ohne Sihem Laurent!"

Der Inspektor zeigte sich einsichtig:

„Sie machen es mir schwer, Philippon, Ihnen zu widersprechen. Ich bin natürlich nicht nur für Sihem Laurent, sondern auch für euch Ausbilder verantwortlich. Und ich muss bedenken, dass ihr viel länger hier in unserem Zentrum sein werdet als Mademoiselle Laurent und eure Wünsche daher Vorrang haben sollten."

Einige Tage später begegneten sich Philippon und Sihem in einem der langen Korridore des Trainingslagers. Der Ausbilder deutete mit beiden Armen Karateschläge in parodistischer Form an und sagte dann verbindlich:

„Du kannst mir dankbar sein, Sihem. Ich habe bei Inspektor Jacquet bewirkt, dass die blödsinnigen Überraschungsangriffe gegen dich aufhören."

Sihem antwortete mit nur teilweiser Ironie:

„Schade. Ich hätte euch Männern allzu gerne noch einige weitere saftige Dinger verpasst. Aber ich kann mich ja immer noch beim Kickboxen ausleben."

Dann schritt sie forsch voran und beachtete Philippon nicht mehr.

In der Tat wurde auf die sogenannten Tests für Sihem nach dem vierten Mal verzichtet. Mignotte hat in dieser Angelegenheit ohnehin keine Möglichkeit der direkten Überprüfung vor Ort, dachte Jacquet, also kann ich ohne Weiteres locker damit verfahren.

Schon in der ersten Woche schaute der Inspektor täglich kurz in Sihems Zimmer vorbei, unter dem Vorwand, sich bezüglich ihrer Akklimatisierung in seinem Zentrum und ihrer Fortschritte bei den Lehrgängen zu erkundigen. In Wahrheit wollte er ihr natürlich nahe sein und außerhalb der sportlichen und militärischen Drills ihren für ihn erregenden Anblick in Momenten ihrer gemeinsamen Muße genießen. In der zweiten Woche blieb er dann schon etwas länger und genoss nicht nur

Sihems Kaffee, sondern auch ihren Körper. Nach vierzehn Tagen zog Sihem in Jacquets komfortable Dienstwohnung ein. Vor sich selbst rechtfertigte er diese Übersiedlung so, dass er die einzige Frau im Trainingslager damit vor der Wollust der vielen anderen Männer hier schützte – dazu war er ja eigentlich als Leiter verpflichtet – und dass er deren eitle Gockelrivalitäten, die das klaglose Funktionieren der Ausbildung stören könnten, mit demselben Schachzug auch unterband.

Sihem setzte Jackies Avancen keinerlei Widerstand entgegen. Sie hatte sich wahrlich nicht in ihn verliebt, aber sie fand es für ihr Wohlbefinden förderlich, regelmäßig Sex mit einem virilen Mann zu haben. Für sie stellten diese Paarungen eine seelische und körperliche Therapie nach der langen Abstinenz und für ihn die aufregendsten Liebesnächte seines bisherigen Lebens dar.

Am Ende der zweimonatigen Ausbildungszeit setzte Inspektor Jacquet ein Abschlussgespräch mit Sihem an. Um der Besprechung einen offiziellen Anstrich zu geben, hielt er sie in seinem Büro ab. Sihem saß ihm voller Erwartung gegenüber, angetan in engen Jeans und einem knappen T-Shirt, das ihre Brüste hervorragend zur Geltung brachte. Obwohl der Schreibtisch zwischen ihnen stand, verspürte Jacquet die erregende Nähe der Geliebten in seinen Hormonen und ließ sich deshalb wieder zu unprofessionellen rhetorischen Malapropismen verleiten:

„Sihem, *chérie*, ich bin begeistert von dir. Natürlich von dir als toller Frau, aber auch von dir als mein Schützling in der Ausbildung. Du bist der *beste* Lehrling, wenn ich dich noch so nennen darf, den wir seit Langem hatten – alle Männer mit eingerechnet. Mit *Lehrling* ist aber jetzt bald Schluss, denn du kommst nun in die heiße Prüfungsphase, die du sicherlich auch bewältigen wirst. Davon bin ich überzeugt. Diese heiße Phase findet leider nicht im Bett statt, sondern in unseren Unterrichtsräumen *und* in der Welt dort draußen. Es gibt nämlich *zwei* Teile der Abschlussprüfung, einen theoretischen und einen praktischen."

„Ich muss dir etwas gestehen, Jackie", fiel Sihem besorgt ein, als sie seine Worte hörte. „Du hast mich zwar immer als kämpferisch und mutig und all das bezeichnet, aber ich hatte in der Schule immer sehr große Angst vor Prüfungen. Und je öfter ich schlecht dabei abschnitt, desto mehr wuchs der Schiss, verzeihe den Ausdruck. Das hat mir die Schule total verleidet. Ich werde auch diesmal wieder bei der Prüfung durchfallen, das weiß ich schon jetzt. Und dann blamiere ich nicht nur mich selbst, sondern auch *dich* als meinen Lehrmeister. Ehrlich gesagt, das Büffeln für Prüfungen hasse ich obendrein. Ich habe dafür einfach kein Sitzfleisch."

Der Inspektor beteuerte geflissentlich:

„Gut, dass du mir das sagst, *chérie*. Ich als der Chef dieses Zentrums kann da schon etwas für dich tun, wenn auch nicht in unbegrenztem Ausmaß. Deine Prüfungsangst wird sich ja gewiss nur auf den theoretischen Teil beziehen. Im praktischen Bereich bist du doch ein Multitalent."

„Ja, so mag man es sehen. Die Praktikerin, die Probleme geschickt löst, aber mit der Theorie auf Kriegsfuß steht. Also konkret, wie kannst du mir helfen?"

„Indem ich dich umarme und sehr innig küsse. Nein, entschuldige, du verwirrst mich."

Jacquet hielt kurz inne, lächelte Sihem gewinnend zu und setzte dann in seriöserem Tonfall fort:

„Nun, was ich eigentlich sagen will: Es gibt eine einigermaßen legitime Möglichkeit, dir die Nervenprobe, und ich meine sogar die *Demütigung* der theoretischen Prüfung, zu ersparen. Du hast nämlich von allen Kursleitern die Höchstnote erhalten, also 20 aus 20. An der Uni wäre das ein *summa cum laude,* eine besonders begehrte Auszeichnung. Auf der Basis dieser Bewertungen kann ich dir den theoretischen Teil der Abschlussprüfung erlassen. Ich lege deinem Dossier kurzerhand alle deine exzellenten Kurszeugnisse bei und noch dazu ein Gutachten von mir. Damit überzeuge ich unsere Zentrale in Paris stichhaltig, dass du eine geniale Studentin bist, und sie werden meine Entscheidung nicht hinterfragen."

Die junge Frau atmete schon etwas auf:
„Danke, Jackie. Ich fühle mich schon leichter. Seltsam, in der Schule war ich von solchen Benotungen immer weit entfernt."

Jacquet darauf mit dem einschmeichelnden und verständnisinnigen Tonfall eines Verliebten:
„So wie ich dich jetzt kenne, *mon amour*, waren dir schlichtweg der Zwang und der Druck vollkommen zuwider. Du bist wie ein Vogel, der frei und ungebunden in den Lüften fliegen will."

Sihem amüsierte dieser Vergleich und sie antwortete lächelnd:
„Das hast du gut ausgedrückt, *mon petit*. Ich bin mir in der Schule tatsächlich immer eingesperrt vorgekommen. Aber vielleicht war ich auch nur ein dummes, unreifes Ding. Der Unterricht *hier* ist jedenfalls ganz nach meinem Geschmack. Ich habe das Gefühl, wirklich nützliche Fähigkeiten zu lernen, die ich mir auch gerne aneignen will. Deshalb ist wahrscheinlich auch mein Lernerfolg so gut."

„Das höre ich mit großer Freude, *chérie*. Und in der Tat wirst du das Gelernte in nächster Zeit sehr brauchbar finden. Soweit ist also alles famos und prima."

Trotz dieser optimistischen Aussage des strahlenden Inspektors war Sihem noch immer nicht zufrieden. Sie wollte weitere Zugeständnisse von ihrem Geliebten und insistierte daher:

„Nein, nicht ganz, Jackie. Wie steht es denn mit dem praktischen Teil? Kannst du mich auch *davon* befreien?"

Jacquets Miene wurde entschuldigend und er zog sich widerstrebend auf den bürokratischen Standpunkt zurück:

„Glaube mir, *chérie*, ich würde dir auch *diesen* Teil liebend gerne ersparen, aber das geht zu meinem Leidwesen nicht. Die Zentrale hat sehr exakte Rahmenbedingungen für die praktische Prüfung abgesteckt. Es ist vorgesehen, dass du auf einen Probeeinsatz gehst, und zwar in einem *realen* und nicht in einem *gestellten* Kontext. Ich muss ein genaues Protokoll über den Verlauf der Aktion und dein Verhalten dabei führen, und am Schluss soll möglichst auch ein handfestes Ergebnis des Einsatzes vorgezeigt werden. Da können wir also nichts fingieren. Da müssen wir ehrlich und aufrecht durch."

„So ein Einsatz klingt ja eigentlich recht spannend. Und *realer Kontext* heißt doch wohl, dass ich endlich einmal aus dieser verdammten Kaserne, ich wollte sagen: aus diesem großartigen Ausbildungszentrum, herauskomme."

Sihem hatte sich beeilt, ihren verbalen Schnitzer durch eine Korrektur und ein klingendes Lachen zu überspielen. Sie fügte hinzu:

„Entschuldige, Jackie. Ich weiß, dass du da sehr heikel bist, wenn man von deiner Institution spricht. Sie wird ja von dir auch vorbildlich geführt, sodass sich alle hier wohlfühlen. Worum wird es bei diesem Einsatz gehen, den du erwähnt hast?"

Der Inspektor wurde bei dieser Frage ganz vertraulich:

„Ich diskutierte bereits vor einigen Tagen mit der Zentrale in Paris darüber und wir haben eine interessante und sehr passende Mission für dich ausgewählt. Ich weihe dich jetzt in die Details ein."

Nachdem Jacquet seiner Geliebten alle Einzelheiten des Probeeinsatzes genau erläutert hatte, ging er um seinen Schreibtisch herum, legte zärtlich seine Hand auf ihre Schulter und flüsterte ihr ins Ohr:

„Jetzt aber Schluss mit dem Gerede über Prüfungen und so weiter. Komm in meine Wohnung, *chérie*. Die ganze Zeit sehe ich deine runden Äpfel vor mir hängen. Nun möchte ich die süßen Früchte endlich genießen."

KAPITEL 12

Bei der Fahrt mit der Metro nach Belleville dachte Sihem an die Punkte, die ihr Jackie eingeschärft hatte:

„*Chérie*, steige bei der Station Pyrénées aus. *Chérie*, sieh dich dort nach einer Schneiderei um. *Chérie*, präge dir den Namen der Stadt Ceuta ein."

Immer wieder *chérie,* manchmal auch *mon amour.* Er ist vernarrt in mich, das liegt auf der Hand. Andererseits, was bedeutet Jackie für *mich*? Wenn ich mir selbst eine ehrliche Antwort gebe, so ist er nicht mehr als ein adäquater Trainingspartner für Judo und Sex, auch wenn ich ihm manchmal aus Opportunismus oder launenhafter Frivolität eine tiefere emotionelle Bindung vorgaukle. Es fällt mir ja leicht, ihn gelegentlich ganz unverbindlich *mon petit* zu nennen oder ihm etwas intensiver in seine stahlblauen Augen zu schauen. Das gehört zum elementaren Rüstzeug einer Frau, die mit einem Mann zusammenlebt. Der Mann nimmt auch die gespielteste Gefühlskundgebung für bare Münze, denn es ist für ihn die natürlichste Sache auf der Welt, dass ihm seine Partnerin rettungslos verfallen ist! Da sind alle Männer gleich, die Machos wie die aufgeklärten. Mit unbestimmtem, belanglosem und oft auch unaufrichtigem Liebesgetue erreicht die Frau aber schließlich und endlich das, was sie selbst will.

Irgendwo in dem mit Menschen voll gedrängten Waggon steckte Jackie. Er würde Sihem während der gesamten Aktion diskret beschatten. Den praktischen Teil der Gesellenprüfung legte man beim Agentenhandwerk im Außendienst sowie in Anwesenheit des Meisters ab und nicht am Sitz der Innung, der also in diesem Fall die Zentrale des DCT wäre. Selbstverständlich wusste Sihem noch nicht ganz genau, für welches Gewerbe sie heute die Befähigung erwerben sollte. Jedenfalls ein risikoreiches und lebensgefährliches Gewerbe, so viel war ihr bereits klar.

Der Stadtteil Belleville im Osten von Paris offerierte einen lehrreichen Leitfaden durch die Kolonialgeschichte Frankreichs. Als Sihem die Metrostation Pyrénées verlassen hatte, wurde ihr das in aller Deutlichkeit vor Augen geführt. Einwanderer aus Westafrika, Kamerun, Gabon, dem Maghreb, aus Indochina und Guyana, von Pazifikinseln und Antilleninseln umgaben sie lärmend, lungernd, lachend, lauernd. Sie bahnte sich durch dieses Panoptikum der *Grande Nation* einen Weg in die nahe Rue de Belleville, die Hauptachse des Viertels. Mit musternden Blicken suchte sie die schäbigen Geschäftszeilen auf beiden Seiten der Straße nach einer Schneiderwerkstatt ab, stets darauf bedacht, sich nicht nach Jackie umzusehen. Er hätte das gewiss als ein Zeichen von Schwäche und Unsicherheit interpretiert, und ein solches falsches Signal wollte die abgebrühte junge Frau unter *keinen* Umständen senden.

Plötzlich erspähte sie auf der anderen Straßenseite eine Änderungsstube, auf Französisch und Arabisch auf einer alten Holztafel über dem Eingang angezeigt. Eine Änderungsstube ist nicht dasselbe wie eine Schneiderei, dachte Sihem, aber solche subtile Differenzierungen konnte man von einem Mann wie Jackie nicht erwarten. Sie überquerte die Rue de Belleville und sah in der schmutzigen Vitrine des Geschäfts ein kleines Schild mit der Aufschrift „Annahmestelle für chemische Reinigung", gleichfalls auf Französisch und Arabisch. Das konnte ihr als Vorwand für das Betreten des Ladens dienen.

Die Änderungsstube war sehr frugal eingerichtet: eine antiquierte Nähmaschine, an der ein schmächtiger maghrebinischer Typ mittleren Alters saß, ein Bügelbrett und ein Arbeitstisch, der gleichzeitig auch als Ladentheke fungierte und auf dem Stoffreste und Schneiderzubehör unordentlich herumlagen. An einer Plastikstange hingen einige Kleidungsstücke auf Drahtbügeln. Die Luft war stickig von Zigarettenrauch.

Sihem redete den nähenden Mann auf Arabisch an:

„*Salaam aleikum.* Ich möchte einen Damenrock reinigen lassen. Wie viel kostet das bei Ihnen?"

Der Angesprochene blickte irritiert auf und legte seine glosende Zigarette auf einen Aschenbecher. Anscheinend war er gerade damit beschäftigt, ein Herrenhemd von langärmelig auf kurzärmelig umzuarbeiten. Betont mühselig erhob er sich, ging zum Ladentisch und schob wortlos eine Tarifliste unter Sihems Augen. So kam sie nicht weiter! Sie musste es darauf anlegen, den mürrischen Schneider in ein Gespräch zu verwickeln. Sie hatte jedoch keine Textilie zum Ändern mitgebracht, da sie auf eine Maßschneiderei eingestellt gewesen war. Der unbedarfte Jackie mit seiner unpräzisen Ausdrucksweise, dachte sie verärgert. Natürlich, sie könnte den Kerl hier provozieren und ihm den Auftrag erteilen, den Büstenhalter, den sie gerade trug, zu vergrößern. Er hätte gewiss liebend gerne ihren prächtigen Busen vermessen, wenn Allah es erlaubte. Sie behielt aber diesen Affront in ihrer Vorstellungswelt, denn er wäre ihrer Mission zweifellos sehr abträglich gewesen. Ein inneres Schmunzeln darüber gestattete sie sich dennoch. Dann unternahm sie einen ernsthaften Anlauf in eine andere Richtung:

„Der Preis ist mir zu hoch. Das bekomme ich anderswo billiger. Ich sehe aber, dass Sie überaus professionell mit der Nähmaschine arbeiten. Sie sind sicherlich ein guter Schneider und können mir daher vielleicht helfen. Ich brauche nämlich eine neue Burka. Meine alte ist schon so fetzig, dass ich sie heute gar nicht mehr anziehen wollte, wie Sie sehen. Ich gehe jedoch sehr ungern ohne Burka aus, daher benötige ich schleunigst einen Ersatz."

Der Schneider hellte seine finstere Miene etwas auf, als er hörte, dass seine Kundin trotz ihres momentanen Auftretens in T-Shirt und Jeans eine fromme Moslemin war. Sihem setzte ermutigt fort:

„Sehen Sie, ich bin erst seit Kurzem in Frankreich. Bis jetzt hat immer meine Mutter in Marokko meine Burkas genäht.

Aber die gemeinen Hunde vom Innenministerium haben sie nicht mit mir zusammen einreisen lassen. Meine alte Mutter belastet nur das Sozialsystem, sagen sie. Ist das nicht empörend?"

Der Schneider teilte sogleich Sihems Erregung und bekräftigte mit großer Intensität:

„Ja, natürlich! Aber ich kenne das Problem, ich bin selbst Marokkaner! Und schlagen Sie es sich aus dem Kopf, dass Ihre Mutter in absehbarer Zeit nachkommen wird. Die Familienzusammenführungen für Einwanderer werden immer mehr erschwert."

Sihem war froh, den zugeknöpften Maghrebiner aus der Reserve gelockt zu haben. Sie stieß unverzüglich nach:

„Dann ist es ja umso wichtiger, dass *Sie* mir eine neue Burka anfertigen. Wie steht es damit? Können Sie das machen?"

Der Marokkaner reagierte in einem verbindlichen Timbre:

„Nun, ich bin kein erfahrener Damenschneider und Lizenz habe ich auch keine dafür. Aber mit Hilfe meiner Schwester lässt es sich schon erledigen, unter der Hand und unter Landsleuten. Für das Nehmen der Maße brauche ich ohnedies meine Schwester. Das darf ich aus religiösen Gründen bei Ihnen nicht machen, wie Sie sicherlich wissen. Ich hole sie gleich herbei, sie wohnt im Haus."

Die Geheimdienstagentin auf Probeeinsatz schätzte es gar nicht, dass jetzt noch eine andere Person zugezogen wurde. Damit hatte sie im Ernstfall *zwei* Gegner zu bekämpfen. Aber es war schon zu spät. Der grandiose Schneider, der nicht einmal eine wallende Burka mit allereinfachstem Schnitt nähen konnte, hatte schon sein Handy gezückt und seine Schwester angerufen. Diese eilte, ganz adrett in schwarzer Pluderhose, cremefarbener Bluse und buntem *Hijab* herausgeputzt, innerhalb weniger Minuten herbei und fragte, womit sie dienen könne. Ihr Bruder ordnete ihr gleich an, im Hinterzimmer bei Sihem Maße für eine Burka zu nehmen.

Das sogenannte Hinterzimmer stellte sich als kleine Teeküche heraus, die wohl seit Monaten nicht mehr gelüftet worden war. Ein atemberaubender Geruchscocktail aus abgestandenem Pfefferminztee in Kannen, alten Couscousresten und verbranntem Olivenöl in Pfannen, nicht entsorgtem Müll und dem allgegenwärtigen Zigarettenrauch würzte die Atmosphäre.

„Machen Sie schnell", drängte Sihem, da sie aus dieser bedrückenden Kammer möglichst bald herauskommen wollte.

„Bei einer locker getragenen Burka sind ja die genauen Maße nicht so wichtig. Hauptsache, der Stoff wischt nicht den Gehsteig auf. Aber eines sagen Sie mir, während Sie messen: Wie bringe ich meine Mutter aus Marokko heraus und zu mir nach Paris? Ich kann ohne meine geliebte Mutter einfach nicht leben. Sie haben gewiss viele Marokkaner als Kunden, da erfährt man doch einiges. Es gibt vielleicht Möglichkeiten mit Schleppern, oder sind das nur Gerüchte? Man munkelt, dass eine Schlepperroute über die spanische Enklave Ceuta verläuft. Wissen Sie etwas darüber?"

Kaum hatte Sihem das Wort *Ceuta* ausgesprochen, da wurde die Tür zwischen dem Arbeitsraum des Schneiders und der Teeküche zugeknallt und zugesperrt. Draußen brüllte der Marokkaner wütend:

„Sie sind eine verdammte Polizistin! Sie wollen meine naive Schwester aushorchen! Aber jetzt sitzen Sie in der Falle!"

Sihem stieß die maßnehmende Schwester des Tobenden mit beiden Armen brutal zu Boden, stampfte mit einem Bein rücksichtslos auf ihren Unterleib, durchsuchte dann blitzschnell einige Schubladen und zog aus einer ein Küchenmesser heraus. Dann rief sie mit einer schneidend scharfen Stimme durch die verschlossene Tür:

„Also stimmt es, dass Sie ein Schleppergeschäft betreiben und ein Menschenhändler sind, denn sonst wären Sie ja nicht so nervös. Und wenn Ihre Schwester nichts darüber wüsste, könnte sie auch nichts verraten!"

Gleichzeitig kreischte die Schwester des Schneiders hysterisch:

„Mohammad, sie hat ein Messer! Sie hat das große Küchenmesser! Sie bringt mich um!"

Sihem hörte Mohammad höhnisch schreien:

„Sie können ruhig wissen, dass ich ein Schlepper bin, denn Sie kommen hier nicht mehr lebend heraus! Ich rufe Freunde herbei und wir erledigen Sie!"

Die prospektive Agentin fügte Mohammads noch immer auf dem Boden liegender Schwester mit dem Messer tiefe Fleischwunden an ihren beiden weichen runden Oberarmen zu, sodass diese Gegnerin außer Gefecht war. Dann musste Sihem ihr gesamtes Stimmvolumen aufbieten, um das zeternde Wehgeschrei der Marokkanerin zu übertönen und zu ihrem Bruder durchzudringen:

„Sie Idiot, Sie vergessen, dass ich jederzeit per Mobiltelefon Hilfe herbeiholen kann! Weitere Polizisten sind ganz in der Nähe!"

Sie bluffte, denn es war Teil der Aufgabenstellung bei ihrer Prüfung, dass sie keinerlei Kommunikationsgerät, und nebenbei bemerkt auch keine Waffen, dabeihaben durfte. Die einzige Rückversicherung bestand darin, dass Jackie nach einer Viertelstunde mit seiner üblichen Dienstausrüstung den Laden betreten würde.

Mohammad brüllte wieder draußen:

„Dann komme ich selbst! Ich habe die Hände voller Messer und Scheren und schneide Sie in Stücke!"

Sogleich wurde die Zwischentür aufgesperrt und dann aufgerissen. Sihem drückte sich so gut es ging an einen schmalen Streifen Wand hinter der Tür. Mohammad stürmte herein, mit einem offenen Springmesser in der rechten und einer großen Stoffschere in der linken Hand. Er rutschte in die Blutlache seiner Schwester und hätte beinahe das Gleichgewicht verloren. Mit manischem Wutgeheul suchte er Sihem. Seine Widersacherin warf das Küchenmesser mit hartem Klang auf den Kachelboden, lauerte, bis er sich zu ihr hergedreht hatte, und knallte ihm den rechten Fuß mit voller Wucht in den Schritt. Der Getroffene krümmte sich schmerzgepeinigt nach vorne, was die durchtrainierte Nahkämpferin Sihem ausnutzte, um ihre linke Faust gegen seine rechte Schläfe zu donnern und sofort danach seinem vorgebeugten Nacken einen gewaltigen Karatehieb mit dem rechten Arm zu versetzen. Mohammad ging wimmernd zu Boden und hatte keine Kraft mehr dazu, seine Stichwaffen zu umklammern. Er war besiegt, aber Sihem kostete seine Niederlage noch weiter aus, indem sie ihm abermals gnadenlos zwischen die Oberschenkel trat. Sie glaubte, dabei seine Hoden aufbrechen zu hören. Dann setzte sie sich rittlings auf ihn, mit ihren Knien auf seinen Armen, würgte ihn am Hals und wartete, bis Jackie nach der vereinbarten Zeitspanne auftauchen würde.

Da die Kampfszene so kurz gewährt hatte, dauerte dies eine Weile. Sihem konnte der Versuchung des Springmessers auf dem Boden nicht widerstehen, angelte mit einer Hand danach und setzte es dem Marokkaner an die Gurgel.

„Wie fühlt sich das für einen Schneider an, wenn ihm die Kehle wie ein Stück Tuch aufgeschnitten wird?", ätzte sie zynisch. „Sei beruhigt, du dreckiger Hammel, ich werde es *halal* machen, nach allen Geboten unserer humanen Religion: so ganz langsam und entspannend die Halsschlagader ausbluten lassen. Du kannst bequem liegend und frohgemut dabei zuschauen, wie deine verdammte Seele zum Satan davonfließt."

Mohammads wirre Augen fielen fast aus den Höhlen. Er versuchte, sich ein wenig aufzurichten, aber die unbarmherzige Sihem ritzte bei dieser Bewegung die Haut an seinem Hals mit der Messerspitze. Die Blutstropfen schmierte sie ihm ins Gesicht, sodass er wie ein gefallener Soldat aussah. Daraufhin blieb er regungslos unter Sihem ausgestreckt und wagte kaum zu atmen.

Dieses Bild bot sich Inspektor Jacquet vom DCT in der Teeküche der Änderungsstube in der Rue de Belleville: eine wehklagende Marokkanerin in einem See aus Blut und eine triumphierende halbe Marokkanerin auf einem am Hals angeschnittenen marokkanischen Flickschneider mit blutverklebter Fratze. Ein marokkanisches Triptychon der schauerlichen Art. Jacquet war gut vorbereitet und hatte Handschellen eingesteckt. Er nahm Mohammad aus dem Triptychon heraus und legte sie dem Überführten an.

Sihem stürzte sich mit dem blutbefleckten Springmesser auf Mohammads schreckensbleiche Schwester und schrie sie an:

„Wir lassen dich hier wie eine geköpfte Henne verbluten, wenn du nicht auspackst!"

Der Gegner musste am schwächsten Punkt angegriffen werden. Der verzweifelte Mohammad flehte:

„Schweige, Fatima, schweige! Beim Namen des Propheten, halte das Maul, sonst bringst du noch Verderben und Verdammnis über uns!"

Der Inspektor stopfte ihm einen Knebel in die Mundhöhle und disqualifizierte ihn so von der weiteren Konversation.

Sihem höhnte:

„Fatima heißt also die Kröte. Wenn deine Lippen nicht sofort alles ausplappern, schneide ich sie mit dem Messer auf. Dann wirst du bei Weitem die hässlichste Kröte auf dieser Welt sein."

Da sprudelte es aus der panisch verängstigten Marokkanerin hervor, dass die Änderungsstube nur eine Attrappe und ein Scheingeschäft sei, dass Mohammad Aufträge für das Einschleusen von Marokkanern nach Frankreich übernahm, dass das pro Kopf 3.000 bis 5.000 Euro koste, dass Ceuta der Angelpunkt auf der Schlepperroute sei, aber auch, dass ihr Bruder für Hintermänner arbeite und nur einen kleinen Bruchteil der Einkünfte erhalte, was sie als sehr ungerecht empfinde, da er sich großen Gefahren aussetze, wie man jetzt sehen würde. Jacquet hatte klugerweise ein Miniaturmikrofon und einen Datenträger mitgebracht, auf dem er nun das Geständnis von Fatima speicherte, die um ihr Leben redete. Dann rief der Agent telefonisch einen Rettungswagen für die noch immer blutende Marokkanerin herbei.

Die Sanitäter konnten Fatimas Wunden mit knapper Not rechtzeitig stillen, bevor sie verblutete. Jacquet instruierte die Männer, dass sie in ein Gefängnisspital eingeliefert und so bald wie möglich einem Untersuchungsrichter vorgeführt werden müsse. Nähere Informationen würde der Untersuchungsrichter auf dem Amtsweg erhalten. Der Agent und sein Prüfling nahmen den gefesselten und geknebelten Mohammad selbst in einem angeforderten Dienstauto des DCT mit und übergaben den Festgenommenen der Zentrale. Dort würde man ihn scharf verhören, um herauszufinden, ob es bei seiner Schlepperbande einen islamistischen Hintergrund gebe. Für diese Prozedur standen vom CIA ausgebildete Spezialisten bereit.

An diesem Abend verwöhnte Inspektor Jacquet seine geliebte Sihem besonders. Er ließ sich von der Kantine saftige Steaks mit Ofenkartoffeln und eine Flasche Rotwein kommen sowie darauf abgestimmte Vorspeisen und Nachspeisen. Es galt ja, Sihems bestandene Prüfung zu feiern. Sie war wie beabsichtigt zur gefährlichen Waffe des Geheimdienstes geworden, scharf und blitzend wie eine stählerne Messerklinge, und Gnade dem Gegner, der ihr im Nahkampf gegenüberstehen würde. Heute hatte sie das ja wieder überzeugend demonstriert. Gerne hätte er im Sinne der Einhaltung der Wahrhaftigkeit auch ihre Expertise im Liebesleben amtlich festgehalten, aber dafür stand auf dem Prüfungsformular, das er vor ihren Augen ausfüllte, keine Rubrik zur Verfügung. Als er das ihr gegenüber erwähnte, fand sie das äußerst amüsant.

Zwischen dem Käsegang und dem Dessert bat Jacquet seine Geliebte, dass sie kurz die Augen schließen möge. Er stand leise auf und holte aus einer Schublade eine kleine, mit rotem Samt überzogene Schatulle, die in Seidenpapier verpackt war. Dann kehrte er zu Sihem an den Tisch zurück.

„Jetzt mache deine schönen Augen wieder auf, *chérie*", flüsterte er ihr bedeutungsvoll ins Ohr.

Ihr Blick fiel zuerst auf ihren gespannt wartenden Liebhaber und dann auf das Geschenk neben dem Weinglas vor ihr. Gespielt geziert und verschämt, ganz die Frau, die ein Pfand einer jungen Liebe erhält, nahm sie das kleine Päckchen in die Hand. Mit wachsender Erregung wickelte sie das Seidenpapier auf und öffnete die Schatulle. Sie enthielt eine goldene Halskette mit einem Anhänger aus einem ihr unbekannten, bläulich schimmernden Edelstein oder Halbedelstein. Sihem reagierte mit überschwänglicher Freude. Sie fiel Jacquet um den Hals, küsste ihn auf beide Wangen und den Mund und sagte dann geradezu ergriffen:

„*Chéri*, ich bin überwältigt und fast atemlos vor Überraschung. Das Kettchen ist wirklich, echt und wirklich *wunderwunderschön*! Und was es noch besonders und extra und einzigartig schön macht, und das wirst du mir nicht glauben: Es ist das *erste* Schmuckstück, das ich jemals geschenkt bekommen habe! Im Leben wurde mir überhaupt sehr wenig geschenkt."

Jacquet antwortete darauf breit grinsend und mit einem Hochgefühl von Verliebtheit:

„Ich wusste gar nicht, *chérie*, dass du Sätze mit bemerkenswerten Doppelbedeutungen konstruieren kannst. Das ist ja eine neue faszinierende Facette an dir. Aber auf jeden Fall bin ich *überglücklich*, dass dir mein Geschenk so große Freude bereitet. Wozu bin ich denn sonst auf der Welt, als dir Freude zu schenken? Das ist doch eine *fabelhafte* Bestimmung! Probiere die Halskette gleich an, damit wir sehen, ob sie dir auch steht."

Sie eilten beide in das Badezimmer, begeistert wie Kinder, die ein neues Spielzeug erproben wollen. Sihem trat vor den Spiegel und Jackie hinter sie. Während sie ihre glänzenden schwarzen Haare in einer Anwandlung von Eitelkeit mit sanfter Hand ordnete und glatt strich, legte er ihr das Kettchen an und hakte den zierlichen Verschluss mit seinen ungelenken männlichen Fingern etwas mühevoll ein.

„*Voilà!*", sagte er schließlich theatralisch und lachte ihr im Spiegel strahlend entgegen.

Dann umschlang er ihren Körper – ihren für ihn stets mit provokanter Erotik aufgeladenen Körper – kraftvoll von hinten. Ihr wohlgerundeter Po an seinem Unterleib und ihre verheißungsvoll glitzernden Augen im Spiegel lösten eine maßlose Begierde in ihm aus. Beinahe hätte er ihre Jeans heruntergerissen und sein steifes Glied fordernd gegen ihren Slip gepresst, in der sehnlichen Hoffnung, dass sie das Dessous abstreifen, seinen Hosenschlitz aufzippen und seine heiße Kerze zwischen ihre vollendet geformten Pobacken stecken würde. Das wäre eine neue, gewiss immens prickelnde Stellung in ihren Sexualpraktiken gewesen. Doch er zähmte sich rechtzeitig und sagte nur: „Du siehst umwerfend aus, *mon amour*. Die edle Schönheit des Geschmeides umschmeichelt die vollendete Schönheit deines Antlitzes und der strahlende Glanz des Goldes wetteifert mit dem strahlenden Glanz deiner Augen. Ich finde, du solltest die Kette *immer* tragen, als einen Talisman oder als dein Markenzeichen. So wird auch meine Liebe stets bei dir sein und dich beschützen."

Die junge Frau lächelte ironisch:

„Du bist ja ein Poet, Jackie. Schreibst du in deiner Freizeit Gedichte? Ich kann mich leider nur in Prosa ausdrücken und so sage ich einfach, dass die Halskette gut zu mir passt."

„Ein Mann, der sein Herz an eine hinreißende Geliebte verloren hat, wird immer zum Dichter, *chérie*."

Nach dieser hochfliegenden Sentenz musste Jackie eine Kunstpause einlegen, damit er die Stimmung wechseln und auch prosaisch an das unvollendete Abendessen erinnern konnte:

„Und jetzt genießen wir die *crème caramel* und trinken den Rest des Weins aus. Wie wunderbar ist es, dass der ganze Abend heute nur uns gehört, und auch die ganze Nacht!"

„Ja, Jackie, du hast dir heute ein großes Dankeschön verdient. Ich werde dich dafür mit den Gaben einer Frau belohnen."

Sie setzten sich wieder zu Tisch und beendeten die Mahlzeit in Hochstimmung. Jacquet hatte noch eine weitere Aufmerksamkeit für seine Sihem bereit:

„*Chérie,* ich weiß, was du jetzt noch willst – dein Lieblingsgetränk. Ich mache dir einen heißen, starken Espresso, und aus Solidarität mit dir trinke ich auch einen."

Sihem spürte sehr wohl, wie liebevoll und nachgerade fürsorglich Jackie um sie bemüht war. Zusammen mit der Wirkung des für sie ungewohnten Weins und der Freude über das Geschenk wurde sie atypisch weich und nachgiebig, und in dieser Nacht konnte man sie sogar als einigermaßen hingebungsvoll bezeichnen.

Inspektor Jacquet sah dem Abschied von Sihem – und ziemlich gewiss würde es einer für immer sein – mit tiefer Wehmut entgegen. Er war selbstredend fasziniert von ihrer Sexualität, aber er hatte auch Respekt vor ihrer beherzten und selbstbewussten Art und Weise gewonnen, sich dem Lebenskampf zu stellen. Einer solch einzigartigen Frau würde er nie mehr wieder begegnen.

Sihem hingegen wartete mit größter Ungeduld auf ihre Befreiung aus diesem Lager. Zum einen begann sie der immer wiederkehrende Tagesablauf zu langweilen. Zum anderen wollte sie nach all den Gefängnisjahren endlich in die Wirklichkeit zurückkehren und hoffentlich die Abenteuer erleben, die ihr Mignotte versprochen hatte. Die Schwerpunkte ihrer Ausbildung verhießen ja ein freies Ausleben ihrer Gewaltinstinkte in einem feindlichen Umfeld, und das war ganz nach ihrem Geschmack. Nach der Erteilung des Diploms lag sie Jackie täglich in den Ohren, wann denn ihr ernsthafter Einsatz beginnen würde. Er unterrichtete sie darüber, dass Inspektor Mignotte schon Bescheid wüsste, dass ihre Ausbildung abgeschlossen sei, und dass sie nun auf Abruf bereitstehen solle, bis sie von der Zentrale in Paris angefordert würde.

KAPITEL 13

Brezinski war irritiert, weil er schon wieder nach Paris zurückbeordert wurde. Innerhalb der letzten zwei Monate passierte ihm dies nun schon das dritte Mal. Bei den beiden vorigen Malen hatte ihn Inspektor Mignotte jeweils für acht Tage in Paris behalten, da er nach dessen Meinung in Marseille nicht genug beschäftigt war, und er hatte ihn für routinemäßige Einsätze eingeteilt, wie zum Beispiel die Observierung verdächtiger Personen oder die Bewachung von Gebäuden, in denen man Treffpunkte radikaler Gruppen vermutete. Mignotte schreckte auch nicht davor zurück, Brezinski als Laufburschen zu missbrauchen und ihn etwa einen Anzug von der chemischen Reinigung holen zu lassen oder Karten für ein Konzert im Olympia. Der Unterinspektor kannte die Dienstordnung des DCT nicht ausreichend gut, um auf der Basis eines solchen oder solchen Paragrafen gegen diese in seinen Augen erniedrigende Verwendung protestieren zu können. Er revanchierte sich dadurch, dass er diese Besorgungen sehr in die Länge zog und auch Kaffeehausbesuche einschob. Jedenfalls befürchtete er, dass dieser neuerliche Rückruf nach Paris wieder langweilige Routinetätigkeiten und Botendienste für den Inspektor bedeutete.

In Marseille begann er sich graduell wohler zu fühlen. Seine Wohnverhältnisse waren zwar trist, aber im Süden braucht man sich eben nicht vor den Unbilden des Wetters in seiner Hütte zu verkriechen, sondern man kann dank des angenehmen Klimas das Leben auf den Straßen der Stadt und in der Natur genießen. Er fand es fantastisch, innerhalb von Marseille aus mehreren Badestränden wählen zu können, und besonders schätzte er den Strand beim Parc Borély, aus drei Gründen. Erstens ist dieser lang gestreckt und weiträumig, zweitens gibt es einige gute Restaurants in seiner Nähe und drittens trifft sich dort die *jeunesse dorée* der nobleren Bezirke der Stadt, und er konnte damit die geheimdienstliche Observierung ausgesuchter provenzalischer Schönheiten betreiben. An den Wochenenden vermochte er seine Netze auch weiter auszuwerfen, denn an den Stränden von Cassis und Rouet gibt es gleichfalls reizende junge Damen. Er entdeckte das Wandern in den Calanques mit ihrem einzigartigen Wechselspiel von *maquis*, leuchtend gelbem Ginster, bizarren Felsformationen und türkisgrünen Meeresbuchten. Sein Lieblingsort dort wurde die auf einem in das Meer vorspringenden Bergrücken thronende Aussichtswarte Bellevue, die das grandiose Panorama der Steilküste bis Cassis eröffnet und einen fast senkrechten Blick auf den stillen, verträumten Fischerhafen Morgiou gewährt. Alle diese Freuden sollte er nun wieder zurücklassen und für eine Woche unter der Knute von Inspektor Mignotte dienen.

Dieser hatte die Besprechung in seinem Büro für 10 Uhr angesetzt. Brezinski kam absichtlich zehn Minuten zu spät – einer seiner stillen Proteste – und brachte die Ausrede vor, dass es auf seiner Metrolinie Verzögerungen gegeben hätte. Glücklicherweise war sein Vorgesetzter an diesem Tag in blendender Stimmung, denn er hatte von Inspektor Jacquet einen glorifizierenden Bericht über den Abschluss der Ausbildung von Sihem Laurent erhalten. Deshalb ließ Mignotte es dabei bewenden, die Entschuldigung des Unterinspektors mit einem Brummeln zu quittieren. Sogar nach der Qualität von Brezinskis Frühstück erkundigte er sich, um dann dienstlich zu werden:

„Was haben Sie seit unserem letzten Gespräch herausgefunden? Wie viele Papierkörbe haben Sie durchstöbert und in wie viele Abwasserkanäle sind Sie gekrochen, um uns weiter voranzubringen?"

Der Angesprochene war sich nicht sicher, ob er auf den ironischen Tonfall des Inspektors eingehen sollte. Er ließ die Vorsicht walten und meldete nüchtern:

„Wie Sie wissen, *Monsieur l'inspecteur*, habe ich mir im Café *Le Touareg* ein Netzwerk von Informanten aufgebaut, die tüchtig für mich arbeiten. Sie bringen mir immer wieder Nachrichten aus den nördlichen Stadtteilen von Marseille. Neuerdings treibt dort ein Kerl sein Unwesen, den sie den Piraten nennen, weil er eine schwarze Binde über dem linken Auge trägt. Dem Vernehmen nach hat er das Auge als Taliban beim Angriff auf einen amerikanischen Militärkonvoi in Afghanistan verloren. Er ist in den Drogenhandel involviert und rekrutiert nebenbei für eine nebulöse Organisation, hinter der angeblich eine islamistische Terroristenbande steckt. Er soll einen etwas labilen Charakter haben, und damit wäre er ein möglicher Angriffspunkt für uns. Aber ich sehe nicht, wie ich an ihn herankommen kann."

„Da kann ich gleich einhaken", unterbrach ihn Mignotte. „Wir haben über das sogenannte *Projekt Bonnie* gesprochen, die Lockvogelstrategie. Jetzt gibt es die erste Agentin, die spezifisch für dieses Programm ausgebildet wurde, und sie wird in Kürze hier auftauchen. Mir erscheint sie als die ideale Besetzung für die Rolle, die sie spielen soll: Sie spricht perfekt Arabisch, sie ist eine höchst attraktive Frau und ein Naturtalent in allen Kampfsportarten. Sie wird mit Ihnen zusammenarbeiten und die Bande, hinter der wir in Marseille her sind, auf *ihre* Art infiltrieren. Ich muss Sie aber vor Sihem Laurent, so heißt sie, auch warnen: Sie ist außerordentlich triebhaft, impulsiv und brutal. Den Mord, für den sie zu lebenslanger Haft verurteilt wurde, hat sie mit besonderer Grausamkeit begangen, und in den Jahren im Gefängnis ist sie ständig durch Aggressionen unangenehm aufgefallen. Für mich ist sie wie ein straff gespannter Bogen, der stets bereit ist, tödliche Pfeile abzuschießen."

Wenn sie sexuell triebhaft ist, so soll mir das nur recht sein, dachte Brezinski bei sich. Dann stimmte er dem Inspektor zu, dass das genau der richtige Frauentyp für die geplante Operation sei, und damit war das Thema Bonnie erledigt. Bis zum Eintreffen Sihems diskutierten sie das Spiel der französischen Rugbynationalmannschaft gegen Neuseeland vor einigen

Tagen. Sie kamen überein, dass noch nie eine so tapfere Gegenwehr der *Les Bleus* zu einer solch katastrophalen Niederlage geführt hatte. Die *All Blacks* hatten sich unangreifbar wie Panzer durch die Reihen der französischen Verteidigung bewegt und ihre Punkte nach Belieben gescort, obwohl die Franzosen mit totalem Einsatz gespielt hatten. Die Moral der Geschichte war, so befanden Mignotte und Brezinski einhellig, dass bei eklatanter Unterlegenheit jeglicher Widerstand sinnlos sei. Ob das auch Konsequenzen für ihre Arbeit beim DCT hätte, darüber reflektierten sie nicht.

Sihem legte einen Auftritt hin wie auf dem roten Teppich in Cannes. Sie sah blendend aus und nach dem intensiven Sport bei der Ausbildung strotzte sie vor Gesundheit. Sie strahlte provokante Sexualität, Lebenshunger und Vergnügungslust aus. Die beiden begleitenden Agenten degradierte sie zu unbedeutenden Nebenfiguren, so als ob der Star beim Filmfestival in seiner Entourage einen Leibwächter und einen Pressesprecher mitführte. Brezinskis Herz war sogleich versengt von der erotischen Glut dieser Frau, und während des folgenden Gesprächs starrte er fortwährend gebannt auf sie.

Mignotte bot Sihem einen Stuhl an, und als sie saß, sah sie immer noch die Delle an der Wand hinter Mignotte, in der Höhe seines Kopfes. Ich habe einen bleibenden Eindruck hinterlassen, dachte sie und amüsierte sich über die Doppeldeutigkeit dieses Satzes. Nachdem der Inspektor Sihems effektvolles Erscheinen verarbeitet hatte, sprach er das Sujet der Unterredung an:

„Mademoiselle Laurent, Sie sind von Inspektor Jacquet hervorragend für die Aufgaben bei uns vorbereitet worden. Sie werden im Ausbildungszentrum möglicherweise schon mitbekommen haben, dass wir eine Geheimdienstorganisation sind. Falls nicht, dann sage ich es Ihnen jetzt. Es liegt somit auf der Hand, dass unsere Tätigkeit von enormer Wichtigkeit für die Republik ist. Dementsprechend tragen unsere Agenten ein hohes Maß an Verantwortung. Sie sind jetzt in unserem Kreis aufgenommen und müssen sich stets bewusst

sein, dass das Wohl des Landes vom Erfolg Ihrer Aktivitäten abhängen kann."
Dieser Appell an Sihems Patriotismus verpuffte ins Leere. Sie war vielmehr an harten Fakten interessiert und fragte brüsk: „Was ist der Deal?"
Mignotte erkannte, dass seine Plattitüden bei Sihem fehl am Platz waren, und wurde konkreter:
„Sie arbeiten zunächst einmal fünf Jahre für uns. Wenn Sie nach dieser Zeit Erfolge aufweisen können, dann gewähren wir Ihnen einen kompletten Straferlass. Das Justizministerium hat bereits grünes Licht für diese Abmachung gegeben. Im Fall einer negativen Bewertung bei der Revision müssen Sie weitere fünf Jahre bei uns bleiben. In Ihrer ersten Mission kooperieren Sie mit dem Agenten Brezinski neben Ihnen und der Einsatzort ist Marseille. Er hat die lokale Leitung der Operation. Sie folgen also seinen Anweisungen. Im Prinzip geht es um den unerbittlichen Kampf gegen skrupellose islamistische Terroristen, klarerweise eine gefährliche und risikoreiche Aufgabe. Sie müssen dabei Ihre Fähigkeiten optimal einbringen."
„Gibt es auch Knete bei dem Job?", erkundigte sich Sihem trocken und prosaisch.
Der Inspektor erwiderte darauf ganz amtlich:
„Ja, selbstverständlich. Sie werden nach dem Gehaltsschema des DCT bezahlt und gemäß Ihrer Vorbildung eingestuft. Sie können bei meiner Sekretärin nachfragen, wie viel das derzeit ausmacht, und mit ihr auch gleich den Überweisungsmodus regeln. Natürlich kommen Sie auch in den Genuss der üblichen Sozialversicherung samt aller Privilegien für Staatsbedienstete. Noch eine wichtige Sache: Sie müssen selbstredend inkognito arbeiten. Wir brauchen also einen Decknamen für Sie. Welchen wollen Sie?"
„Ist mir egal", murmelte Sihem.
Mignotte wurde geradezu sanftmütig und schwärmerisch:
„Wir nehmen etwas Niedliches, einen Kosenamen, einen Namen, der unschuldig klingt. Dann ist es wirklich ein Deck-

name, der Ihre wahre, gnadenlos harte Mission verbirgt. Ich hatte einmal eine Katze namens *Michou*. Wir nennen Sie Michou!" Dabei blieb es. Der Inspektor gab Brezinski noch einige praktische Informationen betreffend etwa Michous Unterkunft an ihrem Einsatzort. Eine Vorsichtsmaßnahme verschwieg er jedoch, nämlich dass er Michou in Marseille von zwei Agenten, die sich im Dienst abwechselten, beschatten lassen würde, damit sie nicht untertauchte.

Michou wartete in einem Aufenthaltsraum für Mitarbeiter des DCT, bis Brezinski sein Gepäck aus seiner Wohnung geholt hatte. Dann ging es auf dem schnellsten Weg mit dem TGV nach Marseille. Während der Fahrt kümmerte sich der Agent beflissen um seine Reisebegleiterin, versorgte ihren Koffer und brachte ihr Kaffee aus dem Zugrestaurant. Brezinski insistierte, dass sie ihn Maurice nennen solle, und er benutzte vorschriftsgemäß ihren *nom de guerre* Michou, der ihm sehr gut gefiel, hätte es doch auch der Name eines Revuegirls sein können. Er richtete es so ein, dass er ihr gegenüber saß, damit er sich während der ganzen Fahrt ihres Anblicks erfreuen konnte. Er gab ihr den notwendigsten Hintergrund bezüglich ihres Einsatzes, dann gingen ihm die Konversationsthemen aus. Worüber hätte er mit ihr auch sprechen können: über ihre schreckliche Bluttat oder ihre miserablen Jahre im Gefängnis?

Michou wohnte in einem Appartementhotel in der Nähe der Place Castellane, dem forumartigen kreisrunden Verkehrsknotenpunkt, von dem aus der Prado, einer der prächtigen Boulevards von Marseille, seinen Ausgang nimmt. Mignotte fühlte, dass man eine schöne Frau wie Michou nicht in einem Polizeiquartier unterbringen konnte, und hatte daher eine komfortablere Bleibe für sie buchen lassen. Die Lage bei der Place Castellane war optimal, denn beide Metrolinien von Marseille kreuzen sich hier, es gibt einen großen Markt und mehrere andere Einkaufsmöglichkeiten sowie viele Lokale und Vergnügungsstätten.

Brezinski begleitete Michou bis zur Wohnungstür und er wollte sogar eintreten, unter dem Vorwand, ihr mit dem Gepäck zu helfen. Aber sie schob ihn an der Schwelle rüde zurück. Sie liebte zwar Männer, aber Maurice spannte absolut keinen erotischen Bogen zu ihr – er war einfach zu bieder und zu schlapp für sie.

Brezinskis Methode, Michou in Marseille und ihre Tätigkeit dort einzuführen, bestand darin, mit ihr zuerst einmal einige Male auf dem Prado, der Canebière und der Rue de la République zu promenieren. Er genoss es immens, sich auf diesen Paradestraßen vor aller Welt an der Seite einer hinreißenden Schönheit zu präsentieren und damit sein Selbstwertgefühl zu steigern. Dann begleitete er sie zum Parc Borély. Sie tat ihm aber nicht den Gefallen, sich dort am Strand vor ihm im Bikini zu zeigen, wie er sich das erhofft hatte. Bei allen diesen Wegen blieb man weit von den Problemzonen der Stadt entfernt; man lernte also gewissermaßen nur die Butterseite von Marseille kennen.

Nachdem diese Seite ausgeschöpft war, fuhr er mit Michou per Bus nach Luminy an der östlichen Peripherie von Marseille, spazierte in die Calanques und zeigte ihr seinen Lieblingsplatz dort, den Aussichtspunkt Bellevue. Das erwies sich leider als Fehlanzeige, denn seine Kollegin konnte mit den Reizen der Natur absolut nichts anfangen. Das Aufwachsen in der öden Betonwüste der Pariser *banlieue* hatte sie dafür vollkommen unempfänglich gemacht. Also konzentrierte er sich bei den gemeinsamen Rundgängen wieder auf den urbanen Bereich. Es musste ja ohnedies noch das kulinarische Angebot der Stadt vorgestellt werden. Sie aßen zusammen Bouillabaisse am Vieux Port, delektierten sich an der reichhaltigen, mit duftenden mediterranen Kräutern gewürzten *daube provençale* und tranken die berühmte *noisette* in der *Torréfaction Noailles* auf der Canebière.

Rätselhafterweise traf nach etwa einer Woche im Polizeiquartier ein Fax von Inspektor Mignotte an Brezinski ein, in dem dieser mit deutlichen Worten aufgefordert wurde, jetzt endlich mit Michou an die Arbeit zu gehen. Woher wusste sein Vorgesetzter, dass er die bisherigen Tage mit Michou in Marseille nur vergeudet hatte?, so überlegte der Unterinspektor in höchster Verlegenheit. Ließ ihn Kommissar Arletti überwachen oder gar Mignotte selbst? Das Handeln unter Zwang war ihm zwar verhasst, allein es blieb ihm wohl keine andere Wahl, als widerwillig aber doch die Erfüllung des eigentlichen Auftrags in Angriff zu nehmen.

Brezinski wusste keine andere Möglichkeit, sich ans Werk zu machen, als sich wieder in das düstere und ungemütliche *Le Touareg* zu einer flauen Tasse Kaffee zu setzen. Er musste noch mehr über den sogenannten *Piraten* herausfinden. Wo traf man ihn an? Hatte er terroristische Absichten? Bei diesem Besuch im Café saßen einige seiner Auskunftspersonen müßig an den Tischen herum. Diese Leute waren ja alle arbeitslos und lebten nur von den Sozialleistungen, hatten also jede Menge Zeit, um sich in den Lokalen ihres Viertels herumzutreiben. Vielleicht sollte ich doch das Spesenkonto mehr beanspruchen, dachte Brezinski, und durch eine Demonstration von Großzügigkeit meine Kontaktmänner etwas gesprächiger machen. Unter dem Vorwand, dass er den polnischen Nationalfeiertag festlich begehen wolle – in Wirklichkeit hatte er keine Ahnung, wann dieser Tag gefeiert wird – lud er die ganze Runde zu Couscous mit Garnelen ein, die teuerste Speise auf der sehr beschränkten Karte. Das Gericht stellte sich als überraschend schmackhaft heraus – es war ja dank halb fertigem Couscous aus dem Supermarkt auch von ungelernten Kräften sehr leicht herzustellen –, und der gemeinsame Verzehr des guten Mahles löste in der Tat die Zungen.

Der Pirat stammte, nach allgemeiner Übereinstimmung, tatsächlich aus Afghanistan. Er hielt sich während des Tages vornehmlich in der Spelunke *Le Souk* im desolaten Stadtviertel Les Crottes auf, von wo aus er zusammen mit einigen anderen Afghanen den Drogenhandel in diesem und den umliegenden *quartiers* La Calade, La Cabucelle, Saint-Louis und

La Delorme kontrollierte. Um Drogenkuriere anzuheuern, konnten sie in diesen Stadtteilen aus einem vollen Reservoir an Teenagern ohne Schulabschluss und ohne Job schöpfen. Die Bande hatte das gesamte Spektrum der Suchtgifte von Marihuana bis Kokain im Angebot. Obwohl die Afghanen nicht ostentativ gewalttätig auftraten, waren sie bei den anderen Rauschgifthändlern im ganzen ausgedehnten 15. Arrondissement von Marseille gefürchtet, weil alle wussten, dass hinter ihnen eine mächtige kriminelle Organisation stand. Den Piraten konnte man am einfachsten treffen, indem man untertags in das *Le Souk* ging und dort nach einem jungen Mann mit einer schwarzen Augenbinde Ausschau hielt.

Nach dem Couscousessen fuhr Brezinski sogleich mit der Metro zu Michou. Da das Lesezimmer im Appartementhotel leer war, hielten sie dort ihre Besprechung ab. Michou ließ Maurice immer noch nicht in ihre Wohnung, denn erstens wollte sie ihm kein Signal der Intimität geben und zweitens befürchtete sie, dass er als trainierter Agent vielleicht das Marihuana riechen könnte, das sie rauchte.

Er begann etwas zu weit ausholend für Michous Geschmack: „Meine liebe Michou, wir sind in einer interessanten Situation: Wir sollen observieren, werden aber selbst überwacht. Der alte Spion Mignotte scheint uns von Paris aus mit einem Teleskop ins Visier genommen zu haben, denn er weiß leider, dass wir bis jetzt nur touristisch unterwegs waren. Andererseits muss man ja sein Gelände erst ausreichend kennenlernen, bevor man darin als Geheimagent 007 operieren kann, finde ich. Jedenfalls erwartet unser großer *patron*, dass wir uns nun entschlossen wie James Bond an den Feind heranpirschen und ihn auslöschen. Ich habe die Lage heute wieder rekognosziert. Unser Zielsubjekt verkriecht sich wie ein ängstlicher Maulwurf in einem finsteren Loch mit dem Namen *Le Souk*."

„Maurice, kannst du deine überflüssigen Vergleiche lassen und mir die Fakten geben, nichts als die Fakten?", brachte Michou ihr Gegenüber auf Kurs.

Der Agent seufzte mit Leidensmiene und fuhr eingebremst fort:

„Verzeih mir, Michou, ich wollte unsere Unterhaltung nur etwas farbiger gestalten. Ich kann natürlich auch trocken sein. Also: *Le Souk*, ein Lokal im *quartier* Les Crottes, nordwestlich der Metrostation Bougainville auf der Linie 2. Man findet es, indem man nach dem Flohmarkt fragt, den dort jeder kennt. Das Zielsubjekt verkehrt dort unter dem Decknamen Pirat. Erkennungszeichen: schwarze Binde über dem linken Auge. Beruf: Drogenhandel aller Art."

„Gut, das sind handfeste Angaben. Was für ein Viertel ist Les Crottes? Der Name klingt ja nicht gerade vielversprechend, oder?"

Michou bezog sich darauf, dass *crotte* im Französischen unter anderem *Hundekot* bedeutet. Brezinski versuchte weiterhin, bei einem betont nüchternen Tonfall zu bleiben (der nicht seiner redselig veranlagten Natur entsprach), als er Auskunft gab:

„Ehemaliges Industriegebiet, jetzt total heruntergekommen, über 40 Prozent Arbeitslosigkeit, ein noch höherer Prozentsatz unter Jugendlichen, viele Teenager ohne Schulabschluss, ein Tummelplatz für Rauschgifthändler und Islamisten."

Die Agentin ließ nicht locker in ihrem Verlangen, alle Hintergründe zu erfahren, und setzte daher die systematische Befragung fort:

„Wie steht es mit dem Piraten? Operiert er alleine oder hat er Drahtzieher hinter sich? Ist er religiös? Ist er Moslem oder Christ?"

Ihr Kollege zuckte resignierend die Achseln und atmete einmal schwer durch, bevor er reagierte:

„So viele Fragen, Michou. *Alors*. Er stammt aus Afghanistan, also ist er höchstwahrscheinlich Moslem. Aus seinem Herkunftsland würde ich schließen, dass er eher traditionell und konservativ ist. Und die Hintermänner? Das ist der springende Punkt. Wir müssen uns das Ziel setzen, diese Frage zu beantworten."

Michou blieb beharrlich:
„Kennen wir seinen Charakter? Hat der Pirat Schwachpunkte, die ihn für mich angreifbar machen?"
„Er hat sicher den Schwachpunkt, den *alle* Männer gemeinsam haben, nämlich ein Faible für schöne Frauen. Frauen wie dich, Michou, so betörend, so verführerisch."
Der unbeholfen flirtende Unterinspektor wurde von Michou augenblicklich und mit Bestimmtheit zurückgewiesen:
„Lass die Schmeicheleien, Maurice, die helfen dir bei mir nicht. Ich überlege gerade, was mein erster Schritt sein soll."
Bei der dermaßen insistierenden Michou führte für Brezinski kein Weg daran vorbei, einen Plan zu entwickeln:
„Du musst dich in die Spelunke setzen. Ich sehe keine andere Möglichkeit. Weil ich um dich besorgt bin, hätte ich dich liebend gerne dorthin begleitet, aber das geht nicht. Wenn du dort zusammen mit einem europäisch aussehenden Mann auftauchst, bist du sofort suspekt und die Mission ist von vornherein gescheitert. Ich fürchte also, du wirst dich *alleine* in diese gefährliche Situation begeben müssen. Aber dafür bist du ja ausgebildet worden."
„Was soll ich anziehen?"
Brezinski glaubte, bei dieser Gelegenheit einen seiner kleinen Scherze anbringen zu müssen:
„Eine typisch weibliche Frage. Ein Paar erhält eine Einladung, und der Mann fragt sich, was es zum Essen geben wird, während die Frau sich fragt, was sie anziehen soll. Aber Spaß beiseite, ich weiß, was du meinst. Ohne den *Hijab* wird es nicht gehen. Eine Maghrebinerin, die in diesem Viertel kein Kopftuch trägt, erregt *auch* sofort Verdacht. Jeans sind akzeptabel, aber der Oberkörper sollte mit einer Art von Umhang verhüllt sein. Du wirst schon wissen, was üblich ist. Dein toller Busen wird dadurch leider versteckt – verzeih, schon wieder ein Ausrutscher."
„Sei vorsichtig, Maurice. Du wärst nicht der erste Mann, den ich umgebracht hätte."

Michou entlockte sich ein Lächeln, um anzudeuten, dass das nicht ganz ernst gemeint war, und Brezinski schmolz dahin. Aber sie fokussierte sich gleich wieder auf die Mission: „Ich stelle mir das jetzt so vor: Ich sitze in der Spelunke, ich bin wahrscheinlich die einzige Frau dort, die Männer gaffen mich an und ich starre zurück. Daraus werde ich nicht sehr viel lernen. Ich brauche einen Anknüpfungspunkt, um mit dem Piraten in direkten Kontakt zu kommen."

Der Unterinspektor hatte dazu schon einen Vorschlag: „Sein Gewerbe ist der Drogenhandel, also wäre es naheliegend, ihm auf dieser Basis zu begegnen. Selbstverständlich wäre es höchst unglaubwürdig, dass du in den nördlichen Bezirken von Marseille Rauschgift vertreibst, denn dort wird ja alles von den Banden kontrolliert. Du könntest aber vortäuschen, dass du zum Beispiel im netten und sauberen Mittelklasseviertel Mazargues in das Geschäft einsteigen und es zunächst einmal mit einer kleinen Menge versuchen willst. Mögliche Abnehmer kennst du dort schon einige, kannst du sagen, denn mit den schlechteren Zeiten flüchtet auch das Bürgertum in die Suchtgifte."

Michou war erleichtert, dass dieser Vorschlag von Maurice kam. Sie hatte auch schon an diesen Plan gedacht, denn sie benötigte ohnedies Nachschub an Marihuana. Aber aus *ihrem* Mund wäre ihm diese Idee vielleicht als dubios oder zu riskant erschienen. Michou erinnerte ihren Kollegen daran, dass für den Ankauf von Drogen ein erheblicher Geldbetrag in bar erforderlich war.

Nach der Unterredung mit Maurice ging sie in die Rue d'Aix und erwarb einen cremefarbenen *Hijab*, maghrebinische Damenbekleidung und ein Springmesser.

KAPITEL 14

Der Agent Brezinski besorgte am nächsten Vormittag ausreichend Bargeld für Suchtmittel und lud Michou dann zur psychischen und physischen Stärkung vor ihrem gefahrvollen Einsatz in Les Crottes in das *Miramar* ein, das elegante Restaurant am Vieux Port, wo man unter riesigen Sonnenschirmen den prachtvollen Blick über den Jachthafen und auf die Notre Dame de la Garde genießen kann. Es dauerte zwei Stunden, bis sie sich durch die delektable Speisefolge gegessen und durch die raffiniert darauf abgestimmte Weinbegleitung getrunken hatten. Brezinski würde die stattliche Summe auf der Quittung in der Spesenabrechnung mit dem DCT als die Kosten eines Anbahnungsgesprächs mit einem anonym bleiben wollenden Informanten verbuchen. Der Unterinspektor entschuldigte sich nochmals bei seiner Kollegin, dass er ihr aus den bereits bekannten Gründen keinen Geleitschutz in das *Le Souk* bieten konnte. Gewissermaßen als Ersatz für seine Begleitung gab er ihr einen Mikrosender mit, der per GPS zu orten war, zusammen mit genauen Instruktionen zu dessen sachgerechter Anbringung.

Am Nachmittag drang Michou, adjustiert wie eine Algerierin, in das Halbdunkel des Lokals *Le Souk* ein. Die müßigen Männer an der abgenutzten Theke aus den 50er-Jahren hefteten sofort die Augen auf die Eintretende. Es musste wohl Ewigkeiten her sein, dass eine Frau alleine diese Spelunke betreten hatte, und nun kam eine solche Schönheit! Sie fand einen freien Tisch und konnte von den klebrigen Resten auf dessen Resopalplatte den Konsum der letzten Tage ablesen. Die Agentin sah sich um: Vom Ambiente her hätte diese Gaststätte auch irgendwo zwischen Marrakesch und Tunis angesiedelt sein können; französisch waren hier wohl nur die Münzen, die von den Dominospielern auf den Tischen hin- und hergeschoben wurden. Einen Kellner gab es hier nicht. Der Eigentümer, ein Maghrebiner voll Tristesse mit einem grauen, buschigen Schnauzbart, erledigte alles selbst. Er kam bedächtig und misstrauisch auf sie zu, und sie bestellte Pfefferminztee, der als salonfähiges Damengetränk im Maghreb gilt.

Während sie auf den Tee wartete, stellte sie sich dem Krieg der Blicke gegen die Männerriege. Sie war zu hartgesotten, um sich von diesen Typen einschüchtern zu lassen, und außerdem konnte sie auf das Messer in ihrer Handtasche vertrauen. Jeder Krieger in dieser Schlacht fixierte unverwandt den Gegner. Keiner wollte Schwäche zeigen und die Blicke senken, erst recht nicht Michou. Sie kam sich vor wie ein einzelnes, aus dem Rudel versprengtes Wild auf einer Waldlichtung, das von einer Meute Jagdhunde gebannt beobachtet wird.

Als der *patron* nach geraumer Weile einen Plastikbecher mit lauwarmem Wasser und einen Teebeutel von obskurer Provenienz vor ihr platzierte, flüsterte sie ihm auf Arabisch zu: „Ich brauche Stoff."

Diese Worte waren zweifellos schon oft an ihn gerichtet worden, denn er verstand sogleich und sandte aus den finstern Tiefen des Lokals einen Kerl mit Augenbinde.

Michou war beinahe enttäuscht, als sie den Piraten aus der Nähe erblickte. Sie hatte sich auf einen herausfordernden Zweikampf auf Augenhöhe mit einem beinharten, skrupellosen Dealer eingestellt, und nun stand dieser junge, unfertige Mann mit dünnem Bärtchen und dummem, unsicherem Grinsen vor ihr. Sie spürte instinktiv, dass sie mit ihm ein leichtes Spiel haben würde. Sie grüßte „*Salaam*" und er erwiderte den Gruß mit demselben Wort. Dann sagte sie auf Arabisch: „Du bist also der Pirat."

Sein verlegenes Grinsen verwandelte sich daraufhin in ein verständnisloses, was ihn noch törichter erscheinen ließ. Sie schickte also ein

„*Tu es le pirate, eh bien*"
hinterher.

Nun begann er heftig abzuwinken und stammelte:
„*Non pirate, non pirate.*"

Einer der Gäste eilte herbei und raunte Michou auf Arabisch zu, dass der junge Mann nicht Pirat genannt werden wollte, sondern Al Meydani, wie er ja auch hieß. Sie sprach ihn daher so an und forderte ihn mit Gesten dazu auf, an ihrem Tisch Platz zu nehmen.

So viel stand für Michou also gleich von Beginn an fest: Die Kommunikation mit Al Meydani würde schwierig werden. Aber es gibt ja auch die Verständigung durch die Erotik, dachte sie. Tatsächlich las sie von seinem verbliebenen Auge ab, dass er von ihrer Erscheinung etwas zwischen verwirrt und verhext war. Sie zeigte auf sich selbst und sagte „Michou", und er wiederholte diesen Namen ehrfürchtig.

Sie gewährte ihm etwas Zeit für das Studium ihrer Person. Sie fühlte, dass alle seine Gedanken mit dem Problem beschäftigt waren, wie er sie ins Bett kriegen könnte. Schlussendlich stellte sie mit bedeutsamer Miene Blickkontakt her und flüsterte „*cannabis*". Da sah sie, wie Verschlagenheit in seinem Auge aufblitzte.

Er antwortete auf Arabisch:
„Nicht hier. Hotel, Hotel."

Mit einem „Ja. Hotel, Hotel." ging sie auf seine Form des Dialogs ein. Er bedeutete ihr daraufhin aufzustehen. Dann bezahlte er ihre Rechnung und sie gingen hinaus auf die Straße, verfolgt vom Gejohle und Gepfeife der Männer im *Le Souk*.

Vor einem rot lackierten Cabrio blieb Al Meydani stolz stehen und bot Michou mit dem missglückten Versuch einer eleganten Handbewegung den Beifahrersitz an. Während der Fahrt machte sie ihm mit Worten und Fingern klar, dass sie 100 Gramm Marihuana wollte. Er kurvte rasant in der Stadt herum – offensichtlich wollte er die Vorzüge seines flotten Wagens demonstrieren. Schließlich landeten sie im Bahnhofsviertel, wo sich der Pirat augenscheinlich sehr gut auskannte, denn er fand mühelos einen Weg durch den Wirrwarr der Einbahnstraßen. Plötzlich drehte er das Lenkrad abrupt nach links und sie fuhren in die Tiefgarage eines ansehnlichen Hauses ein.

Er parkte in einem schlecht beleuchteten Teil der Garage, sprang aus dem Wagen und kramte umständlich im Kofferraum herum, offensichtlich, um eine geeignete Packung Rauschgift zu finden. Da der Afghane abgelenkt war, nutzte Michou diese Gelegenheit, um den Mikrosender ganz hinten im Handschuhfach zu fixieren. Dabei fiel ihr Blick auf einen Faltplan, der sich als technische Zeichnung eines riesigen Gebäudes herausstellte, in der alle Eingänge, Treppen, Gänge, Aufzüge, Toiletten und Serviceräume eingetragen waren. Ganz oben stand in fetten Lettern *CENTRE BOURSE*. Sie faltete den Plan genau so wieder zusammen, wie sie ihn vorgefunden hatte, und legte ihn in das Handschuhfach zurück.

Kurz darauf schlug Al Meydani den Kofferraumdeckel des Cabrios zu und gebot ihr mit einem Wink auszusteigen. Sie wickelten die illegale Transaktion hierauf verstohlen im Stehen ab. Dann packte der Pirat Michou am Arm und führte sie zum Aufzug, der sie beide zu einer Art von Empfangsraum im Erdgeschoss brachte. Der Überschwang an rotem Plüsch und Samt und die schweren Brokatvorhänge verleiteten Michou zu der Annahme, dass sie sich in einem Stundenhotel oder in einem Erotikclub befand. Der Einäugige schien beim Personal wohlbekannt zu sein, denn im Nu hatte er einen Schlüssel in der Hand und sie betraten wieder den Lift.

Im Hotelzimmer im zweiten Stock nahm er sogleich ihr Kopftuch ab, wühlte in ihrer glänzenden, nachtschwarzen Mähne, stieß „*Je t'aime, je t'aime*" hervor und küsste sie heftig, aber unbeholfen. Sie erfasste schnell, dass sie bei diesem unerfahrenen jungen Mann die Führungsrolle im Liebesakt übernehmen musste. Sex mit ihm war gemäß den Dienstvorschriften des DCT erlaubt, vielleicht in dieser Situation zur Förderung der Mitteilsamkeit sogar empfohlen. Das kam ihr an diesem Tag ganz gelegen, denn sie hatte schon einen enormen Hormonstau. Sie setzte den Piraten mit sanftem Druck auf das weiche, weit ausladende Bett mit rotem Baldachin, das wohl einer königlichen Schlafstatt in Versailles nachempfunden war, stellte sich vor den hohen, gold gerahmten Spiegel an der Wand und nahm langsam und lasziv Hülle um Hülle von ihrem Oberkörper ab, bis ihre prangenden Brüste entblößt waren. Der Afghane stürzte sich begierig auf Michou, und sie ließ ihn ihre provozierend hervorstehenden Nippel küssen. Doch dann drängte sie ihn wieder auf das Bett und deutete ihm an, dass er sich ausziehen solle.

Sie streckte seinen schlanken, nackten Körper auf der opulenten Liegestatt aus, wo er noch schmächtiger wirkte, und nahm hiernach ihren Striptease vor dem Spiegel wieder auf. Sie wusste, dass es für jeden Mann explosiv aufreizend sein musste, zugleich ihren schwarz behaarten Venushügel und ihren prachtvoll modellierten *derrière* sehen zu können. Alle Lebenskräfte Al Meydanis strömten in seine Erektion. Michou geriet durch diesen Anblick selbst in Gluthitze, stülpte ihre feuchte Vagina über sein strammes Glied und ritt auf ihm bis zur totalen Ekstase.

In der natürlichen Folge der Dinge wäre nachher Polstergeflüster angesagt gewesen, das aber im vorliegenden Fall durch die sprachlichen Schwierigkeiten gehemmt wurde. Michou schmeichelte dem männlichen Selbstbewusstsein des Piraten und befragte ihn, ob das Cabrio ihm alleine gehöre, wie viele PS es habe und welche Höchstgeschwindigkeit er damit erzielen könne, das alles in einem Kauderwelsch aus Arabisch und Französisch. Er verstand so viel, dass er gewisse Zahlen, die Michou nicht interessierten, mit den Fingern darstellte, und dann „*Auto organisation, grande organisation*" stotterte. Da wurde sie hellhörig und stieß nach, welchen Geschäften diese Organisation nachginge und ob er darin ein großer *patron* sei. Er gab vor, nichts begriffen zu haben, und begann zur Ablenkung ihre Brüste zu streicheln. Sie ließ ihn gewähren und spürte, dass sie an diesem ersten Tag ihrer Begegnung nicht viel mehr aus ihm herausbekommen würde. Nach dem Ablauf einer Stunde brachte er sie mit dem Wagen in ihr Appartementhotel zurück, und sie überreichte ihm zum Abschied einen Zettel mit ihrer Telefonnummer.

In ihrer Wohnung telefonierte sie sofort mit Maurice, um ihm über das Vorgefallene in verkürzter Form zu berichten – den Umweg über das Stundenhotel erwähnte sie nicht. Sie betonte jedoch, dass sie den Mikrosender in einem roten Cabrio, das einer noch unbestimmten Organisation gehörte, angebracht habe und dass in diesem Wagen ein technischer Plan über ein sogenanntes *Centre Bourse* liege. Maurice belehrte sie, dass es sich dabei um das größte Einkaufszentrum in der Altstadt von Marseille handelte, in das sogar ein Businesshotel integriert sei.

„Schau einmal dort vorbei, Michou", animierte er sie. „Die *Galeries Lafayette* sind dort und viele trendige Markengeschäfte. Ich begleite dich, wenn du willst, denn ich gustiere ohnedies gerne in der Gourmetabteilung im Lafayette und halte dann auch einige Modeboutiquen aus, haha!"

Michou brachte Maurice auf das eigentliche Thema zurück: „Und was hältst du von der technischen Zeichnung? Die könnte vielleicht auf einen geplanten Anschlag hinweisen, oder?"

Brezinski winkte zuerst ab und munterte dann auf: „Ich glaube nicht, dass ein Dealer wie der Pirat Attentate verübt. Aber bleib dran an ihm, Michou, bleib dran, um mehr über ihn und vor allem über seine Organisation herauszufinden!"

Am übernächsten Tag rief Al Meydani an und sagte:
„Michou, *je t'aime*",
und dann auf Arabisch:
„Hotel zwei Uhr."

Sie nahm an, dass er ihr Appartementhotel meinte, und dem war auch tatsächlich so. Er zeigte sich zunächst entsetzt darüber, dass sie heute ohne *Hijab* in der Öffentlichkeit auftrat, aber diese Empfindung klang sehr bald ab. Im barocken Hotelzimmer im zweiten Stock erbrachte er seine Leistung genauso solide wie beim ersten Rendezvous. Sex kennt eben keine Religionsgebote. Nur seine Gesprächigkeit schien noch unter dem Schock der Kopftuchlosigkeit zu leiden, denn das ganze Stelldichein verlief praktisch wortlos.

Nach zwei weiteren Tagen hörte Michou erneut von dem einäugigen Afghanen. Sie entschied sich, diesmal wieder den *Hijab* zu tragen, wenn das half, seine Zunge zu lösen. Das Wesen ihrer Mission bestand schließlich nicht in der Herbeiführung interkultureller Paarungen, sondern in der Informationsgewinnung. Al Meydani wirkte sichtlich erleichtert, dass seine Welt nun wieder in Ordnung war, und versuchte, während der Fahrt Gespräche über Themen wie das Wetter einzuleiten. Sie spielte bei dem unterhaltsamen Wörterrätsel mit, bei dem es darum ging, seine angefangenen Sätze sinnstiftend zu vervollständigen. Er brachte sie wie schon gewohnt in das elegante Stundenhotel im Viertel um die Gare St.-Charles.

Bei dieser dritten Schäferstunde bemühte er sich, in die angestammte männliche Rolle hineinzuwachsen. Er half Michou beim Entkleiden und erforschte vor dem Intimverkehr alle ihre erogenen Zonen mit den Händen. Beim Ausruhen im Bett fragte sie ihn dann, warum er sich nur jeden zweiten Tag bei ihr meldete. Sie könnten sich ja auch täglich treffen. Er murmelte etwas von seinem Bruder Ibrahim und zählte dann an den Fingern:

„Al Meydani, Ibrahim, Al Meydani, Ibrahim."

Sie verstand, dass er den Wagen abwechselnd mit einem gewissen Ibrahim zur Verfügung hatte, und sie kannte auch den Sprachgebrauch frommer Moslems ausreichend, um zu wissen, dass das Wort Bruder nicht unbedingt leiblicher Bruder, sondern auch Glaubensbruder bedeuten konnte.

Auf dem Heimweg zu Michous Wohnung fuhren sie einer Überraschung entgegen.

KAPITEL 15

Hakim sprach nach dem gemeinsamen Gebet *Maghreb* mit dem Chef der Schlepperabteilung und zeigte sich hoch zufrieden. Dieser Tätigkeitsbereich des Schwarzen Halbmonds lag ihm noch immer sehr am Herzen, denn er war überzeugt davon, dass er mit dem Erfolg der Operation Aida den Grundstein für das zeitgemäße Management des Schleppergeschäfts innerhalb der Organisation gelegt hatte.

In der Tat verlief die Entwicklung dieses Geschäftszweigs wie von ihm prognostiziert. Mit den riesigen Gewinnen der ersten beiden Fahrten der Aida konnten zwei weitere seetüchtige Schiffe zu einem günstigen Preis in Ägypten gekauft werden, und bald war vorauszusehen, dass die Migrantentransporte in einem Rhythmus von wenigen Tagen aus dem Hafen von Alexandria auslaufen würden. Es gab *a priori* keine Grenzen für weitere Investitionen in der Schlepperabteilung, denn die Nachfrage seitens der Kunden, also den an der Einwanderung nach Europa Interessierten, stieg stetig an. Außerdem erwuchs es als erfreulicher Nebeneffekt des wirtschaftlichen Erfolges, dass der Schwarze Halbmond nun endlich von den sich ständig einmischenden saudi-arabischen Geldgebern finanziell unabhängig wurde.

Für Hakims eigene Aktionsabteilung erwies sich dieser Geldsegen gleichfalls von großem Nutzen, und so dankte er Allah, dem Wohltätigen, bei jedem Gebet dafür. Der Große Bruder hatte angeordnet, dass vorläufig zehn Prozent der Erträge der Schlepperabteilung, also gewissermaßen ihr *Zakat*, in Hakims Sektion fließen mussten, da diese besonders gottgefällig wirkte. Das erlaubte es Hakim zum Beispiel, seine Mitstreiter durch den Ankauf weiterer Kraftfahrzeuge noch mobiler zu machen.

Wesentlich vordringlicher war es aber, die Kampfkraft seiner Truppen durch spektakuläre Anschläge zu beweisen. Er hatte Ibrahim, den Siebenzeher, den er nach dessen Verhör psychisch total kontrollierte und der ihm geradezu hörig war, schon mit Vorarbeiten bezüglich der Auswahl geeigneter Objekte beauftragt. Die fundamentalistischen Imame der Region forderten nach dem ihres Erachtens provokanten Auftreten von Rabbi Tenenbaum vehement eine Aktion gegen jüdische Einrichtungen in Marseille, aber Hakim dachte an Ziele von noch größerer Tragweite für die Stadt.

An diesem Abend meldete sich bei ihm einer der Syrer des Schwarzen Halbmonds, die in Les Crottes herumschnüffelten. Er wirkte wie aufgebläht von der Wichtigkeit seiner Nachricht, als er Folgendes mitteilte:

„*Salaam aleikum*, Bruder Hakim. Ich hoffe, du hattest einen gesegneten Tag. Ich komme aus Marseille zu dir. Du kennst den Piraten, du hast ihn ja selbst zum Einäugigen machen lassen. Seitdem hängt er in seinem Stammlokal herum und tut nicht viel. Aber heute Nachmittag hat er sich irgendwie verdächtig benommen. Da kam doch unvermittelt eine junge Frau in das *Le Souk*, schön wie ein Filmstar, das sage ich dir. Sie wollte Drogen von ihm kaufen, aber er gab ihr keine, sondern bezahlte ihre Rechnung und fuhr mit ihr im roten Cabrio weg."

Hakim merkte interessiert auf und erkundigte sich:

„Wie lange war er fort?"

„Etwa zwei Stunden. Lange genug, um in ihre Wohnung zu fahren und sich von ihr verführen zu lassen. Ich glaube nicht, dass er nur das *Asr* mit ihr gebetet hat."

Der Syrer lachte boshaft und fuhr fort:

„Im Gegenteil, ich vermute eher, dass er das Gebet vergessen hat, so fasziniert von dieser Frau wirkte er. Er kehrte alleine zurück und ich habe ihn noch nie in so blendender Stimmung gesehen. Er hatte ein permanentes Grinsen im Gesicht und lachte bei den unpassendsten Gelegenheiten laut auf."

Der Ägypter inquirierte mit wachsendem Eifer weiter:
„Was kannst du mir über die Frau erzählen?"
Der Syrer war erfreut darüber, seine Beobachtungen und seine Vermutungen dazu ausbreiten zu können:
„Sie ist augenscheinlich Maghrebinerin, aber keiner von uns kennt sie. Die Frau tauchte wie aus dem Nichts auf und sie war unbegleitet. Schade, dass du sie nicht gesehen hast, Bruder. Sie ist wirklich wunderschön, wie aus dem Paradies entstiegen. Aber, ehrlich gesagt, die ganze Geschichte stinkt. Die Frau ist sicherlich keine Rauschgifthändlerin und sieht auch nicht drogensüchtig aus. Warum wollte sie also Stoff vom Piraten kaufen? Wenn du meine Meinung hören willst, Hakim: Ich glaube, sie stellt ihm eine Falle, sie ist eine Spionin! Darum komme ich auch zu dir, um dich vor ihr zu warnen."
Hakim zeigte sich tief befriedigt über seinen engagierten Gefolgsmann und lobte ihn:
„Da hast du gut daran getan, *inschallah*! Ich danke dir für deine Wachsamkeit und deinen Einsatz für unsere Sache."
Hakim verabschiedete den Informanten und traf sofortige Maßnahmen. Er rief seinen ergebenen Mitstreiter Ibrahim zu sich und begann:
„*Salaam aleikum*. Du kannst mir in einer wichtigen Angelegenheit sehr zu Diensten sein, Ibrahim. Du bist mit dem Piraten vertraut, ihr habt ja einige Migrantentransporte zusammen durchgeführt. Ich will jetzt aber nicht in alten Geschichten herumwühlen, sondern dich zunächst einmal fragen, was du generell von ihm hältst."
Ibrahim ergriff begierig die Gelegenheit, den von ihm verachteten Piraten anzuschwärzen:
„Ich habe diesen Afghanen immer schon für einen Schwächling angesehen. Er ist kindisch und unzuverlässig. Man sollte ihm keine großen Aufgaben anvertrauen. Dem Drogenhandel sozusagen über die Straße ist er vielleicht gewachsen, aber auch da kann es vorkommen, dass er gelegentlich naiv und unvorsichtig operiert."

Der Ägypter hakte bei dieser abwertenden Einschätzung durch seinen Getreuen augenblicklich ein:

„Und genau das ist gerade heute passiert! Er war mit einer unbekannten Frau unterwegs, die angeblich Rauschgift von ihm kaufen wollte, doch wir wissen nicht, welche wahren Absichten sie hatte. Möglicherweise traf er sie auch nur für Sex. Aber die Umstände waren ziemlich suspekt. Selbst eine rein erotische Affäre mit einer fremden Frau ist für Mitglieder des Schwarzen Halbmonds viel zu riskant. Darum stellen wir euch ja Weiber zur Verfügung, damit ihr nicht auf dumme Gedanken kommt."

Bei dem an sich begriffsstutzigen Ibrahim leuchtete so etwas wie Verständnis im Gesicht auf. Er nickte und erwiderte in einem konspirativen Tonfall, so als ob er über ein gut gehütetes Geheimnis redete:

„Ich sehe schon, worauf du hinaus willst, Hakim. Ich soll dem Piraten nachspionieren. Das mache ich selbstverständlich gerne. Vielleicht kann ich dadurch Unheil von unserer Bruderschaft abwenden."

Hakim war erfreut, dass ihm der unbedarfte Ibrahim dieses Mal ohne weitere umständliche Erläuterungen folgen konnte, und bekräftigte:

„Genau so soll es geschehen, *inschallah!*"

Dann setzte der Ägypter mit seiner gewohnten logischen Strenge nach:

„*Drei* Dinge noch. *Erstens*: Die mysteriöse Frau ist eventuell ein Polizeispitzel und daher bewaffnet, also nimm dir eine Pistole aus unserem Arsenal mit. *Zweitens*: Das Schema des abwechselnden Gebrauchs des roten Cabrios muss aufrechterhalten bleiben, damit der Pirat keinen Verdacht schöpft. Du erhältst einen Wagen aus unserer Reserveflotte für die Tage, an denen er das Cabrio fährt. *Drittens*: In Notsituationen, in denen schnelle Entscheidungen erforderlich sind, hast du freie Hand und brauchst nicht bei mir rückzufragen. Und nun möge Allah, der Allmächtige, deine Schritte lenken und dich beschützen."

Ibrahim war begeistert darüber, Spion spielen zu dürfen, noch dazu in einem Fall, wo es gegen die von ihm ungeliebte afghanische Clique ging. Der Syrer legte sich in dieser Sache mit dem Eifer eines jungen Pfadfinders ins Zeug.

Am nächsten Tag, an dem ja Ibrahim das rote Cabrio gehörte, fuhr er damit nach Les Crottes und stellte es einige Straßen vom *Le Souk* entfernt ab. Dann postierte er sich, so unauffällig wie es ihm als dilettierendem Spitzel möglich war, in die Nähe des Lokals. Das Beschatten des Piraten erwies sich an diesem Tag jedoch als lähmend langweilig. Al Meydani verbrachte die meiste Zeit in der finsteren Kaschemme und kam nur manchmal heraus, um eine Zigarette zu rauchen. Zum Leidwesen Ibrahims betrat während der ganzen Dauer der Bewachung jedoch keine einzige Frau die Gaststätte, von einer rassigen Sexbombe ganz zu schweigen.

Am darauf folgenden Tag wurde es für den Siebenzeher spannender. Um etwa 13 Uhr 40 verließ Al Meydani das *Le Souk*, stieg in das rote Cabrio und fuhr quer durch das Zentrum von Marseille bis zur Place Castellane. Ibrahim folgte in sicherer Entfernung mit dem Wagen aus der Reserveflotte. Schließlich bog der Pirat in die Rue du Rouet ein und parkte sein Auto vor einem Gebäude, das Ibrahim als eine Art von Gästehaus identifizierte. Der Syrer blieb in seinem Wagen sitzen, um die Szene zu beobachten. Der einäugige Afghane schritt vor dem Gästehaus unruhig auf und ab. Plötzlich öffnete sich die automatische Tür dieses Hauses und eine faszinierende Schönheit trat heraus, auf die der Wartende hastig zuging. Ibrahim war doppelt schockiert: Zum einen wegen der erotischen Aura, die diese Frau umgab, und zum anderen weil ein Mitglied des Schwarzen Halbmonds mit einer weiblichen Person verkehrte, die das Haar offen zeigte.

Der syrische Spitzel hatte große Mühe, dem roten Cabrio zu folgen, da es dessen Fahrer nun besonders eilig zu haben schien. Ibrahim sah es gerade noch in einer Tiefgarage in der Nähe des Bahnhofs St.-Charles verschwinden. Die Garage gehörte zu einem vortrefflich restaurierten Patrizierhaus vom Anfang des vorigen Jahrhunderts. Ibrahim stellte seinen Wagen ab, ging die klassizistische Fassade des stattlichen Gebäudes entlang und entdeckte unmittelbar neben dem auf Hochglanz polierten Eingangstor aus massivem Eichenholz eine diskret angebrachte kleine Messingtafel mit dem verschnörkelten karmesinroten Schriftzug *Palais de joie*, Palast der Freude. Ein ebenso rotes Herzchen tanzte neckisch auf dem „j" und jedem der beiden „i".

Der Siebenzeher wusste nun genug: Die Spionin hatte die Falle bereits präpariert und der arglose Afghane saß wie ein Insekt auf der verlockenden Blüte einer fleischfressenden Pflanze. Die unwiderstehliche, aber bösartige Frau war wahrscheinlich gar keine Moslemin, sondern eine Ungläubige, die den *Hijab* nur zeitweise zur Tarnung trug. Der Fehltritt Al Meydanis galt damit sowohl als ein Verstoß gegen die Regeln des Schwarzen Halbmonds als auch gegen die Gebote des Korans. Ibrahim brauchte daher weder Hakim noch einen Imam, um die Strafe festzusetzen. Hakim hat mir ja ohnedies einen Freibrief für Notfälle gegeben, und in einem gewissen Sinne ist dies einer, dachte der syrische Schnüffler.

Die Versündigung des Piraten im Palast der Freude würde wohl eine ganze Weile dauern, und so begab sich der Spitzel in ein Kaffeehaus. Nach etwa einer Stunde kehrte er zurück und wartete und wartete, aber die beiden Vögel waren anscheinend schon ausgeflogen. Doch er war guten Mutes, dass sie sich hier wieder einfinden würden. Die Überwachung am nächsten Tag durfte er sich gewiss sparen, denn er spekulierte, dass Al Meydani seine Geliebte nur an *den* Tagen abholen würde, an denen er mit dem schicken roten Cabrio prahlen konnte. Ibrahim nahm sich also fest vor, am übernächsten Tag mit höchster Konzentration zu arbeiten und das schändliche Liebespaar nicht wieder entwischen zu lassen.

Alles verlief bei der nächsten Bespitzelung im Wesentlichen nach dem bereits bekannten Schema. Das Cabrio mit Al Meydani am Steuer parkte knapp vor 14 Uhr direkt beim Eingang des Appartementhotels. Der Pirat blieb diesmal aber im Wagen sitzen. Wenig später sprang die Erwartete in das Auto und sie brausten sofort los. Ibrahim sah zu diesem Zeitpunkt keine Möglichkeit des Eingreifens. Außerdem wurde er im Moment etwas verwirrt durch die Tatsache, dass die schöne Frau nun wieder ihr Kopftuch trug. Er nahm die Verfolgung geruhsam auf, denn er war sich sicher, dass das Pärchen wiederum zu seinem Liebesnest, dem *Palais de joie*, zu einer weiteren Stunde der Sünde und des Lasters eilte. Heute würde er aber seinen Wachposten unter keinen Umständen verlassen.

Akkurat nach der von ihm antizipierten Zeitspanne tauchte das rote Cabrio aus der Tiefgarage des Freudenpalastes auf. Die beiden Insassen schienen in sehr gelöster Stimmung zu sein. Der Afghane fuhr gemächlicher als sonst und seine Begleiterin nahm den *Hijab* ab, um ihre üppigen schwarzen Haare im Mistral wehen zu lassen. Sie wirkte wie eine Filmdiva, die von ihrem Beau entlang der Corniche spazieren gefahren wird. Für den beobachtenden Syrer hingegen lieferte dieses seiner Ansicht nach provokante Verhalten die endgültige Besiegelung des Urteils.

Vor dem Appartementhotel angekommen, blieb das Cabrio noch kurz stehen, da Al Meydani und Michou einige Abschiedsworte wechselten. Das bot *die* Chance für Ibrahim. Er hastete zu ihrem Wagen und einige Schritte davor zückte er seine Pistole. Der Afghane schrie noch „Ibrahim!", aber schon hatte dieser die Waffe an der Schläfe des Piraten angesetzt. Mit einem grimmigen „Du Hund!" drückte Ibrahim, ohne zu zögern, ab. Der Körper Al Meydanis sank auf dem Fahrersitz in sich zusammen wie ein leerer Sack. Um ganz sicher zu sein, gab der erbarmungslose Syrer noch einen weiteren Kopfschuss auf den einäugigen Afghanen ab. Die Dauer einer Sekunde für das Abfeuern der beiden Kugeln nutzte Michou, um blitzschnell über den Wagenschlag zu springen und hinter einem abgestellten Auto in hockender Haltung Deckung zu suchen. Ibrahim schoss, ohne zu zielen, in die Kolonne parkender Wagen. Doch plötzlich zerteilte ein viel drohenderer, lauterer Knall die Luft. Michou erkannte den harten, trockenen Klang eines Smith&Wesson Kaliber 38, des Dienstrevolvers des DCT. Dieser und weitere Schüsse galten offenkundig Ibrahim. Der in die Enge getriebene Syrer warf den Leichnam des Piraten mit der Kraft der Verzweiflung aus dem Wagen und floh mit aufheulendem Motor und tief hinter dem Lenkrad geduckt. Während Michou eiligst in ihrem Hotel Schutz suchte, hörte sie noch, wie einige Kugeln an der Karosserie des Cabrios abprallten und als bedrohliche Querschläger durch die Straße zischten.

Verschreckte Nachbarn alarmierten sofort die Polizei. Diese kam, wie in Frankreich üblich, mit erheblicher Verzögerung, aber dafür mit einem übertriebenen Großaufgebot von zwölf Fahrzeugen. Die Beamten sperrten die Straße ab und kontrollierten alle Passanten peinlichst genau. Erst allmählich begannen sie mit der Spurensicherung. Neben einer Leiche fanden sich einige Patronenhülsen und Einschläge auf parkenden Autos. Offensichtlich lag ein Mord vor. Daher wurde Kommissar Arletti informiert, der eine Sonderkommission unter seiner Leitung bildete.

Zunächst beschäftigte sich die Mordkommission mit dem Toten, doch das erwies sich als monumentale Herausforderung. Wohl hatte der Ermordete einen in Marseille ausgestellten Führerschein mit einem arabisch klingenden Namen bei sich, doch in der Polizeidatenbank existierte dieser Name nicht, und noch weniger ein zugehöriger Führerschein. Es handelte sich also bei dem Dokument um eine Fälschung, und man musste davon ausgehen, dass auch der Name darin fingiert war. Das Foto im Führerschein und die Fingerabdrücke der Leiche erwiesen sich gleichfalls als Fehlanzeigen, denn Al Meydani war als illegaler Einwanderer selbstverständlich nirgends registriert worden. Eine Vermisstenanzeige traf in den nächsten Tagen auch nicht ein.

Für die lokalen Medien stellte das Unvermögen der Polizei, die Leiche zu identifizieren, ein höchst lohnendes Sujet dar, das man auch politisch ausschlachten konnte. In der Tat nahm der Front National den Fall zum Anlass, um die Regierung wegen der mangelhaften Finanzierung und Ausstattung der Exekutive vehement anzugreifen und ihr Gleichgültigkeit gegenüber dem Sicherheitsbedürfnis der Bevölkerung vorzuwerfen. Es wurde die Möglichkeit angedacht, dass es sich zum wiederholten Mal um ein Verbrechen zwischen Migranten handelte, und damit hatte man einen Bezug zum Lieblingsthema des FN, dem Versagen der Behörden bei der Flüchtlingskrise, konstruiert.

Naturgemäß gab es Zeugenbefragungen und die üblichen Widersprüche bei den Aussagen, hinsichtlich etwa der Anzahl der Schüsse, der Statur des Mordverdächtigen und der Farbe des davonfahrenden Cabrios. Wie alle Gäste des Appartementhotels wurde auch Michou vernommen. Es erwies sich nun als sehr vorausschauend, dass Brezinski sie nicht bei Kommissar Arletti eingeführt hatte. Der Agent befürchtete nämlich, dass Arletti in einer Datenbank lesen hätte können, dass Michou zu lebenslanger Haft verurteilt war, und das hätte eventuell zu Komplikationen zwischen dem Innenministerium, dem Justizministerium und der Präfektur in Marseille geführt. Michou sagte also, ohne als DCT-Agentin erkannt zu werden, vor Kommissar Arletti aus, dass sie zur Tatzeit gerade im Begriff gewesen sei, das Hotel zu betreten, als sie zwei Schüsse gehört habe. Daraufhin sei sie sofort in die Lobby geflüchtet. Das entsprach einer geringen Form der Lüge, nämlich der Lüge durch Auslassung. Die zur fraglichen Zeit diensthabende Dame an der Rezeption bestätigte Michous Bekundung wahrheitsgemäß.

Die Mordkommission war bald am Ende ihrer Weisheit angelangt. Zwar bestanden manche Zeugen darauf, dass sie zwei verschiedene Arten von Schüssen, also Schüsse aus zwei verschiedenen Waffen, gehört hatten, aber damit konnten Kommissar Arletti und sein Team erst recht nichts anfangen. Diese Aussagen wurden daher als unnötige Verwirrung der ohnehin schon komplizierten Faktenlage abgetan. Um die Informationsgier der Medien zu befriedigen, wählte der Kommissar die naheliegendste Variante und tat in einer Pressekonferenz kund, dass das Verbrechen nun aufgeklärt sei und es sich um einen Territorialstreit zwischen Drogenbanden gehandelt hatte. Die skeptischen Medien betrachteten den Fall aber weiterhin als ungelöst, da insbesondere die Identität des Opfers verborgen blieb. Die Mordaffäre ging mit dem Etikett „Der Unbekannte von der Rue du Rouet" in die Kriminalgeschichte von Marseille ein.

Michou entwickelte ihre eigene Theorie zu der Hinrichtung Al Meydanis auf offener Straße. Sie wusste ja als Zeugin, dass der Täter Ibrahim hieß. Es handelte sich bei ihm höchstwahrscheinlich um das Bandenmitglied oder den Kumpel, mit dem der Pirat das rote Cabrio zu teilen hatte. Er war ja auch nach dem Mord imstande gewesen, mit dem Wagen pfeilschnell zu flüchten, musste also mit ihm vertraut sein. Dieser Ibrahim verkehrte sicherlich auch im *Le Souk* und hatte sie, Michou, bei ihrem Besuch dort gesehen. Wie so manche Männer war er in eine sexuelle Manie nach ihr verfallen und hatte den Afghanen aus purer Eifersucht getötet. Sie selbst hatte ja auch mit diesem Motiv gemordet.

Klarerweise sprach sie mit Brezinski über die Bluttat und ihre Theorie dazu. Maurice reagierte wie ein typischer Geheimdienstagent, der mit Vorliebe Verschwörungstheorien anhängt:

„Bei Kapitalverbrechen ist die einfachste Erklärung selten die richtige. Ich glaube weder an Arlettis Hypothese vom Bandenstreit noch an deine vom Eifersuchtsmord. Hier geht es um Terrorismus, um islamischen Fundamentalismus, da sind viel diffizilere Sachverhalte und Beweggründe im Spiel.

Vielleicht hat der Pirat durch den Kontakt mit dir Sehnsucht nach einem anderen Leben bekommen. Es kann ja nicht so lustig sein, immer nur Geld für Anschläge zu sammeln oder Attentate zu planen, bei denen man sich selbst in die Luft sprengt. Und dann noch dazu die ständigen Einschränkungen durch die Religion. Für mich wäre das ohnedies unerträglich. Vielleicht hat er mit einem Freund über seine Zweifel gesprochen, möglicherweise wollte er sogar schon abspringen, und daraufhin wurde ein Komplott gegen ihn geschmiedet. Hat er dir gegenüber Andeutungen über die eventuelle Änderung seines Lebenswandels gemacht?"

Michou darauf, wenig überzeugt von den Hypothesen ihres Kollegen:

„Seine gesamte Kommunikation bestand nur aus sehr vagen Andeutungen und Gesten, aus dem simplen Grund, dass er weder Arabisch noch Französisch ordentlich beherrschte. Und diese Andeutungen und Gesten waren beliebig interpretierbar, als Kommentare über das Wetter, die Verkehrslage, die Champions League, über mich, was auch immer. Aber im Ernst. Ich habe ihn ja nur dreimal getroffen und mir ist es so vorgekommen, dass er allmählich etwas aufgeschlossener wurde. Bei unserer letzten Fahrt im Cabrio hat er sogar meine offenen Haare toleriert. Aber das waren natürlich nur winzige Schritte. Ich glaube nicht, dass man die als Änderung des Lebenswandels bezeichnen kann."

Der Unterinspektor warnte mit eindringlicher Stimme:

„Wir müssen jedenfalls darauf gefasst sein, dass sich aus dieser Piratengeschichte noch mehr entwickelt. Du musst dir darüber klar sein, Michou, dass du die unmittelbare Zeugin eines Mordes geworden bist und daher den Täter identifizieren könntest. Damit stellst du ein extremes Gefahrenmoment für ihn dar und er hat allen Grund, dich aus dem Weg zu räumen. Bewege dich also höchst vorsichtig, wie du es in der Ausbildung gelernt hast, und bleibe vor allem in ständigem Kontakt mit mir. Versprich mir, dass du keine impulsiven und unüberlegten Schritte unternehmen wirst. Wir haben es nicht nur mit einem kaltschnäuzigen Mörder, sondern auch mit einer perfiden Bande hinter ihm zu tun."

Michou hatte die Verzweigungen und Konsequenzen des Faktums, dass sie die Augenzeugin eines Mordes mit einem flüchtigen Täter war, wirklich noch nicht bedacht. Die Gefährdung, die Maurice aufzeigte, bestand definitiv, wie sie sich eingestehen musste, und der Einsatz bei dem Spiel um ihre Freiheit wurde daher bedeutend höher. Möglicherweise wurde sogar ein Spiel um Leben und Tod daraus.

KAPITEL 16

„*Salaam*, hier ist Ali", vernahm Michou aus dem Telefonhörer. „Ich bin, oder besser gesagt *war*, ein Freund von Al Meydani. Ich fand einen Zettel mit Ihrer Nummer unter seinen Sachen. Sie sprechen doch Arabisch, oder? Es ist wirklich furchtbar, wie er umgekommen ist. Sie sind sicherlich genauso betroffen wie ich."

„Sie brauchen mir kein Beileid auszusprechen", unterbrach Michou. „So nahe standen wir uns nicht."

„Er hat aber in den letzten Tagen immer wieder Ihren Namen erwähnt. Sie müssen einen großen Eindruck auf ihn gemacht haben. Vielleicht halfen Sie ihm auch bei seinen psychischen Problemen, denn er durchlief gerade eine schwierige Phase. Wussten Sie, dass er einer Drogenbande angehörte?"

Michou dachte an Brezinskis Ermahnung, vorsichtig zu agieren, als sie antwortete:

„Womit er seinen Lebensunterhalt verdiente, ging mich nichts an. Er war nur eine flüchtige Bekanntschaft."

„Ihm bedeuteten Sie aber viel mehr, das wurde mir aus Gesprächen mit ihm klar. Ich war einer der ganz wenigen Menschen, denen er sich anvertrauen konnte. Und er offenbarte mir auch andere Dinge, zum Beispiel, dass er den Gedanken wälzte, sich von der Bande loszusagen."

„Was hat das alles mit mir zu tun?", fragte die Agentin misstrauisch.

„Doch *einiges*, glaube ich. Er sagte zu mir, ‚Michou ist die Einzige, die etwas unternehmen kann, denn alle anderen Freunde sind Drogenhändler und illegale Einwanderer.' Auch ich selbst habe keine Aufenthaltsgenehmigung in Frankreich."

„Was soll ich denn unternehmen?", bekundete Michou dem Schein nach Interesse.

„Hören Sie, es geht da um eine wichtige Sache. Sie sind ja eine Bürgerin dieser Republik. Es muss Sie doch aufregen, wie der Drogenhandel in diesem Land Aufschwung nimmt und die Substanz vor allem der Jugend unterminiert. Al Meydani hatte diesbezüglich schwere Gewissensbisse, und er sammelte deshalb alle möglichen inkriminierenden Fakten über seine Bande. Er wollte diese Indizien und Beweise der Polizei übergeben, weil er glaubte, das könnte sie milde stimmen und bei seinem Asylverfahren helfen. Nun ist der Tod dazwischengekommen. Aber ich habe entsprechende Aufzeichnungen in Al Meydanis Hinterlassenschaft gefunden."

Der Anrufer machte eine Pause. Doch Michou tat ihm nicht den Gefallen, bereits zu diesem Zeitpunkt irgendwelche Bereitschaft zur Kooperation zu bekunden, und so setzte er fort: „Die Notizen enthalten wirklich Dynamit. Sie werden den Dealern in Marseille den Todesstoß versetzen. Die Mission Al Meydanis wird aber nur erfüllt sein, wenn seine Unterlagen an die Behörden weitergeleitet werden. Ich brauche eine unbefangene Person wie Sie, die als Mittlerin fungiert. Sie könnten damit der Gesellschaft einen großen Dienst erweisen. Vielleicht bekommen Sie sogar eine finanzielle Belohnung und einen Orden."

Michou zielte weiterhin darauf ab, Zeit zu gewinnen: „Das klingt alles recht gefährlich. Ich lege mich dabei wahrscheinlich mit der Drogenbande an. Ich kann mich zur Mithilfe nicht hier und jetzt entscheiden. Sie müssen mir Bedenkzeit geben. Wo kann ich Sie zurückrufen?"

„Ich bin, wie gesagt, ein Illegaler, und daher ist es auch für *mich* gefährlich, Ihnen meine Telefonnummer zu geben. Ich rufe Sie in 24 Stunden wieder an."

Die Agentin legte den Hörer auf und reflektierte. Wer war Ali? Sein Arabisch klang authentisch, er stammte also aus dem arabischsprachigen Raum. Wie hätte er dann mit dem fremdsprachenunkundigen Afghanen Al Meydani über delikate Themen wie das Abspringen von einer Drogenbande kommunizieren können? Auch die Aufzeichnungen des Piraten waren gewiss nicht auf Arabisch oder Französisch abgefasst. Wie konnte Ali sie also lesen? Michou musste sich unbedingt mit Maurice über diesen höchst verdächtigen Anruf austauschen.

Brezinski hörte sich ihren Bericht im Leseraum ihres Appartementhotels aufmerksam an und meinte dazu:

„Selbstredend passt da einiges nicht zusammen. Wir sollten auf alle Fälle versuchen herauszufinden, wer dieser rätselhafte Ali wirklich ist. Ich kontaktiere sofort unsere Zentrale in Paris, um feststellen zu lassen, woher Alis Anruf kam. Leider müssen wir dein Festnetztelefon hier im Hotel künftighin überwachen, damit wir das Netz um diesen Ali enger ziehen. Das wird dir hoffentlich nichts ausmachen, Michou, denn du hast ja nichts zu verbergen – oder betreibst du von hier aus einen illegalen Service für Telefonsex?"

Er versuchte ein schelmisches Lächeln an Michou auszuprobieren, aber sie rief verärgert:

„Solche blöden Scherze stehen dir nicht zu, Maurice! Noch so eine Entgleisung und ich entziehe dir das Du!"

Der Agent trat sofort den Rückzug an und ging in eine verbale Verteidigungsstellung:

„Gut, gut, da war ich zu lustig. Es tut mir leid, Michou. Meine Entschuldigung ist, dass dein Anblick bei mir immer erotische Assoziationen auslöst. Das passiert ganz von selbst. Du bist einfach eine zu attraktive Frau."

Michou verlor endgültig die Geduld mit ihrem unbeholfen Avancen machenden Kollegen. Mit einer schneidenden Stimme fuhr sie ihm grob und unverblümt über den Mund:

„Ein für alle Mal, unterlasse die Anspielungen und Annäherungsversuche, Maurice. Du bist schlichtweg nicht mein Typ. Gewöhne dich daran: Du bist nicht James Bond und ich bin nicht dein Bondgirl. Oder genauer ausgedrückt: *Ich* bin wohl sexy genug für ein Bondgirl, aber *du* nicht für James Bond. Wir können aber trotzdem professionell zusammenarbeiten, solange du ganz auf der sachlichen Ebene bleibst."

Brezinski saß nun mit betretener Miene da und brauchte eine Weile, wie ein angezählter Boxer, bis er sich von dem Schlag unter die Gürtellinie gegen sein Ego erholt hatte. Dann begann er wieder:
„Ja, das ist das Stichwort, reden wir wieder über unsere *Arbeit*. Bis morgen in der Frühe werden wir herausfinden, von wo aus dieser Ali telefoniert hat. Dann heben wir den Kerl mit Hilfe der Polizei aus. Sollte dabei etwas schiefgehen, musst du dir überlegen, ob du seinen Vorschlag akzeptieren willst oder eher nicht."
„Wenn du dich auf unsere Operation konzentrierst, läuft es besser zwischen uns", klang Michou etwas besänftigt.
Maurice verabschiedete sich, erleichtert, dass der Frieden einigermaßen wiederhergestellt war. Er musste nur seine Neigung bezähmen, sie durch, wie er glaubte, launige Aperçus zu unterhalten. Dann würden sie gut miteinander auskommen. Frauen haben eben eine andere Art von Humor oder gar keinen, das ist von der Natur so vorgegeben, da ist nichts zu machen, so reflektierte er.

Am nächsten Vormittag erhielt er vom DCT-Hauptquartier in Paris die Nachricht, dass der fragliche Anruf in einer öffentlichen Telefonzelle am Bahnhof St-Charles getätigt worden war. Der Gegner war also klug genug, nicht auf seinem Handy mit Michou zu telefonieren. Die Festnahme von Ali musste daher noch warten.

Brezinski sprach dann bei Kommissar Arletti vor und berichtete ihm, dass das DCT im Zuge einer Antiterrorkampagne so nebenbei auf die Spur eines Dealerrings in Marseille gestoßen sei. Die Verfolgung der Rauschgiftkriminalität fiel in die Kompetenz der Polizei, und daher sollte diese ab jetzt bei der Ergreifung der Drogenbande aktiv mitwirken. Die erste Aufgabe bestünde darin, alle Telefonzellen in der Gare St.-Charles ab etwa 15 Uhr 30 zu überwachen. Das Zielsubjekt würde eine Fernsprechkabine benutzen, sei von der Beschreibung her unbekannt, aber jedenfalls männlich und moslemisch. Der Kommissar sagte zu, ein ausreichendes Kontingent von Polizisten in Zivil abzustellen. Brezinski dachte: „Ausreichend" heißt bestimmt, dass jeder zweite Mann am Bahnhof ein Polizist sein wird und diese Beobachter sich gegenseitig belauern und verdächtigen werden. Von einem *effizienten* Einsatz der zur Verfügung stehenden Kräfte hat die französische Polizei noch nie etwas gehört.

Als weiteren brillanten Schachzug richtete der Agent eine Funkverbindung ein: Sobald die Abhörer von Michous Telefon den Anruf von Ali registrieren würden, sollten sie die Kriminalbeamten am Bahnhof über diesen Kanal alarmieren und diese würden dann zuschlagen. Brezinski war stolz darauf, die Falle für Ali so raffiniert aufgestellt zu haben.

Nun musste der Unterinspektor noch mit Michou beratschlagen, wie sie auf den bevorstehenden Anruf von Ali reagieren sollte, falls es bei diesem Anlass überhaupt zu einem Telefongespräch mit dem Unbekannten kam. Brezinski suchte sie also erneut in ihrem Appartementhotel auf, ging mit ihr wie üblich in den Leseraum und informierte sie zunächst über die Maßnahmen, die er bereits getroffen hatte. Dann schnitt er den kritischen und für ihn recht heiklen Punkt an:

„Gehen wir einmal von der Annahme aus, Michou, dass das Telefonat mit Ali zwar zustande kommt, aber dass er, aus irgendwelchen Gründen, nicht schon während eurer Plauderei verhaftet wird. Rein hypothetisch, wohlgemerkt! Ich habe das Gefühl, dass er dich dann dazu einlädt, ihn an einem verschwiegenen Ort zu treffen, damit er dir die Aufzeichnungen Al Meydanis mit all ihrem Sprengstoff überreichen kann. Wie wirst du dich dazu stellen?"

Michou reichte die Frage zurück:

„Du bist der Leiter der ganzen Operation, Maurice. Eigentlich solltest *du* diese Entscheidung fällen. Wie würdest *du* an meiner Stelle vorgehen?"

Brezinski antwortete mit einem philosophischen Diskurs:

„Ich bin als Agent bis jetzt noch nie in eine Situation mit einem derart hohen Risiko geraten, und in meiner Ausbildung wurde ich auch nicht darüber unterrichtet, wie man mit einem solchen Dilemma auf Leben und Tod umgeht. Was erwartet das DCT von uns unter den vorliegenden brisanten Umständen? Sollen wir uns, heldenhaft und ohne Rücksicht auf Verluste, in die allerhöchste Gefahr begeben? Oder sollten wir eher darauf achten, dem DCT als Agenten erhalten zu bleiben? Schließlich ist ja allerhand Steuergeld in unsere Schulung investiert worden, und daher stellen wir einen beträchtlichen Wert dar, wenn man so sagen darf. Dieser Wert sollte nicht leichtfertig aufs Spiel gesetzt werden. Wir könnten natürlich unseren großen *patron* Mignotte konsultieren. Aber das hieße für dich, *noch* fremdbestimmter zu werden. Schlussendlich ist es doch dein *eigenes* Leben, Michou, das riskiert wird. Darum ist es nur gerechtfertigt, wenn du *selbst* die Entscheidung triffst. Hast du schon darüber nachgedacht?"

Michous Perspektive unterschied sich radikal von der ihres Kollegen. Sie beugte sich voll Intensität zu Maurice hin und brachte ihre Sichtweise auch prägnant und unmissverständlich zum Ausdruck:

„Meine Lebenssituation ist eine ganz andere als deine, Maurice. Ich bin nicht vom *Postdienst* in das DCT übergewechselt, sondern aus dem *Knast*. Ich stehe vor einer glasklaren, krassen und brutalen Alternative: Erfolg in meiner Tätigkeit als Agentin oder *lebenslange Haft*. Ich habe schon einige Jahre abgesessen, ich kenne daher das Vegetieren im Loch. Daher nehme ich praktisch *jedes* Wagnis auf mich, um dieser Art von Existenz zu entkommen. Welchen Sinn hätte denn ein ganzes Leben hinter Gittern für mich?"

Maurice ließ sich von Michous Vehemenz nicht anstecken, sondern reagierte betont gelassen:

„Ich respektiere selbstverständlich deine Entscheidung, Michou. Du hast sie auch gut argumentiert, obwohl ich sie, ehrlich gesagt, von meinen komplett anderen Lebensumständen aus nicht wirklich nachvollziehen kann. Ich hätte mir überlegt, der Agent Brezinski kann für das DCT noch viele Jahre lang wertvolle Arbeit leisten und sollte daher geschont werden."

„Das gilt für mich nicht! Das genügt mir nicht als Leitprinzip! Ich *muss unbedingt*, koste es, was es wolle, dem Gefängnis entrinnen, und ihr habt mir die Möglichkeit dazu gegeben. Ich *nutze* die Chance! Ich will, verdammt noch mal, *leben, leben, leben!*", schrie Michou aus verzweifelter Gier nach einem Dasein, welches diesen Namen verdiente.

Maurice wartete eine Weile, bis Michous Erregung abgeklungen war, denn er hasste jegliche Art von Heftigkeit. Dann sprach er im beruhigenden Tonfall eines Psychotherapeuten:

„Spielen wir ein Szenario einmal fiktiv durch, gewissermaßen als Vorbereitung auf den schlimmstmöglichen Fall, das *worst-case scenario*, wie man heutzutage sagt. Nehmen wir also wieder als Hypothese an, dass Ali bei eurem Telefonat so weit kommt, dass er dir die Notizen des Piraten anbietet. Du wirst zuerst zögern, Bedenken äußern, unsicher wirken. Du kannst sogar vom Verdacht einer Falle sprechen, wenn du willst. Er soll nur Überzeugungsarbeit leisten, er soll sich nur anstrengen. Schließlich ist *er* die aktive Partei. Eventuell gibt er dabei noch Informationen preis, die für uns dienlich sein könnten. Dann müsst ihr euch auf einen geeigneten Treffpunkt einigen. Er wird sein eigenes Territorium bevorzugen. Aber hier ist es sehr wichtig, dass du auf einer Örtlichkeit bestehst, mit der du bereits vertraut bist. Andernfalls hat er dir gegenüber den riesigen Vorteil der Ortskenntnis. Die großen Feldherren der Geschichte haben auf diesen Faktor geschworen, das habe ich im Strategielehrgang bei meiner Agentenausbildung gelernt."

Michou hatte ihre Fassung wiedergewonnen und antwortete überlegt:

„So tief bin ich in die Theorie nicht eingedrungen. Aber mein Bauchgefühl sagt mir, dass die Wahl des Treffpunkts tatsächlich mit Sorgfalt und Vorbedacht erfolgen sollte. Ich verspreche dir, Maurice, dass ich mich nicht auf unbekanntes

Terrain locken lasse. Und jetzt werde ich die Uhr gespannt bis 16 Uhr verfolgen. Dann sollte der Anruf kommen."

Der Genießer Brezinski hatte eine bessere Idee: „Spaziere mit mir doch lieber über den Prado und den Boulevard Michelet bis zum Obelisken. Das wird dich entspannen und daher beim Telefonat souveräner machen. Dort draußen kenne ich ein Lokal, in dem man Krustentiere vortrefflich zubereitet. Natürlich bist du mein Gast. Zurück fahren wir mit dem Bus, damit du rechtzeitig vor 16 Uhr wieder zu Hause bist. Und die ganze Zeit werden wir über Sonnenschein und Palmen und Meer sprechen, vielleicht auch über Garnelen und Jakobsmuscheln, aber auf keinen Fall über Ali."

Das war ein vernünftiges Angebot, und seine Kollegin nahm es ohne zu zögern an. Sie kehrten tatsächlich kurz vor halb vier zurück, Michou in ihre Wohnung und Maurice in eine Polizeidienststelle, wo er Verbindung sowohl mit Kommissar Arletti als auch mit dem DCT in Paris hatte.

Die Agentin ließ den Minutenzeiger ihrer Uhr nicht mehr aus den Augen, bis ihr Telefon läutete. Eine Michou nun bereits vertraute Stimme meldete sich auf Arabisch:

„*Salaam*, hier ist Ali, pünktlich um 16 Uhr. Ich möchte nicht lange Schaum schlagen. Sie wissen, worum es geht, und ich gab Ihnen Bedenkzeit. Übernehmen Sie die Papiere Al Meydanis, ja oder nein?"

Instinktiv gefiel Michou diese direkte Art der Verhandlungsführung, denn sie entsprach ganz der ihren. Entgegen ihren Vorsätzen ging sie sogleich darauf ein:

„Nun ja, ich helfe Ihnen, aber nur unter der Bedingung, dass Sie einen für mich akzeptablen Übergabemodus finden."

„Also per Post schicke ich die Notizen nicht, wenn Sie das glauben."

Er versuchte ein Lachen, das aber nur halb gelang, und setzte fort:

„Ich werfe sie auch nicht in einen Abfallkorb in einer Metrostation, wie Sie das vielleicht in Spionagefilmen gesehen haben. Ich bestehe auf einer persönlichen Aushändigung. Nur das ist für mich verlässlich und vertraulich."

Michou erinnerte sich daran, dass sie das Gespräch etwas in die Länge ziehen sollte, um der Polizei eine bessere Chance zu offerieren, gegebenenfalls zuzuschlagen. Daher provozierte sie Ali absichtlich mit einem unausgegorenen Vorschlag:

„Weil Sie Spionagefilme sagten: Die suggerieren auch, dass wir auf der Straße aneinander vorbeigehen könnten, und Sie übergeben mir dabei schnell und diskret ein Paket mit den Papieren."

Der Anrufer nahm das Angebot ernst und erwiderte sarkastisch:

„Ja, mitten auf der Canebière und direkt neben einem *flic*. Sie verkennen etwas die Ausgangslage. Es kursiert das Gerücht, dass Sie ein Polizeispitzel sind. Ich selbst glaube das nicht, denn sonst würde ich mich ja jetzt nicht mit Ihnen unterhalten. Doch ich muss auf alle Fälle vorsichtig sein."

Michou war beunruhigt, denn das Gespräch mit Ali verlief in ganz normalen Bahnen. Er schrie zum Beispiel nicht auf, weil er festgenommen oder gar umgeschossen wurde. Irgendetwas in Brezinskis genial präparierter Ali-Falle funktionierte nicht. Alles ging in Richtung *worst-case scenario*, wie es Maurice genannt hatte; es war also wohl ein Treffpunkt auszumachen.

Michou wies zunächst einmal Alis Andeutung scharf zurück:

„Das ist der Witz des Jahres, dass ich ein Spitzel sein soll! Ich verachte wahrscheinlich die Polizei genauso wie Sie. Es wäre das Letzte für mich, für die *flics* zu arbeiten."

Ali bemühte sich, wieder ruhig und sachlich zu wirken, und kehrte zur Frage der persönlichen Überreichung der Dokumente zurück:

„Gut, das bestätigt also meine Sichtweise. Um zum entscheidenden Punkt zurückzukommen: Wir brauchen einen sicheren Ort, an dem wir uns treffen können. Ich wohne im Norden von Marseille, da kennen Sie sich vielleicht nicht aus."

Er legte eine Kunstpause ein, so also ob ihm gerade etwas eingefallen wäre, und fuhr dann fort:

„Aber Sie kennen doch das Lokal *Le Souk* in Les Crottes. Da ist Ihnen doch Al Meydani zum ersten Mal begegnet, wie er mir erzählt hat. Würde Ihnen das recht sein?"
„Ja, das geht in Ordnung", stimmte Michou zu, denn sie hatte ohnedies schon mit diesem Vorschlag gerechnet. „Und wann?"
„Die Ware ist wirklich heiß. Sie sollte möglichst bald in den Händen der Polizei sein, so hat mich Al Meydani instruiert. Wie wäre es mit morgen, 10 Uhr Vormittag?"
„Gut, alles abgemacht. *Salaam*."
Der Anrufer legte auf, ohne dass er im Verlauf des Gesprächs behelligt worden wäre. Seltsam, so war das eigentlich nicht geplant, dachte die Agentin. Was wohl Maurice dazu zu sagen hatte? Sie wollte ihn im Augenblick nicht stören, denn sie wusste, dass er gerade bei der Überwachung ihres Telefons und gleichzeitig beim Einsatz am Bahnhof die Fäden zog. Ihr Kollege würde sich schon selbst melden, war sie überzeugt.

Mittlerweile gab es auf der Gare St.-Charles große Aufregung. Ein Polizist beobachtete dort kurz vor 16 Uhr, dass ein arabisch aussehender Mann eine Telefonzelle betrat. Der Beamte blies in eine Trillerpfeife und zeigte mit ausgestrecktem Arm auf die Fernsprechkabine, worauf eine ganze Horde von Männern dorthin stürmte. Drei von ihnen rissen die Tür der Kabine auf und stürzten sich auf den mutmaßlichen Araber. Dieser begann sich zu wehren, worauf er aus der Telefonzelle herausgezerrt und dann niedergeknüppelt wurde. Wie bei einem Tackle im American Football warfen sich fünf Männer auf den auf dem Boden Liegenden und erstickten seine Protestschreie. Nachdem er genügend traktiert worden war, wurden ihm Handschellen angelegt. Zwischen Gruppen verwunderter bis verängstigter Bahnpassagiere wurde er abgeführt und in das nächste Polizeikommissariat transportiert.

Dort sollte er von einigen Kriminalbeamten mit maghrebinischen Wurzeln auf Arabisch verhört werden. Der

Verdächtige redete zwar andauernd in höchster Erregung, aber seine Sprache war keinem verständlich. Als sich sein Wortschwall erschöpft hatte, sagte er nur mehr in periodischen Abständen mit resignierendem Tonfall „*Turkey*". Ein marginal englischkundiger Polizist übersetzte das als „Truthahn". Nun wurde die Verwirrung noch größer. War das ein Codewort oder verlangte der Arrestierte in unverschämter Weise einen ganzen Truthahn oder auch nur ein Truthahnsandwich als Stärkung? Die Kriminalbeamten zuckten hilflos die Achseln, gaben dem Verhafteten aus Verlegenheit noch einige Fußtritte und verbrachten ihn dann schleunigst, um ihn loszuwerden, zur *Police Judiciaire*.

Nach einigen Stunden Wartezeit wurde er dem dortigen Untersuchungsrichter vorgeführt. Dieser erfasste mit der überlegenen Intelligenz des Akademikers sofort, dass der Verdächtige mitteilen wollte, er sei aus der Türkei. Nach der mehrmaligen Überprüfung seiner Dokumente musste er freigelassen werden – er war nichts als ein harmloser türkischer Tourist. Es gab noch ein kurzes Nachspiel, denn sein Konsulat protestierte beim Bürgermeister von Marseille gegen diese Behandlung. Die Beschwerde wurde aber niedergeschlagen und es gab auch keine Entschuldigung seitens der Behörden – sie demonstrierten die gewohnte Mischung aus Unverschämtheit, Bequemlichkeit und Arroganz.

Brezinski war ziemlich konsterniert. Wohl wurde um 16 Uhr ein Anruf auf Michous Nummer registriert und kurz danach am Bahnhof St.-Charles ein Verdächtiger festgenommen, aber der Mann am Telefon redete trotzdem immer noch weiter. Es dauerte über eine Stunde, bis Paris das Rätsel löste: Der Anruf kam nicht aus dem Stadtgebiet von Marseille und das erschwerte die Lokalisierung erheblich. Letztlich gelangte man zu der Erkenntnis, dass das Telefonat mit Michou aus einer Fernsprechkabine am Flughafen Marignane stammte. Ali war klüger, als der Agent dachte, und hatte ihn ausgetrickst. Das berührte Brezinski doch einigermaßen peinlich, vor allem weil er nun vor Michou blamiert dastand.

Am Abend dieses Tages hatte Maurice das unvermeidliche Treffen mit seiner Kollegin. Aus dem Abhörprotokoll wusste er bereits, was sie mit Ali verabredet hatte. Sie meinte gefasst, aber doch sichtlich enttäuscht:

„Jetzt sind wir im schlimmstmöglichen Fall, den du als hypothetisch klassifiziert hast, und ich muss wieder in die Höhle des Löwen. Im Nachhinein betrachtet ist es nicht so überraschend, dass Ali seinen Standort gewechselt hat, aber du hast das nicht bedacht. Das erschüttert mein Vertrauen in dich etwas. Wie willst du mich beim morgigen Abenteuer schützen, wenn du dazu überhaupt fähig bist?"

Maurice bemühte sich, seine Beschämung zu überspielen, und zeigte stattdessen ehrliche Bekümmertheit um seine Kollegin:

„Du weißt doch, Michou, dass ich bei gefährlichen Einsätzen stets um dich besorgt bin, weil ich dich sehr schätze. Bei deinem Treffen mit dem Piraten im *Le Souk* habe ich wirklich mit dir mitgefiebert."

„Sehr nett, aber was hilft mir das konkret?", unterbrach sie ihn.

„Ja, ja, Michou, ich vergesse manchmal, dass du ungeheuer zielorientiert bist. Du übertriffst mich bei Weitem mit deiner Fokussierung auf das Wesentliche. Selbstverständlich müssen wir wieder die Hilfe der lokalen Polizei in Anspruch nehmen. Ich werde veranlassen, dass morgen ab halb zehn ein Kontingent von Polizisten in Zivil in der Nähe des *Le Souk* postiert wird. Beim geringsten Verdachtsmoment werden sie in die Spelunke eindringen und dich in Schutz nehmen. Gibt dir das ein ausreichendes Gefühl der Sicherheit?"

Dieser Plan ihres Agentenkollegen stellte Michou keinesfalls zufrieden. Sie reagierte aber nicht irritiert, sondern konstruktiv:

„Das ist wohl der minimale Schutz, der geboten werden soll. Ich selbst habe mir natürlich auch Gedanken über meine

Sicherheit bei diesem riskanten Einsatz gemacht. Dabei ist mir eingefallen, dass du mir für mein erstes Gastspiel im *Le Souk* einen Mikrosender mitgegeben hast, den ich dann im roten Cabrio hinterlegt habe. Es wäre doch eine gute Idee, mich jetzt wieder mit einem solchen Sender auszustatten. Dann könntet ihr mir auf der Spur bleiben, sollte ich woanders hingeschafft werden – man weiß ja nie."

Der Unterinspektor konzedierte mit verlegener Miene: „Ja, selbstverständlich, daran hätte ich auch denken können. Ich bringe gleich morgen in der Frühe einen Mikrosender bei dir vorbei. Es ist essenziell, dass du ihn gut verborgen an deinem Körper fixierst. Ich hätte beinahe gesagt, an deinem *wunderschönen* Körper, aber ich habe es rechtzeitig unterdrückt."

Er sprach rasch weiter, bevor Michou Einspruch erheben konnte:

„Ich glaube, es ist in unser aller Interesse, dass du die Unterredung und die Dokumentenübergabe im *Le Souk* möglichst schnell abwickelst. Eine Viertelstunde sollte ausreichen, meine ich. Wenn du nach 20 Minuten nicht zurück auf der Straße bist, schlage ich Alarm und wir stürmen die Bude. Ist dir das recht so?"

Michou pflichtete ihm bei und geleitete ihn dann zum Hoteleingang. Sie hatte es eilig, sich vor dem großen Tag morgen mit einigen Joints in ausgeglichene Stimmung zu bringen. Sie legte sich auf das Bett, hörte Popmusik aus dem Radio und hüllte sich in die selig machenden Schwaden von Cannabis. Nach einem High trank sie gerne, sofern sie nicht in einer Gefängniszelle sitzen musste, einen doppelten Espresso, stark, heiß und süß, obwohl das von Suchtgiftexperten nicht empfohlen wird. Seltsamerweise hatte der Kaffee in dieser Situation eine beruhigende Wirkung auf sie, und sie hörte lieber auf ihren eigenen Körper als auf die sogenannten Fachleute.

Sie wollte schon die Kaffeemaschine in Betrieb setzen, als die leidenschaftliche Espressotrinkerin zu ihrem Bedauern feststellte, dass ihr Zuckervorrat erschöpft war. Sie fand sogleich einen Ausweg und klopfte beim jungen Spanier in der benachbarten Wohnung an. Er lächelte ihr bei zufälligen Begegnungen im Hotel immer so freundlich zu und machte ihr schöne Augen. Daher wird er mir gewiss aushelfen, dachte sie. Er öffnete seine Wohnungstür und war im ersten Moment verblüfft. Dann strahlte er und komplimentierte seine Nachbarin mit Grandezza herein. Als sie ihre Bitte vorbrachte, begriff er sofort, dass es eigentlich um Kaffee ging, und er setzte ohne viele Umstände seine Espressomaschine in Betrieb. Michou gefiel diese Art der Werbung um ihre Gunst, geradlinig und auf die Schwachpunkte der prospektiven Beute konzentriert. So konnte man sie verführen!

Beim gemeinsamen Genuss des wohlig duftenden Getränks wurde er sehr gesprächig. Sie hielt sich naturgemäß eher bedeckt, aber er erzählte umso angeregter von seinem Leben als Austauschstudent hier in Marseille, von Sevilla, woher er stammte, und von Madrid, wo er Französisch studierte. Sein Wortschatz und seine Grammatikkenntnisse waren exzellent, nur bei der Aussprache hatte er Probleme mit den vielen Nasallauten im Französischen. Er artikulierte diese eher phonetisch wie im Spanischen, was ihm einen Akzent verlieh, den Michou sehr charmant fand. Seine rollenden und vibrierenden „R" würzten seine Rede überdies mit Flamencogefühl – man konnte sich Kastagnettenmusik und leidenschaftlichen Tanz dazu vorstellen.

Er erwies sich als ein begabter Raconteur und Plauderer, und Michou tat es leid, dass sie nicht schon früher mit ihm Kontakt aufgenommen hatte. Die berufsbedingte Vorsicht der Agentin, dachte sie selbstironisch. Ganz ernst und real konnte sie es immer noch nicht finden, dass sie als verurteilte Mörderin für den staatlichen Geheimdienst arbeitete.

Als jeder zwei Espressi getrunken hatte und sie sich vom Tisch erhoben, schmunzelte der liebenswerte Spanier gewinnend und sagte:

„Ich habe Ihnen gerade etwas Süßes gegeben. Jetzt hätte ich auch gerne etwas Süßes *von Ihnen* zurück."

Michou überlegte nicht lange. Ihre Sinne erblühten durch das Marihuana immer liebesbereit und offen, und er war ja ein wirklich sympathischer junger Mann mit warmen südländischen Augen und einem sinnlichen Mund. Sie nahm seinen Kopf zwischen ihre Hände und drückte ihre vollen Lippen innig auf die seinen. Sie küsste ihn wohl zu lange, denn indessen wanderten seine Hände gemächlich und zärtlich von ihren Schultern bis zu den Hüften. Als er ihren mollig gerundeten Po streichelte, drückte sie sich eng an ihn und flüsterte erregt: „Ab ins Bett mit uns."

Nie wurde einem Befehl williger Folge geleistet.

KAPITEL 17

Unterinspektor Brezinski stand schon um 8 Uhr vor Michous Wohnungstür und klopfte, doch niemand reagierte darauf. Er war zunächst beunruhigt, redete sich aber dann ein, dass seine Kollegin gewiss gerade auf dem Prado joggte, um sich für die bedeutende Aufgabe an diesem Tag fit und munter zu machen. Er konnte nicht wissen, dass Michou die ganze Nacht gut aufgehoben im Appartement nebenan verbracht hatte und dort nun, noch halb im Liebesnachspiel, mit einem Mann beim Frühstück saß, dem sie alles gewährt hatte, wonach er, Maurice, vergebens begehrte.

Da die Zeit drängte, fuhr er mit einem Taxi zu Kommissar Arletti. Der Agent war dort nicht vorangemeldet und musste daher etwas warten. Er begann nun doch, seine Armbanduhr nervös im Auge zu behalten, denn laut Plan sollte um 9 Uhr 30 vor dem *Le Souk* alles gewissermaßen Gewehr bei Fuß bereitstehen.

Endlich wurde Brezinski vorgelassen. Doch als er die erboste Miene des Kommissars sah, sank sein Mut. Arletti hielt theatralisch ein Schriftstück hoch, das wie ein Protokoll aussah, klatschte es wütend auf die Tischplatte vor ihm und rief mit bewegtem Spiel seiner buschigen Augenbrauen:

„Sie kommen mir gerade recht, *Agent* Brezinski!"

Dabei sprach er das Wort *Agent* mit spöttischem Beigeschmack aus. Mit erregter Miene fuhr der Kommissar fort:

„Das Erste, was heute auf meinem Schreibtisch landet, ist dieser Bericht des Leiters des gestrigen Einsatzes in der Gare St.-Charles. Die ganze Geschichte geriet zu einem schmählichen Fiasko. Und wissen Sie, *warum*? Weil Ihr Plan stümperhaft war!"

Brezinski wollte gerade zu einer lahmen Verteidigungsrede ansetzen, als das Telefon läutete. Kommissar Arletti hob ab, meldete sich und sagte unterwürfig im Abstand von etwa einer Minute immer wieder nur:

„*Oui, Monsieur le maire.*"

Das ging etwa eine Viertelstunde lang so dahin, bis der Kommissar zwei ganze Sätze von sich gab:

„*Monsieur le maire*, Sie wissen sicherlich aufgrund Ihrer profunden Erfahrung und politischen Geschicklichkeit, wie man die Sache im Sand verlaufen lassen kann. Und bitte, bitte, schonen Sie mich bei den Gesprächen mit meinen Vorgesetzten, denn ich war nur der Befehlsempfänger und Handlanger unseres Geheimdienstes."

Nach einigen weiteren Minuten der Beflissenheit drosch er den Hörer nieder. Dann ließ er seine Wut an Brezinski aus und brüllte ihn an:

„Wissen Sie, wer das war? Der Bürgermeister von Marseille höchstpersönlich! Ihre Inkompetenz hat sogar zu diplomatischen Verwicklungen mit der Türkei geführt, und ich kann die Sache ausbaden, weil Sie sich hinter Ihren Verschwiegenheitsparagrafen und Ihrer Geheimniskrämerei verstecken können. Warum sitzen Sie eigentlich hier? Was wollen Sie immer noch von mir?"

Der eingeschüchterte Agent wagte es zunächst kaum, mit seinem Anliegen herauszurücken, dachte aber dann an seine Beschützerrolle gegenüber Michou und wurde etwas beherzter:

„*Monsieur le commissaire*, heute haben wir beim DCT einen wirklich kritischen Einsatz. Eine unserer besten Agentinnen begibt sich in eine lebensgefährliche Situation, um an Dokumente heranzukommen, die für die Republik enorm wichtig sein könnten. Wir brauchen Polizeischutz für diese Agentin, und es ist dringend!"

„Wo soll der Einsatz stattfinden?", schlug der Kommissar einen etwas professionelleren Tonfall an.

„Im Lokal *Le Souk* in Les Crottes, eine ziemlich üble Spelunke, in der Drogenhändler ein und aus gehen."

Arlettis buschige schwarze Augenbrauen begannen erneut heftig zu zucken, als er ausrief:

„Sie wollen also *wirklich*, dass ich für eine *einzelne* Agentin, die mich nicht interessiert, und in einer Sache, die für mich *irrelevant* ist, in einem anrüchigen Lokal Rückendeckung bereitstelle? Sie glauben anscheinend, dass die Polizei in Marseille nichts Wichtigeres zu tun hat, als bei Ihren schlecht inszenierten Spielchen mitzuwirken!"

Brezinski hatte absolut nicht damit gerechnet, dass sein Gesprächspartner solchen Widerstand leisten würde. Schließlich, so dachte er, sind doch die Drogengeschäfte und die damit verbundenen fatalen Folgen im Norden der Stadt Angelegenheit der Polizei von Marseille! Außerdem bildete er sich ein, dass *DCT* ein magisches Wort so wie *Sesam* war, das sogleich alle Türen öffnete.

In seiner Verzweiflung fuhr der Agent schwerere Geschütze auf: „Bei allem Respekt, *Monsieur le commissaire*, es ist Ihnen wohl nicht bewusst, mit *wem* Sie sich da anlegen. Ihr Bürgermeister, vor dem Sie niederknien, ist ein *Winzling* verglichen mit dem Geheimdienstchef der Republik. Er kann *jeden Politiker* mit dem Wissen über ihn ruinieren, wenn er will, und erst recht *jeden Polizeibeamten*. Er hat auch über *Sie* ein Dossier, Arletti. Wenn unsere Agentin zu Schaden kommt, nur weil Sie Ihre Schutzpflicht nicht erfüllt haben, dann möchte ich nicht in Ihren Schuhen stecken!"

Brezinski staunte selbst über seinen plötzlichen Mut, und er konnte ihn nur so erklären, dass ihn die Liebe zu Michou zum Tiger machte.

Der Kommissar war sichtlich beeindruckt von dieser Eindringlichkeit, aber selbstverständlich auch maßlos verärgert über die Wortwahl des Agenten. Nach außen hin blieb ihm aber nichts anderes übrig, als zu kooperieren. Er brummte unwillig: „Wann brauchen Sie meine Beamten?"

Der Agent forderte mit aller Dreistigkeit, die er mobilisieren konnte:

„Eigentlich sofort. Wir wollten um 9 Uhr 30 an Ort und Stelle sein – das wird sich nicht mehr ausgehen –, aber unter allen Umständen kurz vor 10 Uhr. Um Punkt 10 Uhr findet nämlich der große Showdown statt."

Arletti erhöhte daraufhin erzürnt die Lautstärke:

„Das ist ja schon wieder eine Unverfrorenheit! Sie glauben wohl, ich kann Polizisten nur so im Nu aus dem Ärmel schütteln wie ein Zauberkünstler. Ich vermag Ihnen nur vier Mann anzubieten, die sich derzeit als letzte Reserve im Haus befinden, alles niedrigrangige Leute. Sie müssen daher *selbst* die Einsatzleitung übernehmen. Und nun verschwinden Sie aus meinem Büro, bevor ich die Selbstbeherrschung verliere!"

Nachdem Brezinski die von Kommissar Arletti zugeteilten Männer vergattert hatte, passte es zeitlich nicht mehr, Michou den Mikrosender in ihrem Appartementhotel zu übergeben. Maurice rief sie an, aber sie hob nicht ab – offenkundig war sie schon unterwegs. Es beunruhigte sie gewiss, von ihm noch nichts gehört zu haben, befürchtete er.

Er fuhr mit dem Polizistenquartett in einem unmarkierten Mannschaftswagen direkt in das Viertel Les Crottes. Der Agent empfand es als unangenehm, dass er bei diesem Einsatz eine Doppelbelastung schultern musste: die Befehlsgewalt über die vier Polizisten *und* die GPS-Ortung von Michou. Die Ortung war zu seinem Leidwesen noch immer nicht funktionsfähig, solange seine Kollegin den Mikrosender nicht an sich trug.

Er ordnete an, das Fahrzeug etwa 100 Meter vom *Le Souk* entfernt zu parken. Es war 9 Uhr 58: keine Zeit mehr, um die Polizisten mit der Umgebung vertraut zu machen, entgegen seinen Absichten. Schon wieder läuft nicht alles nach Plan, dachte Brezinski beklommen. Er stieg aus dem Wagen und Michou trat aus einer Toreinfahrt hervor, in der sie sich verborgen gehalten hatte. Maurice eilte zu ihr. Sie ging wieder einige Schritte in die Deckung zurück und er überreichte ihr, betulich und schmeichlerisch grüßend, den Mikrosender. Wortlos und mit Unmut in der Miene nahm sie das Gerät von der Größe eines Stecknadelkopfs entgegen. Dann drehte sie sich um, knöpfte ihre Bluse halb auf, steckte den Sender in ein

Körbchen ihres Büstenhalters und brachte hernach die Bluse wieder in Ordnung. Mit einem mechanischen, alles andere als aufmunternd klingenden „*Bonne chance*" verabschiedete Maurice die gefasste Michou. Dann schritt sie zielorientiert dem schicksalhaften Treffen mit Ali entgegen. Brezinski blickte ihr bangen Herzens nach und sah, wie sie mit ihrem cremefarbenen *Hijab* im *Le Souk* verschwand.

Kaum hatte Michou das Lokal betreten, wurde sie von hinten von zwei Männern ruppig an den Armen gepackt. Einer der Kerle klatschte einen mit Chloroform getränkten Lappen in ihr Gesicht. Dann wurde sie in die Küche abgeschleppt, wo ein dritter Mann wartete, der sich als Anführer gebärdete. Zuerst schüttelte er ihre Handtasche aus, und dabei fiel ein Springmesser heraus. Daraufhin befahl er eine Leibesvisitation. Das bedeutete konkret, dass die Männer von allen Seiten die Kleider von Michous Körper rissen, bis sie nackt vor ihnen stand. Sie ließen nur den *Hijab* am Kopf und die Kette um den Hals – das Kopftuch aus religiösen Gründen, und bei Jackies Geschenk kamen die Männer einfach mit dem filigranen Verschluss nicht zurecht. Der winzige Mikrosender war bei diesem gewalttätigen Zupacken unbemerkt aus dem BH auf den Boden gekullert.

Beim Anblick von Michous praller, straffer und unverhüllter Figur verloren die Männer die Kontrolle und es kam zu sexuellen Übergriffen, denen der Anführer des Trios jedoch bald Einhalt gebot. Er mahnte dazu, den Tatort möglichst rasch zu verlassen. Er knebelte Michou, warf eine Wolldecke über sie und geleitete sie und seine Kumpanen durch den Lieferanteneingang des Lokals zu einem parkenden Pkw in einem stillen, engen Durchschlupf. Der Anführer setzte sich selbst ans Steuer, während Michou, zwischen die beiden anderen Männer eingeklemmt, in den Fond des Wagens verfrachtet wurde. Dann raste das Auto mit quietschenden Reifen davon.

Keiner der Entführer war anscheinend ein erfahrener Anästhesist, denn die verabreichte Dosis Chloroform wirkte nur kurz. Für Michou eröffneten sich nach und nach einige Bewusstseinsfenster; sie war aber klug genug, die anderen Insassen des Wagens nichts davon merken zu lassen. Sie simulierte verzögertes Atmen wie in der Zeitlupe – so stellte sie sich den Zustand der Betäubung vor – und wartete auf ihre Chance.

Diese ergab sich, als der Pkw bei einer roten Ampel abrupt bremsen musste. Ihrem angeborenen und später durch die Ausbildung weiter entwickelten Kampfinstinkt folgend, fühlte die Agentin trotz ihres getrübten Bewusstseins genau, was zu tun war. Sie nutzte den Überraschungseffekt, warf die Wolldecke von sich und versetzte dem Kerl rechts von ihr einen wuchtigen Handkantenhieb auf die Halsschlagader. Der Mann zu ihrer linken Seite beging den Fehler, sich ihr verblüfft zuzuwenden. Damit bot er einen höchst verwundbaren Punkt als Angriffsobjekt an, und Michou knallte ihm ihre rechte Faust hart und treffsicher direkt auf den Adamsapfel. Er fiel in den Sitz zurück und rang nur mehr röchelnd nach Luft. Als sich der Chauffeur irritiert umdrehte, um auf dem Rücksitz für Ordnung zu sorgen, stieß ihm Michou ihre beiden Zeigefinger in die Augen, was ein bestialisches Schmerzensgeheul auslöste. Dann raffte sie die Wolldecke an sich und drängte sich aus dem Fahrzeug, die drei Männer in verschiedenen Stadien der Bewusstseinsbeeinträchtigung zurücklassend.

Die Ampel gab die Fahrt wieder frei, aber der Wagen bewegte sich nicht. Überall auf der Welt, aber besonders in Marseille, provoziert eine solche Situation ein animiertes und kakofonisches Hupkonzert. Nach einer halben Minute ohne Reaktion des inkriminierten Fahrzeugs und mit einem anwachsenden Stau riefen empörte Autolenker auf ihren Handys die Polizei herbei. Ein Streifenwagen tauchte im Nu auf, denn der nun still stehende Pkw war schon wegen überhöhter Geschwindigkeit aufgefallen und damit im Visier der Ordnungshüter. Michou hatte den rechten hinteren Wagenschlag nach ihrer Flucht offen gelassen, und so konnten die Polizisten in

das Fahrzeug eindringen, alle Türen öffnen und die drei Insassen herauszerren. Michou saß, in die Decke eingehüllt und noch teilweise betäubt, am Straßenrand. Neugierige Passanten und Autofahrer umringten sie und befreiten sie von der Knebelung. Wie war diese schöne Frau in eine derart missliche Lage geraten? Man holte einen der Polizeibeamten herbei und Michou berichtete ihm stockend, was ihr widerfahren war. Dieser forderte daraufhin zwei Einsatzwagen an, um die drei Entführer festnehmen zu lassen.
Die Agentin ersuchte, in Brezinskis Polizeiquartier gebracht zu werden. Sie verspürte zu große Angst, um in ihre Wohnung in der Rue du Rouet zurückzukehren, denn ihre Gegner kannten ja diese Adresse und hatten nun aufgezeigt, dass sie, Michou, zu einem Zielpunkt der kriminellen Energie der Islamisten geworden war.

Derweil verfolgte Brezinski gebannt das Ortungsgerät. Es meldete einstweilen nichts Auffälliges – Michou befand sich offensichtlich immer noch im *Le Souk*. Nach einer Viertelstunde wurde er etwas rastlos und seine Finger klopften nervös am Gerät herum wie auf einer Tastatur. Die Polizisten beruhigten ihn aber: Michou und Ali tranken vielleicht eine Tasse Tee zusammen und plauderten nach der Übergabe der Dokumente noch etwas. Ein Thema finde sich ja immer, etwa Alis Leben in der Illegalität.
Um 10 Uhr 20 zeigte das GPS weiterhin das *Le Souk* als Michous Aufenthaltsort an. Brezinski hatte ihr versprochen, nach 20 Minuten einzugreifen. Das Polizistenquartett, das auf möglichst wenig Mühe bei diesem überraschenden und höchst unwillkommenen Einsatz hoffte, drängte jedoch auf zusätzliche fünf Minuten Wartezeit. Um 10 Uhr 25 wahrte der DCT-Agent seine Autorität als offizieller Leiter der Aktion und ordnete den Angriff an.
Unter der Führung Brezinskis drangen die vier Polizisten mit gezückten Dienstrevolvern in die Kaschemme ein. Im Gast-

zimmer fanden sie nur den verdrossenen Wirt vor. Er zeigte sich unbeeindruckt von den Waffen – anscheinend war deren Anblick für ihn alltäglich. Zunächst gab er vor, nur bruchstückhaft Französisch zu beherrschen, doch die Androhung, auf das Revier mitgenommen zu werden, verbesserte seine Sprachkenntnisse schlagartig. Er wusste nur zu gut, dass er als maghrebinischer Einwanderer in den Händen der lokalen Polizei mit brutalen Misshandlungen zu rechnen hatte. Dennoch war seine Aussage vollständig unergiebig. Er beteuerte, dass heute seines Wissens noch keine Frau seine Gaststätte betreten hatte, und sollte das trotzdem der Fall gewesen sein, so musste er gerade im Keller eine Kiste Mineralwasser geholt haben.

Brezinski und sein Team gingen in die Küche weiter und prallten perplex zurück, denn auf dem Boden lagen verstreut Frauenkleider. Männer haben bekanntlich ein miserables Gedächtnis bezüglich weiblicher Garderobe, doch in diesem Fall konnte Brezinski doch nur darauf schließen, dass diese Kleidungsstücke von Michou stammten. Die Spurensicherung würde sich damit im Detail auseinandersetzen müssen. Zufällig erspähte er auch den Mikrosender auf dem Boden. Die gesamte Hochtechnologie ist nutzlos, wenn ein *einziges* Glied auslässt, so reflektierte er mit Gefühlen gemischt aus Verbitterung und vor allem Entsetzen. Niedergeschlagen zog er mit seiner Mannschaft ab – Marseille hatte ihm bisher nur beschämende Debakel beschert.

Dass die Kriminalisten, denen man nun das Feld überließ, etwas Brauchbares herausfinden würden, bezweifelte er sehr stark. Der Eigentümer des Lokals beharrte zum Beispiel auf seiner offenkundigen Lüge, dass er von den Vorgängen in der Küche nichts wisse. Er sei heute noch gar nicht in der Küche gewesen, es sei nicht erforderlich gewesen, denn man sehe ja, dass die Gaststube leer sei, so der schnauzbärtige Maghrebiner. Man musste ihn schließlich laufen lassen, da man ihm eine Mitwisserschaft an der Entführung von Michou nicht nachweisen konnte.

Als Brezinski seine Garçonnière betrat, hielt er überrascht den Atem an. Da saß doch glatt Michou auf seinem Stuhl, mit einem Hemd und einer Hose aus seinem Schrank ausstaffiert! Ihre ausgeprägten weiblichen Formen sprengten diese männlichen Kleidungsstücke fast. Michou trat ihm entgegen, nicht so forsch wie sonst, und er spürte zum ersten Mal, dass sie seines Trostes bedurfte. Er umarmte sie sachte und streichelte ihre Haare zärtlich. Sie löste sich von ihm, nachdem sie seine Empathie in angemessener Weise genossen hatte, und begann mit der Schilderung des Verlaufs ihrer Mission. Er war äußerst bestürzt über die von seiner Kollegin erlittene Drangsal, aber auch hocherfreut, sie unversehrt wiederzufinden.

Sie verzichtete diesmal auf Vorwürfe gegen ihn wegen der mangelhaften Planung ihres Auftrags, da er sich sogleich freiwillig erbot, die nun anstehenden praktischen Angelegenheiten für sie zu erledigen. Ein schlechtes Gewissen ist eine gute Motivation für Hilfsbereitschaft.

Mit unterstützendem Druck aus Paris verschaffte er Michou ein Zimmer in der Polizeiunterkunft. Das erleichterte ihre Kommunikation beträchtlich, denn wenn er mit seiner Partnerin sprechen wollte, brauchte er nur eine Etage höher zu steigen. Da sich Michou aus Sicherheitsgründen in ihrem Appartementhotel nicht mehr blicken lassen wollte, arrangierte er den Transport ihrer Habseligkeiten in das neue Quartier.

Die polizeilichen Ermittlungen bezüglich der drei Kidnapper ergaben, dass keiner von ihnen in Frankreich gemeldet war. Sie würden wegen Freiheitsberaubung und Entführung gerichtlich verfolgt werden. Kenner der französischen Justiz erwarteten jedoch keinen Prozess innerhalb der nächsten acht Jahre.

Es stellte sich heraus, dass das Auto der Entführer auf dem Parkplatz der städtischen Sozialwohnanlage HLM Les Aygalades gestohlen worden war. Dieser Umstand würde später ein wertvolles Indiz liefern.

KAPITEL 18

Rabbi Tenenbaum empörte sich maßlos über die lokalen Behörden, da sie die ihm anvertraute Gemeinde völlig unzureichend schützten. Gerade heute hatte es wieder eine antisemitische Attacke in Marseille gegeben – ein Lehrer war direkt vor der jüdischen Schule von einem jungen Moslem im Talibanhabitus durch Messerstiche schwer verletzt worden –, und dieser Vorfall reihte sich in eine lange Liste von anderen dieser Art in der Region PACA in den letzten Monaten ein. Beim Polizeipräsidium in Marseille hatte der Oberrabbiner trotz allem nur erreicht, dass ein Wachbeamter vor dem jüdischen Gemeindezentrum nahe dem Prado postiert wurde. Der junge Mann namens Ferret diente dort seine 35 Wochenstunden ab, glich eher einer Schießbudenfigur und verbrachte seine Zeit hauptsächlich damit, vorbeikommende attraktive Damen in Gespräche zu verwickeln.

Noah Tenenbaums Wut richtete sich aber auch viel genereller gegen die europäische Politik, vor allem die in Deutschland und Frankreich betriebene. Er fand es in sträflicher Weise verantwortungslos, den ganzen Kontinent jetzt und in den kommenden Jahren total unkontrolliert durch Millionen von moslemischen Migranten überrennen zu lassen. Der Regierung in Berlin war es offensichtlich nicht bewusst, dass der massive Zustrom von Moslems in Deutschland zu einem dramatischen Anstieg von gewissermaßen *importiertem* Antisemitismus führen würde, und das in einem Land, das beim Judenhass auf grauenhafte Art historisch vorbelastet war! Deutschland wird damit erneut für Juden *völlig untragbar* werden. Es wird in wenigen Jahren zum Freiraum des Antisemitismus illegal eingeschleuster Moslems, eine bestürzende Groteske, nach Ansicht des Rabbis, verursacht durch naive und unbedarfte Politiker, die durch die

Herausforderungen der Gegenwart komplett überfordert sind. Das Nachbarland Frankreich liefert doch das warnende Beispiel für eine in die Katastrophe mündende Einwanderungspolitik, aber das wird in Berlin ignoriert.

Der Regierung seines eigenen Landes warf Rabbi Tenenbaum außerdem vor, dass sie *erst dann* aktiv gegen islamistische Terroristen vorging, nachdem verheerende Anschläge wie die in Paris und Saint-Denis geschehen waren. Er empfand es als eine Verhöhnung der Opfer, wenn der französische Innenminister im Nachhinein zu verstehen gab, dass der Geheimdienst über alle Attentäter seit Jahren mit bürokratischer Pedanterie penible Dossiers geführt hatte, ohne gegen sie einzuschreiten. Diese Mörderbrut musste nach Tenenbaums Meinung konsequent und gnadenlos verfolgt werden, bevor sie noch mehr Unheil anrichten konnte, etwa durch systematische, groß angelegte Razzien in den Vierteln, in denen sich die amtsbekannten Islamisten aufhielten.

Der Rabbi wollte alle diese monumentalen Missstände selbstverständlich öffentlich anprangern, allein es wurde ihm keine Plattform mehr dafür geboten. Nach der Pressekonferenz in Marseille und seinem Gastauftritt in der Sendung *L'invité* wurde er von den Medien als zu scharfzüngig und kontrovers, ja auch als zu radikal eingestuft. Es verblieb ihm daher nur, im Freundeskreis seine Ansichten zu äußern und Politiker als Jammergestalten, Schlappschwänze und Karikaturen zu bezeichnen. Gerne legte er folgende Theorie vor:

„Die europäischen Spitzenpolitiker sind gar keine real existierenden Personen, denn kein Mensch aus Fleisch und Blut kann so pathetisch ungeschickt sein. Sie sind vielmehr Teil einer europaweiten dadaistischen Performance, in der Künstler des absurden Theaters führende Politiker mimen. Diese Performance dauert schon jahrelang an. Nun wäre es jedoch an der Zeit, dass das Publikum die darstellerischen Leistungen mit Applaus würdigt und die Komödianten von der Bühne abtreten lässt. Die gegenwärtigen Probleme Europas erfordern stattdessen harten prosaischen Realismus!"

Die Freunde konnten diese These klarerweise nicht ernst nehmen und fassten sie eher als unterhaltsames intellektuelles Gedankenspiel auf, wiewohl vielleicht ein Körnchen Wahrheit darin steckte. Manche hielten dagegen, dass es sich eher wie bei Platons Höhlengleichnis abspielte und wir nur die verzerrten Schatten von Akteuren sähen, die sich in der Wirklichkeit redlich, aber leider erfolglos, Mühe gaben.

Noah Tenenbaum war nicht der Mann, der untätig zusah, wenn seine jüdische Gemeinde in ihrer Existenz bedroht wurde. Schon vor Wochen hatte er einen ihm gut bekannten Rabbiner in Tel Aviv kontaktiert, der die Verbindung mit Sicherheitsfirmen herstellte, die von ehemals leitenden Mossadmitarbeitern gegründet worden waren. Tenenbaum wusste eben, und es ist ja auch allgemein geläufig, dass Israel in der Sicherheitstechnologie als das weltweit führende Land gilt. Schließlich heuerte er drei Sicherheitsexperten an, die alle früher als Agenten des Mossad tätig gewesen waren und die Hochtechnologiemethoden verwendeten, von denen niemand in Frankreich eine Ahnung hatte. So beherrschten sie Personenerkennungssysteme, die auf einer Verbindung von Techniken wie Ultraschall, Infrarot, Radar/Sonar und Magnetresonanz basieren.

Am wirksamsten erwies sich ein Ortungsverfahren mittels Radioaktivität. Unbekannte Autos, die in der Nähe des wahrscheinlichsten Zielobjekts, des jüdischen Gemeindezentrums, parkten, wurden mit radioaktivem Material in Quantitäten im Subnanobereich versehen, welches den Wagen und seine Insassen mit einer für die Gesundheit unschädlichen Dosis verstrahlte. Die so markierten Fahrzeuge und Personen konnten dann mit hochsensiblen Messgeräten und Sensoren, wie sie der Mossad in Drohnen in großer Höhe zum Aufspüren radioaktiver Strahlung in iranischen Nuklearanlagen einsetzt, verfolgt werden. Im Niedrigtechnologiebereich ließ sich Rabbi Tenenbaum zwei auf Sprengstoff trainierte Spürhunde aus Israel kommen.

Einige Stunden nach dem Attentat auf den Lehrer sprachen Tenenbaums Sicherheitsbeauftragte bei ihm vor und berichteten über einen verdächtigen Wagen, der zweimal zwischen dem jüdischen Gemeindezentrum und dem Sozialwohnbau HLM Les Aygalades im Norden der Stadt hin und her gependelt war. In dieser Anlage wohnten garantiert keine Juden, denn ein Leben unter all den Maghrebinern dort wäre für sie die Hölle gewesen. Also mussten gemeindefremde Personen involviert sein Die beiden radioaktiv gekennzeichneten Insassen des Fahrzeugs hatten sich auch in einem Keller des HLM getroffen – offensichtlich in einer größeren Gruppe, denn sonst hätten sie ja auch in einer Wohnung im HLM miteinander sprechen können.

Der Rabbi gab die Anweisung, diese Bande mit Hilfe des gesamten disponiblen technischen Arsenals auszuspähen und auszuhorchen: Miniaturvideokameras, Wanzen, Sensoren für Radioaktivität und Mikrosender zur Übertragung der Daten. In der folgenden Nacht drangen Tenenbaums Spione in die Keller des HLM ein und installierten alle diese Geräte in den in Frage kommenden Räumen.

Schon am nächsten Vormittag traf sich die besagte Gruppe in einem dieser Kellerräume. Die Überwachungsmechanismen funktionierten makellos, und so vermochte das israelische Sicherheitspersonal diese Unterredung von 15 Männern genauestens zu verfolgen. Die ehemaligen Mossadagenten konnten natürlich nicht wissen, dass sie gewissermaßen eine Filiale des Schwarzen Halbmonds bei der Arbeit beobachteten. Die Organisation hatte bereits so viele Mitglieder, dass nicht mehr alle im Hauptquartier bei Marignane wohnen konnten und somit Außenstellen errichtet worden waren. Die Abhörer verstanden übrigens die Gespräche sehr gut, da sie wie die meisten Mossadagenten der arabischen Sprache kundig waren. Die Tätigkeit des israelischen Geheimdienstes richtet sich ja vornehmlich gegen Palästinenser und die Hisbollah, und daher ist die Kenntnis des Arabischen ein essenzielles Rüstzeug seiner Spione.

Die in dieser Runde verstrahltesten Personen waren der syrische Ahmed, wie er von den anderen genannt wurde, wohl um ihn von einem zweiten Ahmed zu unterscheiden, und ein gewisser Mahmoud. Es wurde im Laufe der Sitzung klar, dass diese beiden am nächsten Tag um 10 Uhr einen Sprengstoffanschlag auf das jüdische Gemeindezentrum verüben sollten. Mahmoud würde im Fluchtauto bleiben, während der syrische Ahmed die geschärfte Bombe in einem Rucksack an einer Mauer des Zielobjekts deponieren sollte. Danach würde er betont gemächlich, um Aufsehen zu vermeiden, zum Wagen zurückschlendern und den Sprengkörper per Fernzündung auslösen. Der Sprengstoffexperte der Terroristengruppe informierte den syrischen Ahmed über die Bauart und die Funktionsweise der Bombe. Diese Beschreibung entlockte den mitlauschenden vormaligen israelischen Agenten nur ein herablassendes Lächeln, denn die Konstruktion entsprach aus ihrem Blickwinkel dem Stand der Technik von vor etwa 20 Jahren.

Für die Profis mit Mossaderfahrung war es nun geradezu ein Kinderspiel, diesen geplanten Anschlag zu vereiteln. Sie verfolgten am nächsten Morgen das Auto mitsamt den Insassen, welche die stärkste radioaktive Emission unter allen konkurrierenden Strahlungsquellen aussandten. Die von den prospektiven Attentätern verwendete Fernzündung wurde durch Störsignale vorbeugend lahmgelegt. Zwei der Israelis, die in einem Hinterhalt lauerten, identifizierten den syrischen Ahmed, als er mit seinem gewichtigen Backpack – wie er glaubte ganz unauffällig – zum jüdischen Gemeindezentrum kam, und überwältigten ihn. Sie konnten die Bombe mit einem einzigen Handgriff entschärfen, da sie mit deren einfacher Bauart durch den Lauschangriff auf die entscheidende Sitzung der Terroristenzelle bestens vertraut waren.

Noah Tenenbaum wollte den syrischen Ahmed gar nicht sehen, denn er hätte sich bei dessen Anblick sicherlich in einer Art und Weise vergessen, die nicht dem Berufsbild eines Rabbiners entsprach. Er überließ es seinen Spionen, mit dem Mann nach ihrem Gutdünken zu verfahren. Mossadagenten haben ihren eigenen Kodex, nach dem über moslemische Übeltäter in der Regel die Todesstrafe verhängt wird. Die Sicherheitsbeauftragten des Rabbis fuhren mit dem Terroristen in die fast unbewohnte östliche Camargue zwischen Salin-de-Giraud und Arles, die wegen ihres nahezu 1.000 Quadratkilometer großen Naturparks mit seiner reichhaltigen Vogelwelt berühmt ist. Dort, in einem Steppengeviert weit von den Wegen für die Besucher entfernt, jagten sie den gefesselten syrischen Ahmed mit seinem eigenen Sprengstoffpaket in die Luft. Er wurde also mit einem Schuss Ironie als Selbstmordattentäter inszeniert und erhielt dadurch vielleicht sogar die Chance, in das islamische Paradies emporzuschweben und sogleich von schönen Maiden verwöhnt zu werden. Die Explosion war so gewaltig, dass ein Krater von etwa 20 Metern Durchmesser entstand.

Zwei Tage später gab es einen weiteren Versuch eines Anschlags auf das jüdische Gemeindezentrum durch Mahmoud. Dieses Vorhaben wurde auf die gleiche Art wie das erste verhindert. Beim dritten Mal wurde der irakische Ahmed auf dieses Himmelfahrtskommando geschickt. Doch dann riss die Serie der Attentatsversuche gegen das jüdische Gemeindezentrum in Marseille ab. Die Drahtzieher, wer immer sie waren, konnten nicht der Reihe nach ihre Männer in einen sinnlosen Tod schicken und gaben den Kampf gegen den ihnen offenkundig überlegenen Rabbiner auf. Noah Tenenbaum war naturgemäß stolz darauf, diese Terroristenzelle auf seine eigene Façon neutralisiert zu haben, ohne die geringste Beihilfe durch die seiner Meinung nach unfähigen französischen Behörden.

Noch Jahrzehnte später sollten Wissenschaftler darüber rätseln, ob es in der östlichen Camargue in der zweiten Dekade des 21. Jahrhunderts drei signifikante Meteoriteneinschläge gegeben hatte, obwohl keine Berichte darüber aufzufinden waren.

KAPITEL 19

Kommissar Arletti lehnte behaglich auf seinem Drehstuhl, eine Tasse *noisette* und ein *croissant* als Bürofrühstück auf dem Schreibtisch, und blätterte im Bericht seines Beamten Ferret. Darin wurde in umständlichen und unbeholfenen Formulierungen zum Ausdruck gebracht, was dieser in letzter Zeit vor dem jüdischen Gemeindezentrum beobachtet hatte. Manchen seiner Untergebenen würde der Kommissar Französischunterricht verordnen müssen. Dieser hilflose Stil war unerträglich! Das Niveau der jungen Polizeirekruten geht immer mehr bergab, nicht einmal eine einfache Meldung an Vorgesetzte können sie logisch und durchsichtig verfassen, sinnierte der Kommissar.

Es waren aber schon seltsame Vorgänge, die Arletti aus dem dilettantisch verfassten Protokoll nach mehrmaliger Durchsicht herauslas. Ferret berichtete von irgendwelchem gut getarnten Sicherheitspersonal, das in der Nähe des Gemeindezentrums herumstrich und sich besonders für die dort parkenden Fahrzeuge zu interessieren schien. Manchmal kam es auch zu Gewalttaten dieser Männer, die aber so blitzschnell verliefen, dass Ferret kaum mitbekam, gegen wen sie gerichtet waren. Er versuchte, ihre spärlichen Mitteilungen untereinander zu belauschen, aber diese wickelten sich in einer ihm gänzlich fremden Sprache ab. Einige Male hörte er jedoch die Bezeichnung *Les Aygalades* heraus. Diese Beobachtung betonte Ferret besonders – sie bildete auch das einzig Greifbare in seinem Bericht. Daneben warf er die naheliegende Frage auf, ob diese Leute überhaupt mit einer gültigen Lizenz operierten. Zumindest in der bürokratischen Denkweise war Ferret gut geschult!

Arletti tunkte das *croissant* wieder kurz in den Kaffee ein, bis es sich leicht angesogen hatte, und biss dann kräftig davon ab. Während er die teils weiche, teils knusprige Masse genießerisch im Mund zergehen ließ, reflektierte er über seine vollends unliterarische Lektüre. Les Aygalades, das erinnerte ihn doch an etwas! Ja, natürlich, die versuchte Entführung der Mata Hari des französischen Geheimdienstes, der prachtvollen Schönheit unter dem Schutz dieses Hampelmanns Brezinski!

Meine Untergebenen erzählen mir ja, so dachte Arletti nebenbei, Wunderdinge über das charismatische Auftreten und die erotische Ausstrahlung dieser Frau. Die gesamte Männerriege des Amtes sprach von ihr mit unverhohlener Begehrlichkeit. Die Kollegen, die im Polizeiquartier wohnten, wurden andauernd darüber befragt, ob in Michous Garçonnière Liebhaber aus und eingingen, und auf Brezinski war man – trotz des Mangels an tatsächlichen Anhaltspunkten für eine intime Beziehung – leidenschaftlich eifersüchtig.

Möglicherweise befindet sich im HLM Les Aygalades ein Stützpunkt der Bande, die der Pole im Visier hat, spekulierte Kommissar Arletti. Seine eigenen Beamten wagten sich ja nicht mehr in die nördlichen Stadtviertel, aber vielleicht wollten sich der Agent 007 und die Lady in seinem Kielwasser auf eine Himmelfahrtsmission nach Les Aygalades begeben. Sie werden ja schließlich reichlich dafür bezahlt, ihren Kragen zu riskieren, das nahm er, Kommissar Arletti, jedenfalls an. Er würde zumindest den heißen Tipp an Brezinski weiterleiten. Dieser sollte dann damit tun, was er für richtig hielt. Das Polizeipräsidium von Marseille hatte dann auf alle Fälle seine Pflicht und Schuldigkeit erfüllt und war aus der behördlichen Verantwortung entlassen. Das Weiterreichen unangenehmer Aufgaben war ein alltäglicher Bestand der Beamtentätigkeit und musste daher immer wieder geübt werden, um stets kunstvoll und einfallsreich praktiziert werden zu können.

Noch am selben Vormittag ließ Arletti den Agenten Brezinski zu sich rufen. Dieser sah sehr ruhig und gelassen aus, so als ob er die letzten Tage recht entspannt verbracht hätte. Der

Kerl hat vielleicht eine Affäre mit seiner attraktiven Untergebenen begonnen, dachte der Kommissar mit einem gewissen Sexualneid, obwohl das im Staatsdienst eigentlich unerwünscht ist. Doch der Geheimdienstagent wird schon wissen, wie man sensible Dinge geheim hält! Wozu erhält er denn seine Ausbildung?

Arletti ging ohne Umschweife auf den ihn wegen dessen offen zur Schau gestellten Nonchalance irritierenden Agenten los:

„Brezinski, Sie frecher Hund, eigentlich sollte ich mit Ihnen gar nicht mehr reden, nach allem, was Sie sich in meinem Büro schon an Unverschämtheiten erlaubt haben. Zuletzt musste ich sogar einen altgedienten Polizeibeamten aus seiner Dienstwohnung hinauswerfen, nur um für Ihre Agentin Platz zu schaffen. Ich hoffe, der Dame ist die Unterkunft fein genug!"

Der Kommissar konnte sich ein sarkastisches Grinsen nicht verbeißen. Er wusste selbstredend ganz genau, wie spartanisch die Polizeiquartiere eingerichtet waren. Nachdem sich seine Gesichtszüge wieder in ihr Alltagsformat eingeordnet hatten, setzte er fort:

„Hören Sie, Brezinski, der *einzige* Grund, warum ich Sie herbestellt habe, ist eine Nachforschung, die wir gerade verfolgen. Ansonsten wüsste ich nicht, weshalb ich ihre impertinente Visage noch einmal ertragen sollte. Mein Verlangen danach ist auf dem absoluten Gefrierpunkt. Aber zu meinem größten Leidwesen muss ich im Zuge von Ermittlungen mit Ihnen zusammenarbeiten, ob ich will oder nicht. Nun zur konkreten Angelegenheit! Ich weiß aus gut unterrichteten Quellen, wie man so schön sagt, dass sich im HLM Les Aygalades im Norden von Marseille etwas Finsteres zusammenbraut. Es sieht so aus, als ob die Bande, der Sie nachspüren, dort ihr Unwesen treibt, und zwar in Dingen, die *eindeutig* in Ihre Kompetenz fallen. Ich empfehle Ihnen daher, einmal einen Betriebsausflug zu unternehmen und sich die liebliche Gegend dort näher anzuschauen. Und informieren Sie mich gefälligst, wenn Sie handfeste Beweise gesammelt haben und wir Verhaftungen vornehmen können. Das ist alles. Und jetzt verdunkeln Sie schleunigst die Türöffnung meines Büros, Sie Ekel!"

Nach dieser freundlichen Verabschiedung erachtete es Brezinski als überflüssig, bei seinem Abgang „*au revoir*" und „*bonne journée*" zu sagen. Arletti nahm das wortlose Verschwinden des Agenten unbeeindruckt hin, denn er freute sich über seine eigene Kaltschnäuzigkeit, mit der er diese brisante und risikobeladene Materie an das DCT weitergereicht hatte. Nun konnte er sich wieder ganz alltäglichen Vorfällen wie Taschendiebstählen auf Märkten und sexuellen Belästigungen von Frauen durch maghrebinische Jugendliche zuwenden.

Eigentlich hätte Brezinski bei einer soliden Dienstauffassung sogleich ins Polizeiwohnheim zu Michou eilen müssen. Aber er brauchte nach diesem vormittäglichen, höchst unangenehmen Ansinnen seitens der Ordnungsmacht von Marseille vordringlich und unbedingt eine aufmunternde Tasse *noisette*. Der rüde Kommissar Arletti hatte ihm keine angeboten, und daher musste sich der brüskierte Agent selbst eine im Café um die nächste Ecke bezahlen.

Nach den ersten Schlucken des heißen, duftenden und molligen Getränks konnte Brezinski wieder etwas klarer denken. Arletti wollte also Geheimdienstagenten in die gefährlichste Zone von Marseille schicken, in die sich nicht einmal seine *eigenen* Männer hineinwagten. Er, Maurice Brezinski, würde da jedenfalls nicht seinen Kopf hinhalten. So viel Opfermut fand er nicht in seinem Herzen – in seinem *Hasenherzen*, wie er sich ehrlich eingestand. Aber wozu hat man denn eine gut ausgebildete Assistentin? Möglicherweise handelt es sich hier ohnehin um einen Einsatz, der eher weibliches Gespür als männlichen Verstand verlangt. Außerdem ist ein HLM, ein Sozialwohnbau also, Michous angeborenes Habitat, denn sie hat ja schließlich ihre Kindheit und Jugend in der Pariser *banlieue* verbracht. Er hingegen mit seinem polnischen Blondschädel wäre in einem HLM ein absoluter Fremdkörper, also konnte er sich vom Einsatz in einem solchen Territorium getrost distanzieren. Diese Gedanken sowie der köstliche Kaffee brachten den durch Kommissar Arletti in eine unliebsame Unruhe versetzten Agenten wieder in seine gewohnte seelische Balance. Abgeklärt, gleichmütig und mit einem gesunden Maß an Selbstschutz sollte ich diese Mission in Marseille betreiben, dann werde ich sie unbeschadet überstehen, sagte er sich.

Jemand hatte die aktuelle Ausgabe der Tageszeitung *La Provence* auf Brezinskis Tisch liegen gelassen. Aus reiner Trägheit und müßiger Langeweile – er wollte sich nur sehr zögerlich von der sicheren und behaglichen Atmosphäre des Kaffeehauses trennen – begann er, die Zeitung durchzublättern. Normalerweise interessierten ihn in diesen Journalen nur der Sportteil und das Fernsehprogramm. Aber dieses Mal, da er sich selbst jede Menge Zeit gönnte, blieben seine Augen auch an den Nachrichten aus Marseille hängen. Die Rezension eines Restaurants am Vieux Port stach für ihn als Gourmet heraus. Sie hob lobend hervor, dass dieses ambitionierte Lokal eine neue Art von Felsmuschel aus dem Mittelmeer für die provenzalische Küche entdeckt hatte. Die Muscheln seien zwar total geschmacksneutral und in der gegrillten Form, in der sie zubereitet wurden, nur eine zähe schwarze Masse von der Größe eines Ringfingernagels, aber in der *haute cuisine* kam es ja schließlich vor allem auf die Kreativität und die Novität an. Der Kritiker regte an, als farblichen Kontrast zu den Muscheln noch als Begleitung in Süßmandelöl geschmorte weiße Qualleneingeweide zu servieren. Die Speise ließe sich dann mundwässernd und unwiderstehlich als *blanc et noir de la mer* anbieten oder auch als *Ebony and Ivory* in Anlehnung an einen bekannten Popsong.

Auf derselben Seite las der Agent eine alarmierende Reportage über immer häufiger vorkommende gewalttätige Attacken gegen orthodoxe Juden auf offener Straße und in Metrostationen. Die Täter waren zumeist Maghrebiner und Ägypter, wobei den Verfasser des Artikels das Auftreten der letzteren Gruppe verwunderte, da diese bis vor Kurzem in Marseille nicht in Erscheinung getreten war. Eine partielle Erklärung fand sich auf der nächsten Seite der Zeitung, wo über eine Pressekonferenz des Polizeipräsidenten von Marseille berichtet wurde. Er hatte bei diesem Anlass die aktuelle Statistik der illegalen Migration in der Präfektur präsentiert und auf die dramatische Verschiebung bei den Herkunftsländern hingewiesen. Waren früher Syrien, Irak und Afghanistan die hauptsächlichen Quellen der illegalen Einwanderung, so sind es nun laut der neuesten Daten Ägypten, der Sudan, Ostafrika und einige Länder der Sahelzone, vermerkte der Polizeipräsident. Der Zeitungskommentar zu dieser Pressekonferenz stellte die Vermutung an, dass eventuell vor einigen Monaten eine neue Schlepperroute von Ägypten über das Mittelmeer bis nach Frankreich gewissermaßen eröffnet worden war. Feierlichkeiten dazu hat es meines Wissens keine gegeben, dachte Brezinski, aber die Sache könnte irgendwie für meine eigene Arbeit relevant sein. Es erschien vielleicht weit hergeholt, aber man konnte darüber spekulieren, dass möglicherweise sogar ein Zusammenhang mit dem Hinweis bestand, den er heute von Kommissar Arletti erhalten hatte.

Der Kellner kehrte nun schon zum dritten Mal zu Brezinski zurück und fragte nach, ob er noch etwas wünsche. Erst dann wurde sich der Agent dessen bewusst, dass er bereits eine ganze Weile vor einer leeren Kaffeetasse saß und nur in die Zeitung vertieft war. Ein Blick auf seine Armbanduhr verriet ihm, dass die Mittagszeit nahte, und so entschloss er sich, gleich einen Imbiss im Café einzunehmen. Er bestellte ein *croque-monsieur* und ein Glas Bier und bereitete sich während des Essens mental auf die delikate Unterredung mit Michou vor. Dass er sie *alleine* ins HLM Les Aygalades auf Lokalaugenschein entsenden würde, das war ja von seiner Seite her schon entschieden. Jetzt hatte er *ihr* nur noch beizubringen, dass sie sich nach dem Abenteuer im *Le Souk* schon wieder auf ein Duell mit den islamistischen Teufeln einlassen müsste. Er benötigte noch ein zweites Glas Bier, bevor er seiner Partnerin mit diesem neuen, höchst gefahrvollen Auftrag gegenübertreten konnte.

Als Michou ihm die Tür ihres Zimmers öffnete, blickte sie ihm erwartungsvoll entgegen und sprach ihn gleich an: „*Bonjour,* Maurice. Was gibt es Neues von deinem speziellen Freund Arletti? Ich hoffe, ich kann wieder einmal etwas tun. Es wird mir schon überdrüssig, den ganzen Tag Seifenopern anzuschauen."

„Wenn dem so ist, Michou, dann habe ich gute Nachrichten für dich. Die Spürhunde Arlettis sind auf eine konkrete Fährte gestoßen, und die führt wahrscheinlich zum Hauptquartier der Bande, die wir bekämpfen und die für das Kidnapping deiner kostbaren Person verantwortlich zeichnet."

„Diesen verdammten Gangstern möchte ich *selbst* nachjagen", unterbrach Michou mit vehementer Leidenschaft. „Mit denen habe ich noch eine große Rechnung offen. Sie verschanzen sich also in Les Crottes, nicht wahr? Ich werde dort nochmals mit einer fürchterlichen Wut im Bauch und diesmal voll bewaffnet hingehen und ihnen richtig einheizen!"

Brezinski fiel ein Stein vom Herzen, weil er Michou gar nicht mit Zuckerbrot zu einem neuerlichen riskanten Einsatz überreden musste. Im Gegenteil, sie brannte darauf, ihre Gegner in deren Fuchsbau aufzuspüren! Er hatte Michous innere Stärke und grimmige Entschlossenheit auch jetzt wieder unterschätzt.

„Nein, nein, nicht *Les Crottes,* sondern *Les Aygalades*", klärte er sie auf. „Das Netzwerk der Bande ist weiter gespannt, als wir denken. Konkret handelt es sich um eine *städtische Wohnanlage* in Les Aygalades, von wo aus die Kerle anscheinend operieren. Ich zeige dir gleich auf dem Stadtplan, wo das genau liegt. Ich habe extra einen mitgebracht."

Sie setzten sich auf das Sofabett in Michous Zimmer. Ihre Augen folgten dann Brezinskis Fingern auf dem Plan begierig nach. Als sie an der gesuchten Stelle innehielten, reagierte die Agentin allerdings etwas überrascht:

„Aha, im *Norden* der Stadt! Das ist doch die Gegend, wo sich nicht einmal die Polizei hintraut! Da hat dir Arletti ganz schön den Schwarzen Peter zugespielt, und du bist wie üblich darauf hereingefallen. Seine Männer sind zu feige, um dort aufzuräumen, aber *ich* soll die Kastanien aus dem Feuer holen. Aber was soll es! Mich schreckt eine verkommene *banlieue* nicht ab, ich bin ja in einer solchen aufgewachsen. Begleitest du mich bei diesem Einsatz oder bleibst du wieder vornehm im Hintergrund?"

Maurice wand sich peinlich berührt und hatte gerade einen Satz mit „Du wirst doch einsehen" begonnen, als ihm Michou schon dazwischenfuhr:

„Natürlich, das verzärtelte polnische Mamabubi muss sich schonen. Es darf doch nicht dem *unfeinen* Anblick eines verlotterten Vorortes ausgesetzt werden. Aber *Michou*, die Hartgesottene, die Abgefeimte, fühlt sich in einem solchen Milieu gewiss *pudelwohl*! Nun gut, für mich geht es, wie wir beide wissen, um lebenslangen Knast oder Freiheit, also unternehme ich diese Mission *alleine*."

Brezinskis schlängelnde Bewegungen auf dem Sofabett beruhigten sich etwas, als er kundtat:

„Ich bin erleichtert, dass du die Sache so pragmatisch betrachtest, meine liebe Michou. Du bist ein kluges und vernünftiges Mädchen. Dann schreiten wir also jetzt gleich zu den Vorbereitungen. Zunächst stellt sich das Problem, dass dich einige Bandenmitglieder schon gesehen haben. Und eine außerordentliche Schönheit wie dich wird kein Mann je vergessen! Du musst daher in Les Aygalades sehr gut getarnt unterwegs sein."

Die Agentin hatte sofort eine Antwort bereit:

„Da gibt es eine einfache Lösung, Maurice. Ich ziehe eine *Abaya* mit *Niqab* an, wenn ich dort hingehe. Dann sehe ich außerdem wie eine fromme Moslemin aus und kann leichter

Kontakt mit den Menschen im HLM aufnehmen. Wir treffen also zwei Vögel mit einem Stein."

Maurice bemühte sich, Begeisterung zu demonstrieren, obwohl ihm die Gedanken an diese Operation eigentlich Beklemmungen verursachten:

„Genial! Du bist unersetzlich, Michou! Das nächste Problem ist, dass es sich beim HLM Les Aygalades um eine riesige Wohnanlage handelt, wie du auf dem Plan erkennen kannst. Wir haben aber keine Ahnung, wo genau sich unsere Zielsubjekte aufhalten, ob sie dort einen festen Treffpunkt haben und so weiter. Das heißt also, dass du mit deinen Recherchen quasi beim Nullpunkt beginnen musst."

Michou darauf selbstbewusst und dezidiert:

„Sei ganz beruhigt, Maurice. Ich werde schon Vorwände finden, unter denen ich mich dort näher umsehen kann. Ich werde mich dabei an Frauen halten, denn die wissen immer am besten, was in ihrer Umgebung vor sich geht. Jetzt muss ich aber schnell in die Rue d'Aix laufen, um mir eine *Abaya* und einen *Niqab* zu besorgen. Du kannst dir vorstellen, dass diese Verhüllungen nicht zu meiner Standardgarderobe gehören. Morgen bin ich einsatzbereit!"

KAPITEL 20

Am nächsten Vormittag fuhr Michou, mit einer schwarzen *Abaya* über dem Körper und einem schwarzen *Niqab* vor dem Gesicht, per Taxi zum HLM Les Aygalades. Maurice hatte gewiss irgendwelche Sicherheitsvorkehrungen hinter der Front getroffen, aber seine Assistentin kümmerte sich nicht darum, denn alle seine Maßnahmen hatten sich bislang ohnehin immer als völlig nutzlos erwiesen. Sie war voll von ihrem Rachedurst gegen die miesen Bastarde erfüllt, die sie im *Le Souk* sexuell missbraucht und dann entführt hatten, und steuerte auf ihre Gegner zielgerichtet wie ein Torpedo gegen ein feindliches Schiff los.

Der Taxifahrer setzte sie am Rande der Elendssiedlung ab, kassierte schleunigst und brauste sofort wieder los. Offensichtlich betrachtete er jede Sekunde an diesem Ort als höchst gefährlich. Michou in ihrer vollendeten Körpertarnung schritt das Areal des HLM zügig ab, forschende Blicke um sich werfend. Es überraschte sie, dass die Wohnmaschinen hier noch höher, klotziger, billiger gebaut, dichter bewohnt und insgesamt inhumaner waren als die in der Pariser *banlieue*. Sie hatte immer geglaubt, dass die immense und heruntergekommene städtische Wohnanlage, in der sie aufgewachsen war, den Nadir menschlichen Hausens darstellte. Doch das allgemeine Ambiente im HLM löste bei Michou ein Gefühl von *déjà vu* aus: Die wirren Graffiti an den Hauswänden und in den Stiegenaufgängen, die gesprühten und geschmierten Schmähungen gegen die Polizei, der nicht abgeholte Müll und der starrende Dreck überall, der Gestank nach Urin und Fäkalien in den Erdgeschossen, wo die Drogensüchtigen anscheinend ihre Notdurft verrichteten, der Geruch von Moder, Zigarettenrauch, Marihuana und ungelüfteten Korridoren auf allen Stockwerken.

Auf dem Parkplatz und bei den Haustoren lungerten Jugendliche und junge Männer herum, manche vielleicht Drogenkuriere, aber alle jedenfalls arbeitslos und antriebslos. Michou ging an diesen lauernden Kerlen vollkommen unbehelligt vorbei, denn unter den wallenden Gewändern und der Gesichtsmaske konnte sich genauso gut eine korpulente, erotisch völlig uninteressante Matrone verbergen. Die *Abaya* und der *Niqab* bieten eben den perfekten Sichtschutz, den Allah bei züchtigen moslemischen Frauen so schätzt.

Die Agentin hatte sich darauf vorbereitet, hier im HLM vorzutäuschen, nach ihrer marokkanischen Tante zu suchen. Sie, Michou, sei soeben aus Rabat angekommen und die Tante sei ihre einzige Bezugsperson in Frankreich. Ohne die Tante könne sie in diesem fremden Land nicht Fuß fassen. Mit dieser Geschichte würde ihr von maghrebinischen Frauen gewiss Empathie entgegengebracht werden.

Sie klopfte an eine willkürlich ausgewählte Wohnungstür in einem oberen Stockwerk, wohin die ekelerregenden Ausscheidungsgerüche aus dem Erdgeschoss nicht mehr drangen. Selbst nach mehrmaligem und immer heftigerem Klopfen öffnete aber niemand. Dafür vernahm Michou ein eskalierendes Wortgefecht hinter der Tür. Offenbar entwickelte sich in der Wohnung ein handfester Familienstreit. Die schwarz verhüllte Agentin verharrte eine Weile unschlüssig auf dem schmalen, schmutzigen und schlecht beleuchteten Gang. Gerade als sie weitergehen wollte, trat aus einer Nachbarwohnung eine Maghrebinerin vom Großmuttertypus heraus und keifte auf Arabisch:

„Was ist denn da für ein Wirbel? Hat man denn überhaupt keine Ruhe mehr in diesem verdammten Haus? Nun, ich weiß es ja, auf alte Leute wie mich wird hier *keinerlei* Rücksicht genommen! Kein Benehmen mehr, kein Respekt mehr. Nur Frechheiten, Beleidigungen, Brüskierungen, Gemeinheiten!"

Erst nach dieser universellen Anklage gegen die Welt richtete sich die Nachbarin persönlich, aber ebenso wütend, an Michou:

„Hören Sie nur, wie die Leute da drinnen aufeinander losgehen! Ein absoluter Skandal! Die Nachbarn sind ihnen total egal. Aber das war immer schon eine Streitbude. Früher hat das Ehepaar unter sich gestritten und jetzt streiten die beiden mit ihrem Sohn. Was wollen Sie denn von ihnen?"

Michou antwortete betont gelassen und geduldig: „Ich suche meine Tante, die hier im HLM wohnt. Aber ich kenne ihre Appartementnummer nicht. Sie stammt aus Marokko, aus Rabat, und ist 62 Jahre alt. Ich dachte, ich probiere es einmal bei dieser Wohnung hier, aber das war anscheinend keine gute Wahl."

Michous sanfter Tonfall beruhigte die maghrebinische Großmutter etwas, und aus ihrem von tiefen Falten durchfurchten Gesicht, eingerahmt von einem stramm gebundenen dunkelbraunen *Hijab*, tönte es nun gemessener heraus:

„Nein, sicher nicht, denn die Frau da drinnen ist etwa 40 Jahre alt. Ich bin übrigens selbst Marokkanerin. Ich komme aber nicht aus einer Großstadt, sondern aus einem kleinen Dorf im Süden, von dem Sie gewiss noch nie gehört haben. Unser HLM ist riesengroß, aber zumindest in diesem und im nächsten Block kenne ich einige unserer Landsleute. Gehen Sie in den nächsten Block und fragen Sie im zehnten Stock nach einer Frau namens Latifa. Die ist aus Rabat und auch älter. Sie könnte daher Genaueres über andere Frauen aus Rabat aus ihrer Generation wissen."

„Vielen Dank für Ihre Hilfe. Ich glaube, Allah hat Sie mir gesandt. Ich bin nämlich gerade aus Marokko angekommen und kenne in ganz Frankreich nur meine Tante. Ich muss sie also unbedingt finden."

Michou war froh, einen Schritt weiter gekommen zu sein. Sie wollte aber ausloten, ob aus diesem Gespräch noch etwas mehr herauszuholen wäre:

„Aber jetzt sagen Sie mir einmal, warum hinter dieser Tür hier so ein wüster Streit stattfindet. Das sind ja Familienverhältnisse, die ich von mir zu Hause nicht gewohnt bin."

Die Greisin steigerte sich erneut in eine Erregung:
„Nun, diese Eltern haben ständig Auseinandersetzungen mit ihrem halbwüchsigen Bengel, wie übrigens auch viele andere Eltern in unserem HLM. Die Jugendlichen wollen alle für eine Bande arbeiten, welche die ganze Wohnanlage terrorisiert. Anscheinend kann man da gut verdienen. Es werden Drogen gehandelt und auch sonstige dunkle Geschäfte gemacht. Die Leute hier reden aber alle nur hinter vorgehaltener Hand darüber, weil sie große Angst haben. Ich selbst fürchte mich nicht. Ich bin alt und schon auf dem Weg ins Paradies. Mir kann diese Welt nichts mehr anhaben."

„Das klingt ja ziemlich gefährlich, meine gute Frau. Ich vermute, dass es daher in der Wohnanlage Zonen gibt, die normale Sterbliche nicht betreten sollen, weil die Gangster sie beanspruchen."

Michou musste ja herausfinden, wo die Bande ihre Verstecke und ihren Treffpunkt hatte. Die betagte Marokkanerin antwortete bereitwillig:

„Die Kellergeschosse gelten allgemein als sehr unsicher. Und von Latifa höre ich, dass der Keller in *ihrem* Block überhaupt verbotenes Gebiet ist. Ich kenne auch keine Frau, die dort jemals war."

Die Agentin gab sich mit dieser Auskunft zufrieden:

„Nochmals vielen Dank! Ich werde Ihrem Ratschlag folgen und prinzipiell alle Keller vermeiden. Es gibt ja auch keinen Grund, warum ich dort herumstöbern sollte. *Salaam!*"

Michou machte sich zu Latifas Block auf, mit dem untrüglichen Gefühl im Bauch, dort Spuren der verbrecherischen Bande zu entdecken. Die junge Frau aus den anarchischen Pariser Vororten horchte immer gerne auf ihren Instinkt. Systematisches, logisches Denken führt hingegen in einem gesetzlosen Milieu nämlich meistens zu falschen Entscheidungen, so viel hatte sie aus schlimmen Erfahrungen bereits gelernt.

Die Frage, ob sie Latifa dem Schein nach aufsuchen sollte, stellte sich für Michou gar nicht, als sie bemerkte, dass der Aufzug in diesem Wohnhaus durch eine morsche, alte Holzbarriere abgesperrt war. Der Fahrstuhl hatte wahrscheinlich schon vor Jahren den Dienst verweigert und war nicht mehr repariert worden. Michou verspürte keine Lust, bis in den zehnten Stock hinaufzusteigen, nur um ihr Täuschungsmanöver in unnützer Weise fortzusetzen. Sie konzentrierte sich lieber darauf, einen Abgang in den Keller zu finden. Insgesamt gewann sie den Eindruck, dass dieses Gebäude noch verwahrloster als die anderen im HLM aussah – vielleicht ein weiteres Indiz dafür, dass sie hier in die Kernzone der Bande eindrang.

Sie eilte durch die trostlosen, übel riechenden Korridore im Erdgeschoss, stets darauf bedacht, nicht im Halbdunkel über leere Getränkedosen und Plastikflaschen zu stolpern. In den finsteren Ecken der Gänge lagen verstreut Injektionsspritzen auf dem Boden und Jugendliche saßen herum, einige bereits in einem fortgeschrittenen Stadium des Drogenrausches. Michou war klug genug, diese Schattengestalten nicht nach der Kellerstiege zu fragen. Sie musste selbst zurechtkommen, wie schon so oft in ihrem Leben. Sie würde einfach dieses Stockwerk zu ebener Erde systematisch ablaufen und konnte so den Zugang zum Tiefgeschoss nicht verfehlen.

In der Tat gelangte sie mit ihrer Beharrlichkeit zu einem Stiegenhaus, in dem nicht nur eine Treppe nach oben, sondern auch eine in den Keller führte. Michou horchte angestrengt nach unten. Nicht das leiseste Geräusch. Ihr Instinkt empfahl, den Abstieg in das dunkle Geschoss gleich zu wagen. Die Gewissheit der Gefahr und die Ungewissheit des Kommenden lasteten trotzdem auf ihrem Gemüt. Mit der Schleppe der *Abaya* hinter sich konnte sie nur langsam und vorsichtig, Stufe für Stufe, die unbeleuchtete Betonstiege hinuntergehen. Die angespannte Agentin bewegte sich auf diese Art über eine Halbtreppe und dann nach einer Wendung um 180 Grad über eine zweite Halbtreppe. Glücklicherweise gab es ein Geländer zum Festklammern – einen symbolischen Fixpunkt im hochriskanten Abenteuer gewissermaßen.

Im Kellergeschoss angekommen, tastete sich Michou einige Meter an einer rauen Betonwand entlang. Zu ihrem Entsetzen fiel sie dann über ein Hindernis – wohl eine Schachtel aus Karton. Vielleicht werden hier Munition und Drogen gelagert, dachte sich die erschrockene Agentin. Sie rappelte sich auf und lauschte atemlos, aber wieder war nichts zu hören. Sie entfernte sich von der Wand, behutsam Fuß an Fuß auf dem Boden voranschiebend, um nicht erneut über irgendwelche abgestellten Waren zu stolpern. In den spärlichen Resten des Tageslichts im Keller nahm sie in einer weiß getünchten Wand die vagen Umrisse eines Eingangs wahr und passierte diesen.

Plötzlich krachte eine schwere Eisentür hinter Michou mit einem harten Knall ins Schloss und ihr Herz fror ein. Am anderen Ende des Raumes wurde eine Tür geöffnet und sodann ein Schalter angeknipst. An der Decke flackerte eine Neonröhre auf und verbreitete ein kaltes, erbarmungsloses Licht in eine Halle mit einem großen Besprechungstisch und etwa einem Dutzend Stühle in der Mitte. Zwei Männer stürzten sich von hinten auf die Agentin und drei weitere rannten von vorne als Verstärkung herbei. Michou hatte in ihrer sie umhüllenden *Abaya* keinerlei Bewegungsfreiheit und stand daher gegen die Angreifer auf verlorenem Posten. Sie verfluchte sich, weil sie nicht, bevor sie überhaupt in den Keller hinabgestiegen war, ihre Dienstpistole schussbereit in die Hand genommen hatte. Ich habe aus einem zu überheblichen Selbstsicherheitsgefühl heraus einen fatalen Fehler begangen, musste sie sich verzweifelt und zerknirscht eingestehen.

Nun lief alles nach einer vorhersehbaren Dramaturgie ab. Die Männer klemmten Michou auf dem Betonboden fest und einer von ihnen riss ihr den *Niqab* vom Gesicht.

„Das ist doch die Schlampe vom *Le Souk!*", rief er verblüfft. Er zerknüllte die Gesichtsmaske, stopfte Michou das Stoffknäuel als Knebel in die Mundhöhle und band ein großes Taschentuch vor ihren Mund. Dann wurde ihr die *Abaya* abgehoben und eine Leibesvisitation durchgeführt, das heißt, sie wurde splitternackt ausgezogen und ihre Pistole sowie ihr Springmesser wurden konfisziert. Nachdem man ihre Hände hinter dem Rücken gefesselt hatte, wurde sie wie ein delikater Leckerbissen auf dem Tisch serviert. Starke Arme pressten sie auf die Tischplatte, und ein gieriger schwarzbärtiger Unhold legte sich auf sie und drang zwischen ihre forciert gespreizten Schenkel ein. Unter den Anfeuerungsrufen der Umstehenden keuchte er auf ihr, bis sich sein Samen in sie ergoss. Nach einem Handgemenge zwischen den Männern wegen der Reihenfolge taten es ihm die anderen vier gleich. Bei den ersten beiden Vergewaltigern brüllte sie noch Verwünschungen in den Knebel. Dann wurde sie halb bewusstlos und erlitt den Horror nur mehr in einem Nebel von heißem Atem, Barthaaren, erdrückenden Körpergewichten und ekligem Schleim in ihrem tiefsten Inneren. Keine Bestie im Tierreich war einer solchen gräulichen Untat fähig!

Als sich alle Männer an ihr vergangen hatten, rief einer von ihnen per Mobiltelefon einen Anführer herbei. Nach einer halben Stunde tauchte Ibrahim auf, besichtigte voller Genugtuung die noch immer auf dem Tisch liegende Michou und sprach ihr höhnisch ins Gesicht:

„Schau nur, jetzt lernst du Ali endlich persönlich kennen. Wir hatten ja schon interessante Telefongespräche miteinander. Doch, du siehst recht, Ali ist Ibrahim und Ibrahim ist Ali! Und jetzt wird dich Ali vernaschen."

Er befriedigte sich an der wehrlosen Frau wie die fünf anderen Männer vor ihm. Michou war entsetzt, nun dem Mörder Ibrahim ausgeliefert zu sein. Von ihm konnte sie keine Gnade erwarten, denn er wollte die Zeugin seiner Tat sicherlich beseitigen. Man ließ sie zunächst aber noch am Leben. Die *Abaya* wurde ihr übergeworfen und man brachte sie durch einen Ausgang, der vom Keller direkt ins Freie führte, zu einem Kastenwagen in einer schmalen Zufahrtsstraße. Sie fragte sich mutlos, ob Maurice alle diese Nebenfahrbahnen und versteckten Ausgänge wirklich unter Beobachtung gestellt hatte. Eher nicht, gab sie sich selbst resignierend die Antwort.

Die zerstörte Michou wurde mit dem Kastenwagen, der ansonsten als Schlepperfahrzeug diente, in das Hauptquartier des Schwarzen Halbmonds in der Nähe von Marignane geliefert. Ibrahim selbst überwachte den Transport seiner Trophäe. Da das Mittagsgebet *Dhuhr* kurz bevorstand, wurde Michou vorläufig in der saudischen Folterkammer, einem Ibrahim wohlvertrauten Ort, an den Händen und Füßen gefesselt aufbewahrt. Der Siebenzeher schaltete das Licht ein, damit die Entführte die Einrichtung des Kellerraumes gebührend würdigen konnte. Als er die Kammer verließ, dachte er mit brennenden Schläfen an die von Panik und Schrecken erfüllte Zeit, die er selbst dort durchlitten hatte.

Nach dem Gebet kehrte er zurück, löste Michous Fußfesseln und brachte die Gefangene zu Hakim. Ibrahim bat um die Präsenz des vermummten saudischen Folterexperten, an den er eine halbe Stunde vorher mit Inbrunst gedacht hatte. Dieser war stets ein gefragter Konsulent bei den Verhören durch Hakim.

Trotz des Reichtums, den der Schwarze Halbmond so schnell erlangt hatte, war Hakims Büro frugal wie eh und je. Es entsprach genau dem Image, das er von sich projizieren wollte, dem Image der totalen Zuwendung zur Aufgabe, zur Mission und zum Islam.

Der Syrer stellte Michou als die lasterhafte Verführerin Al Meydanis und als Polizeispitzel vor. Hakim musterte sie scharf und durchdringend und fragte brüsk:

„Sind Sie Moslemin?"

Michou lallte in den Knebel, und erst da dachte Ibrahim daran, sie von dem Stoffknäuel in ihrer Mundhöhle zu befreien. Sie hatte bereits das Stadium des Fatalismus erreicht und antwortete unverfroren:

„Ich habe überhaupt keine Religion. Wie kann man in dieser verrotteten, verkommenen Welt an eine Gottheit glauben?"

Der Ägypter ließ sich klarerweise auf keine theologischen Debatten mit ihr ein, sondern reagierte kalt und nüchtern im Stil eines Untersuchungsrichters:

„Ihre Antwort ist also *Nein*. Sie behaupten, keine Moslemin zu sein, obwohl Sie Arabisch wie eine Marokkanerin sprechen und eine *Abaya* tragen. Für mich sind Sie sehr wohl eine Moslemin, aber eine schändliche Verräterin am heiligen Koran. Daher werden Sie nach der Scharia abgeurteilt werden. Haben Sie im Dienste der Polizei gegen uns gearbeitet?"

Diese Worte lösten in Michou einen brennenden Zorn aus: „Ich bin in niemandes Dienst, am allerwenigsten dem der *flics*. Aber ich habe mich dazu bereiterklärt, Ihre dreckige Bande auffliegen zu lassen. Und nun weiß ich, dass diese Bande auch pervers ist. Es ist Ihnen wohl nicht bewusst, dass Sie einer Horde von Vergewaltigern vorstehen, die heute über mich hergefallen ist."

Hakim hatte die Frau vor ihm mit ihrer wallenden schwarzen *Abaya* bisher nicht als Sexobjekt betrachtet. Doch der Hinweis auf Vergewaltigungen fixierte in seinem männlichen Hirn die Frage, wie sie wohl nackt aussehen würde. Zusammen mit der Tatsache, dass die Gefangene gänzlich in seiner Hand war, erregte das erotische Vorstellungen, denen er nicht widerstehen konnte. Er schickte Ibrahim und den Saudi weg, unter dem Vorwand, dass das Verhör ab nun geheim sei. Der Folterer Mansour zog voll bitterer Enttäuschung davon, denn er hatte sich für die Spionin bereits besondere Behandlungen ausgedacht, wie etwa die Erweiterung ihrer Vagina durch das Hineintreiben eines Eisenbolzens. Er wusste aber, dass nach Hakims Gepflogenheiten der Schariaprozess morgen stattfinden würde, vielleicht ergaben sich da also noch Möglichkeiten.

Hakim löste Michous Handfesseln, hob die *Abaya* ab und war erstaunt, welches Prachtweib sich darunter verbarg. Es verblüffte ihn auch, dass sie ihn lebhaft an die Mafiaprostituierte erinnerte, die er in Amalfi genossen hatte – die gleichen dunklen Augen, die gleichen schwarzen Haare, die gleichen perfekten Formen, das gleiche laszive Fluidum.

Michou war aus Hoffnungslosigkeit und Verzweiflung zum willenlosen Objekt geworden. Sie ließ sich zum Gebetsteppich führen, auf dem Hakim sie ausstreckte. Er begnügte sich für den Anfang mit ausgiebigem erotischem Vorspiel. Nachher sperrte er sie in sein WC ein, damit sie seiner sexuellen Lust jederzeit im Laufe des Tages zur Verfügung stand.

„Ich hoffe, du schätzt diese humanitäre Geste", bemerkte er spöttisch. „Hier kannst du ungestört deine Notdurft verrichten und beim Waschbecken Wasser trinken. Normalerweise behandeln wir unsere Gefangenen nicht so gut."

Wann immer er Laune dazu verspürte, holte er Michou aus dem Versteck und ging mit ihr ein Stück weiter auf dem Pfad der Erotik. Erst kurz vor dem Schlafengehen befriedigte er sich voll und gönnte sich einen Orgasmus mit ihr auf dem Gebetsteppich. Dann hüllte er sie wieder in die *Abaya*, brachte sie in die Folterkammer zurück und legte sie gefesselt auf dem Boden ab. Schluss mit humanitären Gesten, dachte er zynisch, letzten Endes ist sie nichts als eine verabscheuenswürdige Frevlerin.

Der saudische Folterer Mansour hatte auf eine solche Gelegenheit gewartet. Er schlich sich in der Nacht in seine Lieblingskammer ein und trieb mit der gefesselten Michou mehrere Male Unzucht. Eine Entfesselung der Frau erschien ihm doch als zu riskant. Sie hätte vielleicht sogar eine Chance genutzt, seine Martergeräte gegen ihn selbst zu wenden.

Der Ägypter hielt die Schariaprozesse immer gleich nach Sonnenaufgang ab, da dann das *Fajr* bereits verrichtet war und bis Mittag viel gebetsfreie Zeit zur Verfügung stand. Er hatte ein gesondertes Zimmer als Gerichtssaal einrichten lassen. Mansour holte Michou ab, wobei er sie im Folterraum unflätig beschimpfte und nochmals sexuell belästigte. Nun stand sie, gedemütigt und misshandelt, vor einem Tribunal von drei schwarzen Vollbärten. Nachdem Hakim als Vorsitzender die Verhandlung eröffnet hatte, begann Michou plötzlich aus vollem Hals „Vergewaltiger! Vergewaltiger!" zu schreien. Sie tobte so lange, bis sie geknebelt wurde. Der Prozess ging dann schnell zu Ende und war naturgemäß ein abgekartetes Spiel. Hakim listete ganz kurz die Verfehlungen der Angeklagten auf und das Urteil erfolgte hierauf logisch und unverrückbar: Die göttliche Scharia sieht für unbotmäßige Frauen und Sünderinnen die Steinigung vor.

Das Urteil wurde sofort vollstreckt. Man beließ den Knebel in Michous Mundhöhle, um nicht durch ihre Schmerzensschreie unnötig gestört zu werden. Mansour, der auch in Sachen Hinrichtungen ein Experte war, zeigte sich mit den Gegebenheiten unzufrieden. In seinem Heimatland werden die zur Steinigung Verurteilten bis zu den Hüften im Wüstensand eingegraben, bevor die eigentliche Tortur beginnt. Aber wo war der Sand auf diesem Gelände? In Ermangelung einer besseren Möglichkeit wurde Michou an einen Pfeiler gebunden, der zu ihrem Marterpfahl wurde. Der saudische Scharfrichter gab genaueste Instruktionen für den korrekten Vollzug der Strafe, in diesem Fall in der Version der Ganzkörpersteinigung. Die Steine mussten nach einem System geworfen werden, welches das Martyrium verlängerte. Zuerst war auf die Beine zu zielen, dann auf den Unterkörper, dann auf den Oberkörper und ganz zuletzt auf den Kopf. Die Verurteilte starb nach einer halben Stunde einen qualvollen Tod.

Wenig später berief Hakim den saudischen Folterer zwecks Berichterstattung zu sich. Dieser hob mit gewichtigem Tonfall an:

„*Salaam aleikum,* Bruder Hakim. Ich bringe dir die gute Nachricht, dass das Gebot Allahs des Gerechten erfüllt wurde. Die frevelhafte Sünderin ist einen elendigen Tod gestorben, von zahlreichen Steinen getroffen und verwundet."

„*Salaam aleikum,* Bruder Mansour. Du hast also Allahs Werk ordentlich verrichtet. Das höre ich gerne. Aber wie gedenkst du nun mit der Leiche der Übeltäterin zu verfahren? Wie löst ihr das in Saudi-Arabien?"

Mansour funkelte dunkel und böse unter seiner *Ghutra* hervor, als er an saudi-arabische Leichenentsorgungen dachte.

Im vorliegenden, eher unliebsamen Fall zog er es allerdings vor, neutral zu bleiben, und so antwortete er achselzuckend:

„Damit hatte ich nie etwas zu tun. Vielleicht wird die Leiche im Wüstensand vergraben, vielleicht den Raubvögeln zum Fraß vorgeworfen, *inschallah*."

Hakim hatte mit seiner strengen Logik bereits einiges durchdacht. Er hatte diese Frau beim Verhör als Moslemin klassifiziert, er hatte sie nach der Scharia verurteilt, und die Hinrichtung war nach arabischer Gepflogenheit vollzogen worden. Über ihre Leiche musste daher konsequenterweise nach moslemischer Tradition innerhalb von 24 Stunden disponiert werden. Also wandte sich Hakim fordernd an seinen Folterknecht:

„Bruder Mansour, du bist bei uns für das gesamte Gebiet der Folterungen und Hinrichtungen verantwortlich. *Du* musst also die Sache übernehmen, auch wenn sie dir unangenehm erscheint. Beim Foltern bist du ja auch nicht gerade zimperlich. Es ist übrigens Eile geboten. Wir kommen nicht darüber hinweg, dass die Hingerichtete eine Moslemin war. Daher muss ihre Leiche innerhalb der nächsten 24 Stunden beseitigt werden."

Der etwas eingeschüchterte Saudi hob die Arme in einer Geste der Hilflosigkeit hoch und fragte:

„Aber was soll ich konkret tun, Bruder Hakim? Ich bin im Augenblick mit diesem Problem ziemlich überfordert. Ist zum Beispiel mit weiblichen Leichen anders zu verfahren als mit männlichen? Wir differenzieren ja auch sonst sehr stark zwischen den Geschlechtern. Kannst du mir vielleicht irgendeinen Hinweis geben?"

Hakim reagierte kühl und abweisend:

„Ich bin auch nicht vom Fach. Ich bin ein geistiger und organisatorischer Führer und kein Leichenbestatter. Aber du könntest etwa in Ermangelung eigener Ideen bei der Mafia eine Anleihe nehmen. Die hat da so ihre altbewährten Methoden, wie du sicherlich weißt. Schaffe mir jedenfalls diese leidige

Angelegenheit innerhalb der vorgeschriebenen Frist vom Hals! Und lasse mich mit den Details in Frieden. Ich will nichts mehr darüber hören!"

Der unbedarfte Mansour konnte mit Hakims Fingerzeig nicht viel anfangen. Er sprach mit Salah, dem kundigen Kosmopoliten, darüber und dieser erzählte etwas von Betonklötzen um den Hals und Versenkungen im Meer.

Nach einer Woche suchte ein verheerendes, mehrere Stunden dauerndes Unwetter die Region um Marignane heim. Schwarze Gewitterwolken schleuderten wütende, Brände entzündende Blitze; kaskadengleiche Regenschwalle verwandelten lockeres Erdreich in rutschende Massen, die ganze Häuser unter sich begruben, und ein tobender Sturm peitschte die sonst nur sanft kräuselnde Wasseroberfläche des Binnenmeeres Etang de Berre zu einer gewaltigen Springflut auf.

Das Unwetter hatte sich kaum verzogen, da fand ein eifriger Jogger am Ufer des Etang de Berre bei Martigues eine angeschwemmte Frauenleiche. Er wagte es kaum, genau hinzusehen, so grässlich sah die Wasserleiche aus. Er nahm aber trotzdem, wohl wegen dessen Absonderlichkeit, den Halsschmuck des nackten Leichnams wahr: ein dicker Strick mit einem daran festgebundenen Stein und eine goldene Kette mit einem Opalanhänger. Die lokale Polizei erachtete schon die Identifizierung der komplett entstellten und offensichtlich schwer misshandelten und mit tiefen Wunden übersäten Frau als eine zu komplexe Aufgabe und übergab die gesamten Untersuchungen an die Behörden in Marseille.

Kommissar Arletti entsandte ein Team von drei Polizisten und einem Gerichtsmediziner. Zufällig war einer der Polizisten beim Einsatz in der Kaschemme *Le Souk* in Les Crottes beteiligt gewesen und erkannte sofort den Opalanhänger, wegen seiner ungewöhnlichen schmetterlingsähnlichen Form, wie der Beamte aussagte. Damit konnte das Identifizierungsproblem schlagartig radikal eingeengt werden. Ein DNA-Abgleich mit

Daten im Innenministerium und im Justizministerium ergab schließlich, dass es sich bei der Leiche am Etang de Berre um die der verurteilten Mörderin Sihem Laurent handelte. Der Gerichtsmediziner stellte fest, dass der Tod nicht durch Ertrinken, sondern durch Verletzungen nach schweren Schlägen, wahrscheinlich mit Knüppeln oder Steinen, eingetreten war. Der zuständige Untersuchungsrichter in Marseille stand vor einem Rätsel. Wie kam die Leiche einer in Paris zu lebenslanger Haft verurteilten Frau an das Ufer des Etang de Berre? Wenn diese Geschichte zu den Medien durchsickerte, konnte er sich ausmalen, welche wüsten Szenarien diese daraus mit ihrer lebhaften und böswilligen Fantasie konstruieren würden. Vor seinem geistigen Auge sah er schon reißerische Coverstories über sadistische Misshandlungen und Vergewaltigungen in französischen Frauengefängnissen, über nicht an die Öffentlichkeit gedrungene Gefängnisrevolten und über die heimliche Beseitigung der Opfer dieser Vorfälle durch bis ins Mark korrumpierte Behörden. Bevor ihm die Angelegenheit über den Kopf wuchs, war es klüger, das Justizministerium zu konsultieren. Am Tag nach seinem Telefonat mit Paris kam von dort die strikte Weisung, alle Ermittlungen in diesem Fall unverzüglich einzustellen.

KAPITEL 21

Hakim hatte sich auf ein Fernduell mit Noah Tenenbaum bezüglich eines Anschlags auf das jüdische Gemeindezentrum eingelassen und diesen Zweikampf verloren. Sein brennender Ehrgeiz konnte diese Niederlage kaum verkraften. Sie musste so schnell wie möglich durch eine Großtat ausgemerzt werden. Es war ja ganz einfach, einen spektakulären Anschlag auszuüben, wie es die Attentäter von Paris und Saint-Denis vorexerziert hatten. Diese Gesinnungsgenossen hatten dazu nur ein paar Kalaschnikows, etwas Munition und Sprengstoff und drei Mietautos für einen Tag benötigt. Gesamtkosten maximal 2.000 Euro, wie Hakim im Kopf überschlug. Die Beteiligten hatten sich diesen Betrag ohne Weiteres von ihren Sozialleistungen zusammensparen können und waren auf gar keinen externen Geldgeber angewiesen. Im Gegensatz dazu betrieb der Schwarze Halbmond einen riesigen Aufwand zur Finanzierung seiner terroristischen Aktivitäten.

Trotz seiner Ungeduld, in Aktion zu treten, musste Hakim besonnen bleiben. Noch wimmelte es an allen neuralgischen Punkten in Marseille von Polizei. Es war ratsam, abzuwarten, bis sich die Aufregung um die Anschläge in der Ile-de-France gelegt hatte, was in einigen Wochen oder Monaten der Fall sein würde. Hakim implementierte indessen elementare Vorsichtsmaßnahmen: Zum Beispiel durften Autos des Schwarzen Halbmonds nicht mehr direkt zwischen dem Stadtzentrum von Marseille und dem Hauptquartier verkehren, um dessen Entdeckung zu erschweren. Vielmehr mussten die Mitglieder mit dem Bus oder einem Taxi zum Flughafen Marignane fahren, dort eine Weile in der Menge der Flugpassagiere untertauchen und sodann unauffällig von einem Wagen abgeholt werden. Das Lokal *Le Souk* wurde zur verbotenen Zone für die Mitglieder erklärt, da es ja nun als möglicher Terroristentreffpunkt verschrien war.

Ibrahim hatte sich der Ägypter nun als Waffe der Organisation auserkoren. Der Syrer nahm ja schon seit geraumer Zeit in Hakims Auftrag das Einkaufszentrum Centre Bourse ins Visier. Dieses stellte ein markantes und symbolträchtiges Zielobjekt dar: ein Einkaufstempel und Vergnügungszentrum, überbordend in seinem Angebot mit der Frivolität und Dekadenz des Westens. Allein wenn Hakim an die Unmengen von Alkohol dachte, die dort täglich konsumiert werden, geriet er in helle Empörung. Der Supermarkt der Galeries Lafayette schien zur Hälfte nur aus einer Wein- und Spirituosenabteilung zu bestehen. Ibrahim würde diesen Sündenpfuhl mit einer gigantischen Explosion zum Satan befördern.

Auf der gegnerischen Seite entluden sich schwere Gewitter über dem Geheimdienst. Es genügte doch nicht, nur immer Informationen über Islamisten zu sammeln und brav und ordentlich in Aktenschränken abzulegen, statt präventiv einzuschreiten, so der Vorwurf der Oppositionspolitiker und der Medien. Zur Beschwichtigung der Kritiker musste das DCT Konsequenzen der Nachlässigkeiten in der Behörde vorweisen. Der für die Region Ile-de-France zuständige Abteilungsleiter des Geheimdienstes wurde in Frühpension geschickt. Inspektor Mignotte kam noch nicht unter massiven Beschuss, da es in seiner Region PACA bisher keine monumentalen Anschläge gegeben hatte. Es wurde ihm jedoch aufgetragen, seine Aktivitäten nicht vornehm und zurückgezogen von seinem Büro in Paris aus zu leiten, sondern an Ort und Stelle in Marseille. Er erbat sich 14 Tage Zeit für die Übersiedlung seines Verwaltungsapparats. Was er Michou zugestanden hatte, sollte auch für ihn gelten, und so stieg er nach seiner Etablierung in Marseille bis auf Weiteres im Appartementhotel in der Rue du Rouet ab.

Zunächst hatte Mignotte einmal die lokalen Kompetenzen zu klären. Das Gespräch mit Kommissar Arletti endete in einer Pattsituation, da dieser davon überzeugt war, dass sich die Terroristen nach den Attentaten in der Ile-de-France für lange Zeit ruhig verhalten würden und daher überhaupt kein Grund für irgendwelche besonderen Maßnahmen bestand. Die übliche Routinearbeit konnte die Polizei in Marseille aber auch alleine bewältigen.

Mignotte war ein zu niedrigrangiger Beamter, um mit dem Bürgermeister von Marseille auf Augenhöhe verhandeln zu können, und daher wurde der Geheimdienstchef mit seiner vollen amtlichen Autorität eingeschaltet. Der Spionageboss telefonierte mit dem Stadtoberhaupt und ließ unmissverständlich durchblicken, dass er über Nachweise für grobe finanzielle Unregelmäßigkeiten in der Stadtverwaltung von Marseille verfüge. Das genügte, um den Bürgermeister dazu zu bewegen, dem Geheimdienst komplette Autonomie bei seiner Tätigkeit in Marseille zu gewähren, das hieß, er konnte ohne Rücksprache mit der lokalen Polizei agieren. Daraufhin ließ Inspektor Mignotte weitere Agenten des DCT nach Marseille kommen, um eine schlagkräftigere Truppe zur Verfügung zu haben.

Brezinski war selbstredend zu diesem Zeitpunkt der am besten mit der lokalen Situation vertraute DCT-Agent, und so stützte sich Mignotte auf ihn, als es darum ging, die weitere Vorgehensweise festzulegen. Großartige Ideen hatte der Unterinspektor aber nicht anzubieten. Er erklärte sich bereit, zusammen mit einem Begleitschutz von drei Agenten wiederum das Lokal *Le Souk* in Les Crottes zu inspizieren. Dort traf man jedoch außer dem missmutigen *patron* nur einige ältere Maghrebiner beim Dominospiel an. Keiner von ihnen sah wie ein Drogenhändler oder gar wie ein islamistischer Terrorist aus. Über das HLM Les Aygalades ließ Brezinski gegenüber seinem Vorgesetzten nichts verlauten, denn sonst wäre dieser womöglich auf die unzuträgliche Idee gekommen, ihn, Brezinski, dorthin auf eine waghalsige Rekognoszierung zu schicken.

Am Tag darauf fiel Brezinski ein, dass es ja noch ein Vermächtnis seiner schmerzlich vermissten Michou gab, nämlich den Mikrosender im roten Cabrio. An diesen fixen Punkt klammerte sich nun die ganze Riege des DCT – vielleicht konnte man daran die mutmaßliche Terroristenbande aushebeln. Die Mignotte unterstellten Agenten wechselten sich dabei ab, das Cabrio per GPS zu orten. Das Fahrzeug vollführte eher willkürliche Bewegungen innerhalb des Stadtbereichs und wurde abends bei HLM im Norden der Stadt geparkt, wobei sich kein Muster erkennen ließ. Untertags kam es sehr gerne beim Centre Bourse vorbei, was Brezinski in Erinnerung rief, dass Michou im roten Cabrio eine technische Zeichnung dieses Einkaufszentrums vorgefunden hatte. Nach diesem Hinweis wurde Inspektor Mignotte höchst alert und er erklärte diesen Wagen zur heißen Spur.

Für Brezinski wurde ein Auto gemietet, und er sollte sich zusammen mit einem Beifahrer vom DCT an die Fersen des roten Cabrios heften. Sie waren jedoch beide in der Disziplin *verdeckte motorisierte Verfolgung* nicht sehr geübt und verloren daher das Zielobjekt oft aus den Augen. Sie legten sich selbst die Ausrede zurecht, dass ihr träges Mietauto bei der rasanten Beschleunigung des sportlichen Cabrios nicht mithalten konnte. Nach zwei Tagen waren sie derart frustriert, dass sie ihren Wagen einfach in der Tiefgarage des Centre Bourse abstellten, ohne ihren Vorgesetzten darüber zu informieren. Damit konnten sie zur sogenannten *immobilen verdeckten Randgruppenobservierung* zurückkehren, also der Bespitzelung im Stehen und Sitzen, die ihnen in der Ausbildung beim DCT vermittelt worden war. Da Mignotte insistierte, periodische Berichte über eine gesicherte interne DCT-Funkverbindung zu empfangen, mussten die beiden Agenten immer wieder extemporieren. Brezinskis Kollege Dufour erwies sich dabei als besonders kreativ, und er schilderte zum Beispiel ein fiktives Wettrennen mit dem roten Cabrio entlang der Corniche wie ein begeisterter Sportreporter.

Nach einer Woche tauchte Inspektor Mignotte höchstpersönlich vor dem Centre Bourse auf. Den beiden dort spähenden DCT-Agenten war das Glück hold, denn innerhalb von zehn Minuten parkte das rote Cabrio in der Nähe, sodass sie gegenüber ihrem Vorgesetzten vorgeben konnten, das Eintreffen des Zielobjekts schon durch die GPS-Ortung antizipiert zu haben.

Mignotte erklärte, dass er *auch* wegen des Cabrios hier sei und ab heute *selbst* gelegentlich Ortungen vornehmen werde, ob aus Misstrauen gegenüber seinen Untergebenen, das ließ er sich nicht anmerken. Tatsächlich stand er unter großem Druck von Paris aus, endlich substanzielle Ergebnisse zu liefern, aber das offenbarte er seinen Mitarbeitern nicht.

Dem Cabrio entstieg ein arabisch aussehender Mann mit schwarzem Vollbart. Es war Ibrahim der Syrer – aber das konnten die drei DCT-Mitarbeiter selbstverständlich nicht wissen. Aus dem Kofferraum hob er einen vollgepackten und augenscheinlich schweren Rucksack, da er dazu beide Arme gebrauchen musste.

Dieser Anblick erregte Mignotte über alle Maßen: „Brezinski und Dufour, Sie müssen diesem Kerl sofort nachlaufen und ihm den Rucksack entreißen oder ihn überwältigen. Das sieht nach einem Sprengstoffanschlag aus!"

Doch die beiden Agenten erstarrten bei dem Wort *Anschlag* vor Schrecken. Dufour fasste sich als Erster und begann zu argumentieren:

„Er ist ein Selbstmordattentäter und jagt uns alle in die Luft, sobald wir ihn erwischen. Also ist das Nachlaufen sinnlos."

Der Inspektor geriet vollkommen außer sich und brüllte: „Ihr Idioten, der macht das mit einer Fernzündung! Und jetzt los, hinter ihm her! *Allez! Allez!*"

Er stieß die beiden vorwärts, mit einer brutalen Gewalt, die sie ihm nie zugetraut hätten. Sie setzten sich widerstrebend in Bewegung, und er hetzte sie wie Jagdhunde durch aufpeitschende Zurufe auf. Die Passanten blickten den Inspektor verblüfft an und wurden durch die Szene vor ihnen auf höchst ungewisse und unbestimmte Art beunruhigt.

Der Siebenzeher betrat das Centre Bourse bei dem Eingang zu den Galeries Lafayette, der unmittelbar in die Abteilung für Damenunterwäsche führt. Die dort auf Ständern hängenden Büstenhalter schlugen ihm beim Vorbeieilen fast um den Kopf, was er als Provokation seiner religiösen Gefühle empfand und was seine grimmige Entschlossenheit noch weiter steigerte. Er durchquerte das Warenhaus und gelangte so in die zentrale und sehr belebte Passage des Centre Bourse. In einer der wenigen stillen Ecken, hinter einem Abfallcontainer, packte er den Rucksack aus. Der Bombenbauer hatte ihm mit Vorbedacht verschwiegen, dass der Sprengkörper in zwei Modi operierte, um den Attentäter nicht noch zusätzlich nervös und unsicher zu machen. Es gab die Wahl zwischen der Direktzündung für Selbstmordanschläge und der Fernzündung. Da ein Anschlag per Fernzündung geplant war, hatte der Sprengstoffexperte die Zündvorrichtung bereits vorher auf diesen Modus eingestellt.

Als Ibrahim die Bombe auf dem Boden niedersetzte und schärfte, rannten die beiden Agenten gerade atemlos herbei. Sie stürzten sich sogleich auf den furchterregenden Sprengkörper, denn das erschien ihnen im Augenblick wohl vordringlicher als die Überwältigung des Terroristen. Sechs fiebrige Hände rangen um die schreckliche, mit hochexplosivem Material vollgestopfte Bombe, und dabei wurde der Modusschalter versehentlich und unbemerkt auf *Direktzündung* umgelegt. Im Wirrwarr des weiteren Handgemenges drückte ein Finger eines Kontrahenten unabsichtlich auf den brandroten Zündungsknopf.

Die Detonation war so kataklystisch dröhnend, dass in ihr die vielfältigen Schreie des Entsetzens und der Pein aus Hunderten Mündern untergingen. Die ungeheure Sprengkraft der Bombe verwandelte den gesamten Osttrakt des Einkaufszentrums in ein verheerendes Chaos von Mauertrümmern, Glassplittern, menschlichen Überresten und zerstörtem Tand der Konsumgesellschaft. Kurz nach der Explosion brachen an mehreren Stellen des Centre Bourse gierig lodernde Brände aus, die das Werk der Vernichtung vollendeten. Das infernalische Flammenmeer spie giftige Rauchschwaden über die gesamte Innenstadt von Marseille aus und machte sie praktisch unpassierbar. Erst nach zwei Tagen konnten alle Glutnester gelöscht und die grauenhaften Schäden in Augenschein genommen werden.

Bei dem in Frankreich üblichen Arbeitstempo dauerte es über einen Monat, bis nach dieser Katastrophe der Schutt restlos beseitigt war. Die genaue Zahl der Todesopfer ließ sich nie eruieren. Viele Leichenteile waren verbrannt und andere bis zur späten Bergung der teilweisen Verwesung anheimgefallen. Damit konnte eine eindeutige Zuordnung zu vermisst gemeldeten Personen nicht mehr vorgenommen werden. Brezinski, Dufour und Ibrahim wurden jedenfalls komplett atomisiert.

EPILOG

25 Jahre später. Die zur Zeit des Anschlags auf das Centre Bourse in Marseille tätigen europäischen Staatenlenker sind schon längst in der politischen Versenkung verschwunden, aber Hakim, der Ägypter, ist aufgestiegen und bekleidet nun das Amt des Präfekten im Département Bouches-du-Rhône. Er regiert von der *Préfecture* in der Rue de Rome in Marseille aus, umgeben von Beratern, die noch radikaler sind als er und gleichfalls aus dem Schwarzen Halbmond hervorgegangen sind.

Die Demografie der Region hat sich in den letzten Jahrzehnten durch die massive Einwanderung aus islamischen Ländern, vor allem aus Ägypten, dem Sudan, Somalia, Syrien, Irak und Afghanistan, den weiteren Familienzuzug aus dem Maghreb und den Kinderreichtum der Moslems dramatisch gewandelt. Bei den letzten Regionalwahlen erreichte Hakims islamische Partei *Grüner Halbmond*, die aus den reichen wirtschaftlichen Erträgen des Schwarzen Halbmonds finanziert wird, mit 41 Prozent Stimmenanteil die relative Mehrheit. Die Partei brauchte gar keinen Wahlkampf zu führen, denn alle stimmberechtigten Moslems wählten selbstredend den Grünen Halbmond, und bei den Christen war sie ohnehin chancenlos. Diese scharten sich vornehmlich um den Front National, der mit 39 Prozent zweitstärkste Partei wurde. Die sozialistische Partei PS schlitterte in die Bedeutungslosigkeit, und die Konservativen wechselten zwar alle paar Jahre den Parteinamen und den Vorsitzenden, dümpelten aber trotzdem im einstelligen Prozentbereich dahin. Die Bewegung LREM von Macron war nur mehr ein Schatten von einst.

Der grünen Partei *Les Verts*, die nur mehr von den Gutfrauen des *Secours Catholique* und von christlichen Alleinerzieherinnen gewählt wird, reichten ihre zehn Prozent, um durch ihre Unterstützung den Grünen Halbmond mehrheitsfähig zu machen und so ihre Toleranz zu zeigen. Diese Entscheidung reflektierte die Naivität der Führungsriege dieser Partei, die vielleicht annahm, dass *Grüner Halbmond* für Umweltfreundlichkeit stand, wogegen *Grün* hier selbstverständlich die Farbe des Islams repräsentierte. Eine Koalition mit dem FN war für die Grünen klarerweise undenkbar. Hakim ist es gleichgültig, aus welchen Gründen die Weiberpartie, wie er sie nennt, mit ihm zusammenarbeitet; Hauptsache er kann seine religiösen Anliegen in die Tat umsetzen.

Rabbi Tenenbaum betreut in Tel Aviv eine Gemeinde von Immigranten aus Frankreich. Beinahe alle Juden haben Frankreich verlassen. Die wenigen verbliebenen sind nur deshalb da, weil sie für den Mossad arbeiten, um die Islamisten zu beobachten. Alle Synagogen wurden in Moscheen umgewandelt und viele Moscheen wurden neu gebaut. Wenn man von der Notre Dame de la Garde aus den Blick über Marseille schweifen lässt, sieht man mindestens so viele Minarette wie Kirchtürme. Auch auf diese Art und Weise wird der Triumph Hakims und seiner Gesinnungsgenossen augenfällig.

Seit seinem Amtsantritt hat Hakim bereits eine ganze Reihe von Maßnahmen durchgesetzt. Alkohol darf nur mehr in den vom Département kontrollierten Geschäften verkauft und in den Gaststätten nur zwischen 20 und 22 Uhr konsumiert werden. Weihnachtsfeiern in Schulen, Betrieben und Ämtern sowie das Aufstellen von Christbäumen in der Öffentlichkeit sind Provokationen für die Moslems und daher verboten, genauso wie das Tragen von Bikinis an den Stränden im Département. Massive Subventionen fördern den Bau von Moscheen und die Einrichtung von Koranschulen.

Hakim bereitet sich in der Parteizentrale des Grünen Halbmonds in Joliette gewissenhaft auf die bevorstehende Sitzung des Präfekturrats vor. Der wichtigste Punkt auf der heutigen Tagesordnung ist der Gesetzesentwurf seiner Partei, demzufolge die Arbeit, die Geschäftstätigkeit und der Unterricht im ganzen

Département während der moslemischen Gebetszeiten ruhen sollen. Seiner grünen Koalitionspartnerin Valeria Charpin-Novikova, die zwecks leichterer politischer Zuordnung stets eine salbeigrüne Jacke trägt und von den Medien die Schutzpatronin der alleinerziehenden Mütter genannt wird, hat er diesen Vorschlag als eine soziale Maßnahme der Arbeitszeitverkürzung verkauft, die noch mehr Muße für die Kinderbetreuung ermöglicht. Hakim würde auch in der Ratsversammlung dieses Argument in die Waagschale werfen, um die nötigen Stimmen der grünen Delegierten zu erhalten.

Eine weitere seiner Ideen betrifft die verordnete Einhaltung der moslemischen Fastengebote im Ramadan auch für alle Ungläubigen, aber diese Initiative wird er sich für eine Sitzung in den nächsten Monaten vornehmen. Man sollte das Harmonieverlangen und die Anpassungsbereitschaft der Grünen durch übereiltes Vorgehen auch nicht überstrapazieren. Für dieses Mal, so denkt er zuversichtlich, ist alles unter Dach und Fach, und so lässt er sich in einem Hochgefühl in die Rue de Rome chauffieren.

Raffaele, der älteste Sohn von Gabriele Gentile, hat im Zielfernrohr seines Jagdgewehrs den Auffahrtsbereich der Präfektur genau im Visier. Als der Dienstwagen des Präfekten vorfährt, springt Hakim sofort heraus, begierig darauf, schnell in die Sitzung zu kommen. Seine Leibwächter haben es nicht so eilig und steigen erst zwei Sekunden später aus dem Auto. In diesem kurzen Zeitintervall knattert eine Gewehrsalve und Hakim bricht tot auf dem Asphalt zusammen – einer der Schüsse hat ihn mitten ins Herz getroffen.

Die Nachforschungen ergeben nur, dass ein Italiener vor drei Tagen eine Wohnung in einem Haus, das der Präfektur gegenüberliegt, gemietet hat und nach dem Attentat spurlos verschwand.

Hakims Prophezeiung „Allah der Gnädige verzeiht manchmal, aber die Mafia nie!", hat sich spät, aber doch an ihm selbst bewahrheitet.

Die Autorin

Sarah Samuel ist das Pseudonym eines österreichischen Autorenpaares, er Wissenschaftler, sie internationale Beamtin. Die Autoren gehören zu den ganz wenigen Europäern, die außerhalb des geschützten Kokons einer Botschaft in Saudi-Arabien gearbeitet haben. Dabei lernten sie den Islam in seiner fundamentalistischen Ausprägung kennen.

Dieser tiefe Eindruck bewog sie schon während ihres Aufenthaltes, einen Roman über dieses Thema zu schreiben. Angeregt durch die Flüchtlingskrise und den Terrorismus in Europa, ist ein brisanter, packender und hochaktueller politischer Thriller entstanden.

Für Sarah Samuel ist es nach „Das Lazarettkind" die zweite Romanveröffentlichung.

novum 🔷 VERLAG FÜR NEUAUTOREN

Der Verlag

*Wer aufhört
besser zu werden,
hat aufgehört
gut zu sein!*

Basierend auf diesem Motto ist es dem novum Verlag ein Anliegen neue Manuskripte aufzuspüren, zu veröffentlichen und deren Autoren langfristig zu fördern. Mittlerweile gilt der 1997 gegründete und mehrfach prämierte Verlag als Spezialist für Neuautoren in Deutschland, Österreich und der Schweiz.

Für jedes neue Manuskript wird innerhalb weniger Wochen eine kostenfreie, unverbindliche Lektorats-Prüfung erstellt.

Weitere Informationen zum Verlag und
seinen Büchern finden Sie im Internet unter:

www.novumverlag.com

Sarah Samuel

Das Lazarettkind

ISBN 978-3-903155-40-4
250 Seiten

Eine Wiener Intellektuelle begibt sich auf eine fast lebenslange Vatersuche. Dabei stößt sie auf die Geschichte des Juden Salomon Meir, der unter skurrilen Umständen in einem Lazarett mit der Krankenschwester Emilia ein Kind zeugte – das Lazarettkind Gertrude.